Natsuo Kirino

Teufelskind

Natsuo Kirino

Teufelskind

ROMAN

Aus dem Japanischen
von Frank Rövekamp

Goldmann Verlag

Die japanische Originalausgabe erschien 2004 unter dem Titel
»I'm sorry, mama« bei Kodansha, Tokio.

FSC
Mix
Produktgruppe aus vorbildlich bewirtschafteten Wäldern und anderen kontrollierten Herkünften

Zert.-Nr. SGS-COC-1278
www.fsc.org
© 1996 Forest Stewardship Council

Verlagsgruppe Random House FSC-DEU-0100
Das für dieses Buch verwendete FSC-zertifizierte Papier *Munken Premium Cream* liefert Arctic Paper Munkedals AB, Schweden.

1. Auflage

Satz: Buch-Werkstatt GmbH, Bad Aibling
Druck und Einband: CPI - Ebner & Spiegel, Ulm
Printed in Germany
ISBN 978-3-442-31165-1

www.goldmann-verlag.de

1. Kapitel

Die Kinder, die das Boot der Liebe bestiegen

An einem Frühlingsabend schickte sich das Ehepaar Kadota an, seinen zwanzigsten Hochzeitstag auswärts zu feiern. Eigentlich hatte sich Misaë gefreut, nach so langer Zeit wieder einmal essen zu gehen, Minoru bestand jedoch auf dem Restaurant Kinka-En in Higashi-Nakano, was ihre Freude etwas trübte. Der Geruch von gebratenem Fleisch würde sich in ihrer Kleidung festsetzen. Misaë trug das Imitat eines Missoni-Strickanzugs, den sie beim Räumungsverkauf einer Boutique in Ōkubo ergattert hatte. Aufgrund ihrer Leibesfülle zogen sich die Maschen unvorteilhaft in die Breite. Der dauerwellengelockte Inhaber der Boutique hatte ihr jedoch mit den Worten geschmeichelt, diese rot-blau-gelb-grüne Farbkombination ließe ihren Teint strahlender erscheinen, und so war sie ganz stolz auf ihren Anzug. Misaë wäre lieber in ein Restaurant am Hakodate-Markt gegangen, um Sushi zu essen. Wenn sie daran dachte, wie die noch schön gekühlten Thunfischstückchen auf dem Fließband heranrollten, lief ihr das Wasser im Munde zusammen.

»Du hättest mir gleich sagen können, dass du dich schon für koreanischen Braten entschieden hast.«

Minoru überhörte den leisen Vorwurf seiner Frau und begann voller Begeisterung, koreanische Gerichte aufzuzählen: »Rippenfleisch, gebratene Innereien, gesalzene Zunge mit Lauch, Kimchi, Glasnudeln mit Fleisch und Gemüse. Wenn noch Platz ist, essen wir koreanischen Pfannkuchen und zum Abschluss Reisauflauf oder Reissuppe. Oder vielleicht auch Suppe mit Kimchi, Tofu und Fleisch. Oder aber wir bestellen nur das Rippenfleisch in bester Qualität und verzichten dafür auf den Rest.«

»Bestell aber bitte auch Roastbeef«, setzte Misaë dagegen. Minoru, der vor ihr mit federndem Schritt durch die Gassen von Nakano ging, schien es nicht zu hören. Er trug eine verwaschene, etwas zu große Jeans und einen Parka. Seine braun gefärbten Haare waren mit Gel nach hinten gekämmt. Wie ein Künstler ließ er sich einen leichten Kinnbart stehen. Obwohl schon in fortgeschrittenem Alter, wirkte der kleine und schmächtige Minoru noch wie Anfang dreißig. Misaë beobachtete ihren Mann, der sich so offenkundig auf das Bratfleisch freute. Ein ewiges Kind. Ihr fünfundzwanzig Jahre jüngerer Mann.

Als die beiden zusammengezogen waren, hatte Misaë gemeint: »Du kannst mich Mama nennen.« Zuerst hatte Minoru diese Anrede nur im Flüsterton gebraucht und sie niemals in Gegenwart anderer Leute benutzt. Jetzt schmetterte er sein »Mama« laut und ungeniert heraus. Die kinderlose Misaë schätzte es im Grunde nicht, in der Öffentlichkeit von ihrem Mann »Mama« gerufen zu werden. Ihr kam es dann so vor, als wolle Minoru damit seiner Umwelt den falschen Eindruck vermitteln, bei ihnen handele es sich nicht um ein Ehepaar, sondern um eine langsam in die Jahre kommende Mutter mit ihrem Sohn im besten Alter. Wenn sie unter sich waren, fand sie Minoru reizend. Nur seine Art, sich vor anderen Leuten unnötigerweise aufzuspielen, war ihr zuwider. Vielleicht nahm sie jedoch eher an dem Umstand Anstoß, dass ihr Äußeres sie mehr und mehr daran hinderte, als seine Ehefrau zu gelten? Letzteres war wahrscheinlicher. Misaë fasste den Entschluss, sich verstärkt um mehr Jugendlichkeit zu bemühen.

»Oh, das Ehepaar geht aus, wie schön!« Ein älterer Mann, der auf dem Parkplatz vor der Pachinko-Halle gerade sein Fahrrad abschließen wollte, hob den Kopf und grinste. Der Mann war Chef der Baufirma, in der Minoru bis Jahresende angestellt gewesen war. Minoru richtete den Blick zu Boden und gab keine Antwort. Misaë setzte dagegen ein Lächeln auf. Sobald der Chef in der Pachinko-Halle verschwunden war, machte Minoru ihr heftige Vorwürfe:

»Mama, da gibt es wirklich nichts zu lachen. Der Kerl hat immer mir die Schuld gegeben, sogar für einen schiefen Fußboden. Dabei war schon die Grundkonstruktion missraten. Für die kann ich nichts. Ich bin Zimmermann. Der wollte nur die Verantwortung auf mich abwälzen. Das hat mich wütend gemacht.«

Minoru war ein schlampiger Zimmermann, und es gab oft Beanstandungen: Bodenknarzen, Risse in den Wänden, eindringender Regen, schiefe Böden. Ein Beschwerdeanruf erreichte ihn sogar einmal zu Hause: Die Golfbälle seien mit großem Getöse davongerollt. Der pachinkoverrückte Chef der Firma hatte ihm bereits vor drei Monaten gekündigt. Minoru hatte seine Stelle mittlerweile viermal gewechselt. Er war wohl doch ein schlechter Handwerker. Trotzdem bemühte er sich nicht ernsthaft um einen neuen Arbeitsplatz. Wenn Misaë an die Zukunft dachte, wurde ihr angst und bange. Im Alter von weit über sechzig bekäme sie wohl kaum eine andere Stelle als die einer Putzfrau. Das hätte sich aber mit ihrem Stolz als ehemalige Karrierefrau nicht vereinbaren lassen, und so kam es dazu, dass beide sich mit Misaës Rente bescheiden mussten. Da konnte man sich einen Luxus wie Bratfleisch eigentlich nicht leisten.

»Spricht man so über seinen guten alten Chef? Wer weiß, vielleicht kann er dir helfen, eine andere Stelle zu finden.«

Misaës Gesichtsausdruck verhärtete sich, ihr Ton blieb dabei aber freundlich. Eine Begabung aus ihrer Zeit als Erzieherin im Kinderheim.

»Mama!« Minoru zog einen Schmollmund. »Dieser Kerl hat sich früher über uns beide lustig gemacht. Ist ja schon peinlich, dass deine Frau älter ist als ich, hat er gesagt.«

Vor Ärger schoss Misaë das Blut in den Kopf. Aber ihr Wille, Minoru einen Arbeitsplatz zu besorgen, war stärker. »Könntest du nicht einfach darüber hinwegsehen und ihn um Hilfe bitten?«

»So denken nur alte Leute. Die Jugend blickt nach vorne.«

»Was soll das heißen? Du bist auch nicht mehr jung – mit zweiundvierzig.«

Auf diese Attacke von Misaë machte Minoru ein verblüfftes Gesicht. Wie eine überraschte Ziege. Misaë fand es plötzlich amüsant. Früher hatten sie in dem Kinderheim, in dem sie beschäftigt war, eine Ziege gehalten. Wie hieß die noch gleich?

»Minoru, im Sternenkinderhaus gab es doch eine Ziege. Die hatte einen Kinnbart genau wie du. Wie nannten wir die? Wir hatten ihr zusammen hinter dem Haus eine Hütte gebaut, aus den Kaninchenställen.«

»Ach, weiß ich nicht mehr.«

Das Thema Sternenkinderhaus bewirkte bei Minoru stets schlechte Laune. Das Kinderhaus in der Altstadt war vor sieben Jahren mit einem großen Bezirkskinderheim zusammengelegt worden, und damit war auch sein Name verschwunden. Während Misaë diese Nachricht damals traurig stimmte, hatte Minoru Erleichterung verspürt.

Die in Plastik eingeschweißten Speisekarten des Restaurants Kinka-En waren von einem klebrigen Fettfilm überzogen. Ungeduldig sah sich Misaë nach der Bedienung um. Es war eine kleine Kneipe mit fünf Tischen, die insgesamt nur etwa zwanzig Gäste fasste. Alle Plätze waren besetzt. Durch das ganze Lokal zog weißer Qualm. Hinter den Schwaden konnte man einen Mann mittleren Alters ausmachen, der sich auf die Theke lümmelte und gebannt auf den Fernsehschirm oben im Hängeregal starrte. Seine Gesichtszüge wiesen ihn als Koreaner aus. Auch die weibliche Bedienung lehnte an der Theke und verfolgte träge die Sendung. Sie musste fast einen Meter siebzig sein, war also sehr groß für eine Frau. Die beiden sahen sich offenbar die Sieben-Uhr-Nachrichten im Sender NHK an. Anstatt fernzusehen, könntet ihr die Speisekarten abwischen und zügig die Bestellungen aufnehmen, dachte sich Misaë und wollte ihre Beschwerde schon vorbringen, als das Profil der Frau mit der auffällig platten Nase eine Erinnerung in ihr wachrief. Sie begann angestrengt nachzudenken. In letzter Zeit wurde ihre Vergesslichkeit immer schlimmer. Versuchte sie, sich einer Sache zu entsinnen, passierte es immer öfter, dass sie vergaß, woran sie sich erinnern wollte. Darüber war sie verärgert und beunruhigt zugleich. Minoru, der die Speisekarte studierte, fragte beiläufig:

»Mama, du willst bestimmt Soda mit einem Schuss Schnaps?«

»Zuerst ein Bier. Igitt, der Gestank zieht in meine schönen Kleider. Widerlich.«

Misaë deutete auf ihre Strickjacke und brachte damit ihren Unmut gegenüber Minoru zum Ausdruck, weil er ihrem neuen Outfit so gar keine Aufmerksamkeit schenken wollte. Minoru, der sich schon kurz nachdem er in die Kneipe gekommen war, seiner Jacke entledigt hatte und nun im kurzärmeligen T-Shirt dasaß, antwortete kühl:

»Zieh sie doch aus. Ehrlich gesagt, gefällst du mir in diesen affektierten Klamotten nicht besonders gut.«

»Was? Wieso? Die waren ziemlich teuer! Selbst zum halben Preis noch 18 000 Yen.«

Verständnislos betastete Misaë das Etikett ihres Strickanzugs.

»Das ist keine Frage des Preises, Mama. Du wirkst darin wie die Direktorin vom Kinderheim, die auf dem Sternenkinderfest die Leute begrüßt. Die Erzieherinnen möchten da immer besonders chic sein. So solltest du nicht aussehen.«

Eigentlich hatte sie Direktorin werden wollen, dieses Ziel aber nicht erreicht. Und das, weil sie, bevor die Sache mit Minoru herauskam, ihre Stelle aufgab und ins Sozialbüro wechselte. Misaë musterte Minoru spöttisch. Egal, ihre Jacke konnte sie keinesfalls ausziehen, weil sie darunter Wärmeunterwäsche trug. Ärgerlich hängte sie sich den Parka um, den Minoru beiseite gelegt hatte. Sie hoffte damit, ihre Kleidung wenigstens ein bisschen vor Qualm und Essensgerüchen zu schützen. Minoru war mit der Speisekarte beschäftigt und fuhr, ohne ihr weiter Beachtung zu schenken, fort:

»Irgendwie gefällt mir manchmal nicht, was du trägst. Alles so entsetzlich spießig. Weiße Bluse mit grauem Rock und so. Scheußlich. Das schreit ja förmlich nach Erzieherin.«

Misaë lächelte gequält. Was heißt denn, schreit? Sie war eine Erzieherin, wie sie im Buche stand. Minoru hatte sie als eines der Kinder im Sternenkinderhaus kennengelernt. Er war eine jämmerliche kleine Heulsuse gewesen, die stets ihre Nähe suchte. »Misaëëë«, rief er dauernd und rannte hinter ihr her. Das schwächliche Kind wäre von den anderen gehänselt worden, wenn Misaë es nicht in Schutz genommen hätte. Wann es so gekommen war, konnte sie nicht sagen, aber irgendwann hatte sie Minoru tief in ihr Herz geschlossen. Um diese Bevorzugung zu verbergen, wurde er zu ihrem heimlichen Kind. Gleichsam eine verborgene Mutter-Sohn-Beziehung. Einzig und allein er war ihr süßer Junge, dem sie in einer Ecke der Küche oder im Schatten des Gartendickichts Süßigkeiten gab, den sie fest umarmte, dem sie über den Kopf streichelte und geduldig zuhörte. Alle Erzieherinnen hatten Kinder, die sie bevorzugten. Aber im Falle von Misaë ging es über den üblichen Rahmen hinaus, was daran lag, dass Minoru über alle Maßen an ihr hing. Er hatte als Kleinkind seine Mutter verloren, und sein Vater brach den Kontakt zu ihm ab, nachdem er Minoru ins Kinderheim gegeben hatte. Minorus Leben war ganz vom Mangel an elterlicher Zuwendung geprägt. Seine Art, sich an andere zu klammern, war nicht normal. Misaë war schließlich sogar zur Überzeugung gelangt, dass Minoru ohne sie kein vollwertiger Mensch werden könnte.

Misaë wartete, bis Minoru mit achtzehn Jahren für die Schreinerlehre das Heim verlassen und auf eigenen Füßen stehen sollte. Dann machte sie ihr Angebot. Damals war sie vierundvierzig. Als erfahrene Erzieherin war sie in der Position, die jüngeren Kollegen anzuleiten, aber ohne Minoru verspürte sie für sich keinerlei Sinn mehr in der Arbeit im Kinderheim.

»Minoru, lass uns doch zusammenziehen. Du bist jetzt kein Heimkind mehr, und so wird es keiner erfahren. Selbst wenn man nach deinem Verbleib fragt, bin ich es ja, die den Bericht schreibt. Also kein Problem. Ich werde dich immer beschützen und für dich sorgen. Du hast ein so starkes Verlangen nach einer Mutter, dass du ohne mich auf die schiefe Bahn geraten könntest.«

Ungeachtet dessen, dass in Misaës Worten eine Drohung mitschwang, brach Minoru in Tränen aus und antwortete unter Schluchzen:

»Damit machst du mich so glücklich! In der Baufirma sind alle so gemein zu mir. Die älteren Angestellten ziehen mich auf mit Fragen wie ›Kann denn jemand, der keine Familie kennt, ein Haus bauen?‹. Dafür kann ich doch nichts«, rief Minoru unter Tränen aus, als sie zum ersten Mal im Futon schliefen. Während Misaë ihn fest umarmte und tröstete, krümmte Minoru seinen Körper, schmiegte sich fest an sie und berührte ihre Brüste. Dann seufzte er zufrieden.

Misaë und Minoru lebten nicht wie Mann und Frau zusammen, sondern vielmehr wie Mutter und Kind. Dieser Mutter und diesem Kind, die früher in aller Öffentlichkeit vorgeben mussten, Erzieherin und Heimkind zu sein, war es endlich gelungen, ihr Leben frei und ohne Rücksicht auf andere führen zu können. Drei Jahre nach Beginn ihres heimlichen Zusammenlebens schien Misaës Beförderung zur Direktorin unmittelbar bevorzustehen. Als Minoru das hörte, fing er an zu toben:

»Die Direktorin ist Mutter für alle, dann wirst du nicht mehr meine Mama sein.«

»Ich bleibe deine Mama, das Heim hat doch mit dir nichts mehr zu tun.«

»Das hat es wohl. Es ist mein Boot. Das Boot, das ich und du zusammen bestiegen haben. Das Boot, das uns von jenem Ufer zu diesem gebracht hat.«

»Ja, und was ist mit dieser Wohnung?«

»Die ist mein und dein Zuhause. Erst als ich das Boot verlassen hatte, lernte ich ein richtiges Zuhause kennen.«

Misaë war wie benommen von Minorus wunderlicher Theorie. Das Heim, das für die Kinder eine friedliche Familie sein sollte, war also nicht ein Zuhause für Minoru gewesen. Wäre dieses Kind nicht auf sie getroffen, dann wäre es wohl auf ewig heimatlos und verloren gewesen.

»Du wirst doch bestimmt bald eine junge Frau heiraten. Dann will ich als Direktorin arbeiten. Denn wenn ich mich nicht in die Arbeit stürze, werde ich einsam sein.«

»Ich werde niemals heiraten. Du würdest es auch unerträglich finden. Wenn ich mit einer anderen Frau schlafen würde.«

Ja, unerträglich. Absolut. An jenem Abend geschah es. Dass sie ihn wie ein Kleinkind badete, ihn wusch, ihn ins Futon steckte und sich von der Nahrungsaufnahme bis zur Abführung um alles kümmerte. Misaë und Minoru heirateten standesamtlich, und sie entschied sich für eine Versetzung. So bekam sie gleichzeitig ihr Kind und ihren Mann.

Der Minoru von heute barst gleichsam vor Selbstbewusstsein, verglichen mit früher. Aber nur ich, Misaë, weiß, wie dünn das Eis ist. Ohne mich wäre aus diesem Kind nichts geworden. Ohne mich wäre dieses Kind vom rechten Wege abgekommen. Mit dieser Einsicht, diesem Gefühl und diesem Bewusstsein konnte sie Minoru – mochte er auch ein schlechter Schreiner sein, und mochte er auch ein Mann sein, der keinen vernünftigen Geschlechtsakt zustande brachte – uneingeschränkt lieben. Sie würde ihn für immer an Stelle der Mutter glücklich machen. War nicht auch das die Liebe einer Frau?

»Wir möchten bestellen!«

Minorus laute Stimme holte Misaë in die Wirklichkeit zurück. Die Frau, die den Fernseher angestarrt hatte, bequemte sich endlich an ihren Tisch. Sie musste etwas über vierzig sein und war von massiger Gestalt, fast wie eine Ringerin. Ihr schulterlanges Haar zeigte vom Ansatz her seine dunkle Naturfarbe, während sich der untere Teil in blond abhob. Die Blondierung schien jedoch bereits einige Zeit zurückzuliegen, da der schwarze Teil ihrer Haare erheblich länger war. Über dem orangefarbenen T-Shirt trug sie eine schmuddelige Schürze aus schwarzem Segeltuch. Im Gesicht hatte sie eine dichte Schicht weißer Schminke verteilt, der knallrote Lippenstift, der sich mit der Farbe des T-Shirts biss, war verschmiert. Obwohl ihre ungepflegte Erscheinung wenig anziehend war, mochte sie mit ihrem pausbäckigen Mondgesicht, den buschigen Brauen und den abfallenden Augenwinkeln auf manchen Betrachter gar nicht so unsympathisch wirken.

Die Frau, ein Tablett unter den Arm geklemmt, notierte Minorus Bestellung umständlich mit der linken Hand. Als sie spürte, dass Misaë sie ansah, warf sie ihr einen Blick unter gesenkten Lidern zu. In der Tiefe ihrer Augen flackerte für einen Moment ein kaltes Licht auf, wie bei einem Raubtier. Erschrocken fixierte Misaë den Rücken der Frau, die sich vom Tisch entfernt hatte. Irgendwo war sie der schon einmal begegnet.

Als Minoru wenig später ganz darin versunken war, das Fleisch auf dem kleinen Bratrost vor sich zu verteilen, fragte sie ihn mit gedämpfter Stimme: »Minoru, kommt die dir nicht irgendwie bekannt vor?«

Minoru zog die Augenbrauen zusammen und fokussierte seinen Blick. Obwohl er kurzsichtig war, weigerte er sich, eine Brille zu tragen.

»Noch nie gesehen. Bestimmt irgendeine alte Tante aus der Nachbarschaft.«

»Alte Tante ist gut, die hat ungefähr dein Alter. Kannst du dir vorstellen, wie die Frau früher ausgesehen hat? Du, ich glaube, die war damals auch im Kinderhaus. Irgendwie hatte ich plötzlich das Gefühl, sie als Kind vor mir zu sehen.«

»Meinst du, sie war ein Sternenkind? Aber wer wohl? Moment. Ich denke, ich kenne sie.«

Minoru verstummte. Die Frau brachte das Magenfleisch und knallte dabei den Teller lieblos auf den Tisch. Minoru warf einen kurzen Blick auf die Platte mit den Innereien und flüsterte hastig:

»Mama, ist das vielleicht Aiko? Aiko Matsushima, die in meinem zweiten Grundschuljahr neu in die Klasse kam.«

Aus den Tiefen von Misaës Bewusstsein trat die Gestalt eines dünnen Mädchens mit ausdruckslosem Gesicht und herunterhängenden Augen hervor. Es war seltsam, wie es sich bei seinem Eintritt ins Kinderhaus verhielt. Obwohl Aiko ganz alleine an einen ihr unbekannten Ort gebracht worden war, zeigte sie weder Angst noch Trauer. Sie erinnerte vielmehr an ein Kind, das mit großen Augen im Zoo ein ihm unbekanntes Tier betrachtet. Die meisten Kinder brachen in Panik aus, wenn sie von Eltern und Geschwistern getrennt wurden und mit den vielen anderen Kindern konfrontiert wurden. Aiko war da ganz anders. Sie hängte sich an die Erzieher und wollte nach dem Abendessen mit ins Dienstzimmer. Wenn man sie dann in das Kinderzimmer verfrachtete, sah sie verwundert drein, als wolle sie sagen: »Was habe ich denn hier verloren?« Eine Zeit hielt sich Aiko selbst nicht für ein Kind.

Später hörte man vom Wohlfahrtsausschuss, dass Aiko vermutlich zum ersten Mal anderen Kindern begegnet war. Sie war in einem Bordell im Taito-Bezirk aufgewachsen. Der Vater war unbekannt, die Mutter gleich nach der Geburt des Babys verschwunden. Für Aiko gab es nirgends einen richtigen Platz. Unbeachtet wuchs sie in einem abgelegenen Winkel des Bordells heran. Es wurde weiter berichtet, dass ein besorgter Sozialarbeiter nach ihrer Mutter suchte, als man auf dem Amt die fehlende Schulanmeldung feststellte. Die Mutter war jedoch nicht aufzufinden. Inzwischen war die Betreiberin des Etablissements von einem Auto überfahren worden, der Bordellbetrieb fand damit sein Ende. Aiko, die nun ohne Bleibe war, hatte sich dann offenbar von sich aus an eine Polizeidienststelle gewandt. Wohlfahrtsausschuss und Erzieher berieten eingehend, wie man angesichts dieser erschütternden Lage mit Aiko umgehen sollte. Sie verfügte jedoch wider Erwarten über eine erstaunliche Anpassungsfähigkeit. Bald verhielt sie sich im Heim wie ein ganz gewöhnliches achtjähriges Kind. Abgesehen von ihren mangelhaften Leistungen aufgrund der verspäteten Einschulung gab es keine besonderen Probleme. Die acht Jahre bis zum Abschluss der Mittelschule blieb sie in der Einrichtung. Zwischendurch hatte sie auch ein Jahr lang bei einer Pflegefamilie gelebt. Obwohl sie klein und dünn gewesen war, als sie ins Heim eintrat, entwickelte sie sich in der Mittelschule sehr schnell. Im Dienstzimmer war damals viel davon die Rede, dass Aiko früher ziemlich unterernährt gewesen sein musste.

»Jetzt fällt's mir wieder ein«, meinte Misaë, während sie Zungenfleisch in die Zitronensoße tunkte. »Dieses Kind war vollkommen normal, obwohl es unter so schlimmen Umständen aufgewachsen war. Immer lächelnd und freundlich. Sie war ein Imitationstalent. Kam es nicht prima an, wenn sie jeden von uns so perfekt nachmachte?«

Minoru verzog sein Gesicht.

»Es ist dir nicht aufgefallen, aber ich hatte wirklich Angst vor der. Weißt du, dass sie eine dreckige Schachtel bei sich hatte? Mit ein paar Schuhen. Abgelaufenen alten Schuhen. So weiße Dinger, wie sie Krankenschwestern tragen. Sie sagte, die seien ein Andenken an ihre Mutter. So weit ja in Ordnung, aber sie hat mit diesen Schuhen gesprochen! Immer und immer wieder. Dazu noch in verteilten Rollen. Da wurde einem richtig übel.«

Minoru äffte es nach: »Mami, deine kleine Aiko ist heute ganz hoch über den Kasten gesprungen. Nein, wirklich? Meine kleine Aiko scheint ihre sportliche Ader wohl von der Mami geerbt zu haben. Ich war ein Ass am Reck. Ich konnte nicht nur Felgaufschwung, sondern sogar das große Rad. Toll, Mami! Ich bin so wie du, Mami. Und so redete und redete die. Darüber wussten alle Bescheid. Gelogen war das Ganze noch dazu. Kann man denn im vierten Schuljahr so hoch über den Kasten springen? Wusstest du davon wirklich nichts, Mama?«

Misaë, die in der Überzeugung lebte, eine besonders gute Erzieherin gewesen zu sein, war schockiert, davon erst jetzt aus dem Munde von Minoru zu erfahren.

»Nein! Das wusste ich nicht.«

»Sie hat es garantiert nie vor den Erziehern gemacht. Sie redete nur, wenn keiner im Zimmer war, oder sie hat sich in einem der großen Wandschränke versteckt. Einmal hat es aber Sakura Inoue mitbekommen und sie völlig lächerlich gemacht: ›Aiko, du bist ja so was von abartig.‹ Wusstest du das alles wirklich nicht?«

Minoru, der ihr zum zweiten Mal ihre Unkenntnis unter die Nase rieb, war heute unausstehlich.

Misaë schlug zurück: »Ja ja, Sakura war wirklich ein kluges Kind, fast wie eine Erwachsene. Die Bemerkung würde zu ihr passen. Sie fiel von Anfang an durch ihr Talent auf. Später bekam sie sogar ein Stipendium für eine staatliche Universität. Schade, dass sie so früh gestorben ist.«

Minoru verzog auf der Stelle das Gesicht. »Hattest du mir nicht versprochen, nie andere vor mir zu loben? Nur ich bin doch dein liebes Kind.«

»Tut mir leid.«

»Schon gut. Ist ja Schnee von gestern. Also, Mama, du erinnerst dich wirklich nicht an die Sache mit der Schuhschachtel?«

Misaë neigte nachdenklich den Kopf. Versunken in Erinnerungen, hatten die beiden das Essen ganz vergessen. Das Rippenfleisch war bereits ein wenig angebrannt. Minoru löste das Fleisch vom Rost und tat es Misaë auf den Teller.

»Danke, das ist nett.«

Misaës Lob ließ Minoru erröten, und er gab ein paar Grummellaute von sich. Minoru war schwach, aber nett. Nett, aber schwach. Ihr Leben hatte durch die Begegnung mit diesem Kind eine dramatische Wende genommen. Wie wäre es wohl verlaufen, wenn sie weiter ihrer Arbeit nachgegangen und Direktorin vom Sternenkinderhaus geworden wäre? Als Erzieherin hätte sie damit Karriere gemacht, aber als Frau wäre sie unvollständig geblieben. Noch intensiver als gewöhnlich kreisten Misaës Gedanken um Minoru. Sie hatte vor, noch mindestens weitere zwanzig Jahre zu leben, um Minoru ein angenehmes Älterwerden zu ermöglichen.

»Könnten Sie mal bitte?«

Mit ihrem Blick forderte die Bedienung dazu auf, Platz auf dem Tisch zu schaffen. Während Misaë hastig Teller und Stäbchen an die Seite räumte, setzte die Kellnerin mit unbewegter Miene die schwere Steinschüssel voll Reisauflauf ab. Misaë sprach sie mit unverhohlener Neugier an:

»Verzeihung, ich kann mich täuschen, aber sind Sie nicht Aiko Matsushima? Ich bin Misaë Kadota und habe im Sternenkinderhaus als Erzieherin gearbeitet.«

Die Frau erstarrte für einen Moment, dann senkte sie den Blick und lachte.

»Dann stimmt es also. Ich habe mir auch schon gedacht, ist das nicht unsere Erzieherin Misaë? Ganz sicher war ich mir nicht, weil Sie so dick geworden sind. Aber an die Gesichter von Menschen kann ich mich recht gut erinnern.«

Misaë fühlte sich durch die Taktlosigkeit der Frau etwas verletzt, freute sich jedoch trotzdem und wies auf Minoru:

»Und weißt du, wer das ist?«

Minoru starrte Aiko mit verschränkten Armen an. Misaë wusste, dass Minoru Probleme mit gleichaltrigen oder jüngeren Frauen hatte, und obwohl sie sich sicher war, dass er ihr Verhalten missbilligte, konnte sie ihre Freude darüber, ein Kind aus dem Heim wiederzusehen, nicht unterdrücken.

»Das ist Professor Mäh Mäh«, antwortete Aiko wie aus der Pistole geschossen.

Misaë brach in schallendes Gelächter aus, Minoru war wie vom Donner gerührt.

»Jetzt mach mal halblang. Hieß so nicht die Ziege im Kinderheim? Ja genau, Professor Mäh Mäh hieß die, Mama.«

Misaë glaubte zu erkennen, dass Aiko ihre buschigen Brauen überrascht hob, als Minoru sie Mama nannte. So erklärte sie unumwunden:

»Also, wir sind verheiratet. Wir wohnen in der Nähe. Besuch uns doch einmal bei Gelegenheit. Ich möchte wissen, wie es dir geht. Wenn es nötig ist, helfe ich dir auch gerne. Tut mir leid, wenn ich zu viel rede, aber ich will eben immer noch die Mama von euch allen sein.«

Der kalte Ausdruck in Aikos Augen veränderte sich nicht, während sie versuchte, begeistert zu klingen: »Natürlich, gerne, sehr gerne. Ganz bestimmt. Ich komme Sie auf jeden Fall besuchen. Wie finde ich Sie denn? Geben Sie mir doch mal Adresse und Telefonnummer.«

Aiko riss ein Blatt von dem schäbigen Bestellblock ab und drückte Misaë ihren Bleistift in die Hand, bevor sie zu einem anderen Tisch ging, um abzuräumen. Es warteten bereits weitere Gäste.

Minoru flüsterte: »Wie blöd, Mama. Wirklich blöd. Die anzusprechen. Hatte ich nicht gerade gesagt, wie verrückt die ist? Kümmer dich doch nicht um die.«

»Wieso denn? Mir liegen die Kinder aus dem Heim am Herzen. Ob sie wohl glücklich sind? Tausend Dinge kommen mir da plötzlich in den Sinn. Vielleicht sollte ich meine Memoiren schreiben.«

Misaës Besorgnis galt stets der Frage, ob die ihr einst anvertrauten Kinder jetzt so glücklich waren wie Minoru und sie. Von Jahr zu Jahr wünschte sie es sich stärker, dass die vom Glück so wenig begünstigten Kinder nun ein schönes Leben führen würden. Vielleicht wurde man so mit siebenundsechzig. Dank ihrer Arbeit als Erzieherin und dank der Heirat mit Minoru hatte sie an menschlicher Reife gewonnen. Wie stand es wohl um die bemitleidenswerte Aiko? Misaë wandte sich um und betrachtete sie.

Aiko bearbeitete, den fleischigen Rücken über das Gerät gebeugt, ziemlich unbeholfen den Taschenrechner an der Kasse. Das maskenhafte Make-up ließ ihren Gesichtsausdruck unergründlich wirken. Aber Aiko musste sich, so wie sie war, ebenfalls durchs Leben kämpfen. Heftige Wechselfälle waren sicher auch diesem Kind nicht erspart geblieben. Misaë schnürte es die Kehle zusammen.

»Hör mal, Minoru, wie wäre das: ›Die Kinder, die das Boot der Liebe bestiegen‹? Als Titel für meine Memoiren.«

Kaum hatte sie es ausgesprochen, da war es ihr selbst peinlich, und sie wurde rot.

»Mama, du hast ja einen ganz roten Kopf. Was ist los?«, fragte Minoru verwundert. Er schien sich nicht im Geringsten für ihre Überlegungen zu interessieren.

»Das Kimchi ist zu scharf.«

»Warum isst du denn so scharfe Sachen, wenn du sie nicht verträgst. So, und jetzt lass uns noch bei Yama-chan vorbeischauen, ich will noch Karaoke singen. Dann gehen wir nach Hause.«

Misaë war froh, dass Minoru an dem Satz »Ich will die Mama von allen sein«, der ihr bei Aiko herausgerutscht war, nicht weiter Anstoß genommen hatte. Sie aß zum Schluss ein Stück von dem angebrannten und erkalteten Fleisch. Da es jedoch hart und kaum mehr zu kauen war, nahm sie es aus dem Mund und ließ es auf die Erde fallen. Macht nichts in diesem dreckigen Laden, dachte sie.

Als sie an der Kasse die Rechnung beglich, reichte sie Aiko

verstohlen den Zettel mit ihrer Anschrift. Aiko ließ das Papier in ihrer Schürzentasche verschwinden und nickte. Minoru war auf der Toilette.

»Minoru und ich schauen jetzt noch in der kleinen Karaoke-Bar vorbei. Willst du nicht später dazukommen?«

»Ist es denn recht, wenn ich da einfach aufkreuze?«

Aiko zählte mit gesenktem Kopf das Wechselgeld ab.

»Aber sicher. Wir sind ja alle aus der Familie der Sternenkinder. Sag mal, bist du verheiratet?«

»Nein.«

Heiß wallte Mitleid in Misaës Brust auf. Aiko ging also immer noch ganz allein durchs Leben.

»Komm nachher einfach dazu. Wir sind bei Yama-chan im Kneipenviertel. Du warst doch ein Imitationstalent. Ich würde gerne hören, wie du Karaoke singst.«

Auf dieses Kompliment hin hob Aiko den Kopf und verdrehte kurz die Augen. Es sah albern aus. Sie weiß wohl nicht, wie sie reagieren soll, dachte Misaë und klopfte ihr auf die Schulter.

»Entscheide dich ganz nach Lust und Laune.«

Viele ehemalige Heimkinder wollten die Tatsache verheimlichen, einmal in einer solchen Einrichtung gewesen zu sein. Sie fürchteten, von der Gesellschaft diskriminiert zu werden. Aiko musste schon die vierzig überschritten haben. Sollte sie da nicht über derlei Befindlichkeiten hinweg sein und den Blick nach vorne richten? Misaë fühlte sich stark und glücklich, diese überlegene Einstellung gewonnen zu haben.

Die kleine Bar war völlig leer, sie waren die einzigen Gäste. Irgendwie wirkten die orangefarbene Beleuchtung und die an der Wand zu Schau gestellten Künstlerautogramme an diesem Abend trist und düster.

Misaë, die sich einen Grapefruit-Cocktail bestellt hatte, saß neben Minoru an der Theke. Sie konnte sich nicht richtig entspannen. Immer wieder drehte sie sich zur Tür um. Sie fühlte sich inzwischen schuldig, Aiko, die sie so plötzlich wiedergetroffen hatten, ohne Minorus Wissen eingeladen zu haben. Minoru kam beim Singen nur schlecht in Stimmung, wohl weil keine anderen Gäste da waren. Er sang »Say Yes« und »Du unmögliches Biest«. Ansonsten hielt er sich an seinen Cocktail.

»Wie wäre es, wenn die Frau Mutter auch ein Liedchen singt?«

Die Chefin der Bar, die um die Mitte vierzig sein mochte, hielt ihr das Mikrofon hin. Misaë war zuvor dreimal mit Minoru in dem Lokal gewesen, und man schien sie für seine Mutter zu halten. Es gab kein Entrinnen, und so gab sie »Die Winterlandschaft an der Meerenge von Tsugaru« zum Besten. Der frenetische Beifall von Minoru und der Wirtin berührte Misaë peinlich.

»Gehen wir langsam, Mama.«

Als Minoru sich erhob, blickte Misaë unwillkürlich auf ihre Armbanduhr. Es war nach dreiundzwanzig Uhr. Das koreanische Restaurant hatte schon längst geschlossen. Aiko war es offensichtlich nicht danach, sie zu treffen. Dachte Misaë über ihre Motive nach, erkannte sie, dass auch sie nicht wirklich die Verbindung mit Aiko suchte. Vielmehr verlangte sie es nur zu erfahren, wie ein Kind wie Aiko, das unter so ungewöhnlichen Umständen aufgewachsen war, mit dem Leben zurechtkam. Aiko hatte Misaës Neugier eventuell durchschaut. Es war also nur gut, dass sie nicht erschienen war.

Sie entschieden sich dafür, zu Fuß nach Hause zu gehen. Ihre Wohnung lag im Zentrum des Stadtteils Nakano. Sie würden fünfundzwanzig Minuten brauchen. Die Abendluft war erfüllt vom Duft der Kirschblüten. Ein friedlicher Abend. Minoru legte den Arm um Misaës gut gepolsterte Schultern.

»Tut mir leid, Mama.«

»Was denn?«

»Die Wirtin hat dich doch Mutter genannt. Wirklich ärgerlich, aber ich hab lieber den Mund gehalten, weil das Erklären immer so lästig ist. Tut mir wirklich leid.«

»Schon gut. Ich bin es gewohnt.«

»Nein, es war dumm! Ich wollte eigentlich sagen: Was reden Sie denn da, wir sind seit über zwanzig Jahren verheiratet. Aber dann finde ich es manchmal sehr anstrengend, es fremden Leuten zu erklären.«

Misaë nickte und schwieg. Sie empfand es ähnlich. Niemand konnte ihre Beziehung verstehen. Von der mit blühenden Kirschbäumen gesäumten Straße, die an den Gleisen entlangführte, bogen sie in eine Gasse, in der sich kleine Wohnhäuser aneinanderreihten. Plötzlich wurde der Weg dunkel. Minoru nahm Misaës Hand, und so gingen sie weiter.

»Ich war wirklich überrascht, Aiko zu treffen. Aber es hat mich wieder tief bewegt, Mama, was für eine wunderbare Frau du bist.«

»Wieso?«

»Hatte ich nicht gesagt, dass ich dieser Aiko nicht über den Weg getraut und sie nie gemocht habe? Aber du bist großartig. Sogar um solche Typen sorgst du dich. Ich war wohl einfach ein bisschen eifersüchtig.«

Ein warmes Gefühl sprudelte nur so aus ihrem Herzen, und Misaë verspürte plötzlich den Drang, Minoru mit ihrer ganzen Liebe zu verwöhnen. »Minoru, wollen wir heute Abend Baby spielen? Sag doch mal ›babubabubabu‹.«

»Aber Mami.«

Minorus Stimme hatte bereits den Tonfall eines Kleinkindes angenommen. Sie würde ihn als Baby an ihren Brüsten saugen lassen, ihm die Windeln wechseln und ihn pudern. Und dann, ganz zum Schluss, würde sie sanft sein kleines schnuckeliges Zipfelchen lutschen und knabbern und ihn in den siebten Himmel versetzen. Ihre Wohnung befand sich in unmittelbarer Nähe. Misaë suchte nach dem Schlüssel, während sie Minorus Hand fest umklammert hielt.

»Ganz schnell sind wir daheim. Ein Momentchen noch, mein Süßer.«

Das Haus war ein verputztes, zweistöckiges Holzgebäude, dreißig Jahre alt. Eine seltsame Konstruktion, bei der sich der Treppenaufgang genau in der Mitte befand. Die beiden wohnten im Erdgeschoss auf der linken Seite.

»Mein Kleiner hat bestimmt Angst im Dunkeln.«

Minoru, wieder ganz Kleinkind, klebte an Misaë. Nachdem sie das Licht eingeschaltet hatte, zog sie ihm die Turnschuhe aus.

»Da schau, ich hab's hell gemacht. Alles ist gut. So, die Schühchen aus, und jetzt wasch dir brav die Händchen.«

Minoru stürmte in das hintere Zimmer. Hastig riss er das Bettzeug aus dem Wandschrank und breitete es auf dem Fußboden aus. Eigentlich wäre vorher ein Bad angebracht. Misaë unterdrückte ein Lachen und stellte ihre Tasche ab. In dem Moment, in dem sie gerade abschließen wollte, wurde die Tür von außen ein Stückchen geöffnet. Durch den Spalt schaute ein Mondgesicht. Das Gesicht von Aiko. Tief in ihren Augen flackerte es kalt wie bei einem Raubtier.

»Oh, was für eine Überraschung um diese Zeit.«

Um ihr Missfallen zu verbergen, setzte Misaë ein Lächeln auf. Doch es gefror ihr. Denn als sie die Tür weiter öffnete, bemerkte sie, dass Aiko einen Kanister bei sich trug. Warum bringt sie denn so etwas mit?, dachte sie irritiert. Plötzlich war sie von oben bis unten mit einer kalten Flüssigkeit übergossen. Misaë wollte schreien, war aber wie gelähmt und sprachlos vor Entsetzen. Sie hörte, wie Minoru den Wandschrank schloss. Er hatte wohl schon die Betten vorbereitet. Komm schnell, Minoru. Nein, komm nicht. Trotz ihrer Verwirrung konnte sie aus den Augenwinkeln erfassen, wie Aiko einen brennenden Papierfetzen nach ihr warf. Vor ihren Füßen schoss Feuer auf, Flammen schlugen zu ihr empor. In dem Augenblick, in dem sie spürte, dass ihr Körper wie eine Fackel brannte, erinnerte sich Misaë: Sakura Inoue, die früh verstorbene Studentin, war in ihrem Zimmer einem Brandanschlag zum Opfer gefallen. Misaë stieß einen gellenden Schrei aus. Minoru stürmte aus dem Zimmer nebenan, um zu sehen, was geschehen war. Misaë schwenkte die Arme. Komm schnell. Nein, komm nicht. Komm schnell.

2. Kapitel

Das Café auf dem Rückweg von der Beerdigung

Als Ryūzō Kitsunekubo in der Zeitung las, dass Misaë Kadota bei einem Feuer unbekannter Ursache ums Leben gekommen war, entrang sich ihm unwillkürlich ein lautes »Uaaah«. Er selbst hatte gerade seinen achtundsiebzigsten Geburtstag gefeiert. Da Menschen nun einmal starben, überraschte ihn der Tod an sich nicht. Aber dass die 67-jährige Misaë einen fünfundzwanzig Jahre jüngeren Mann hatte, war wirklich ungewöhnlich. Er wusste noch nicht einmal, dass Misaë geheiratet hatte. Er hatte sich lange Zeit täuschen lassen.

»Was gibst du da für komische Laute von dir. Man erschrickt ja«, donnerte seine Frau Yoshiko aus dem Zimmer nebenan, das durch eine Schiebetür getrennt war.

»Mein Gott, man versteht die Menschen wirklich nicht.«

»Was sind das auf einmal für wunderliche Worte aus dem Munde eines fast achtzigjährigen Greises?«

Yoshikos Ton war grob und gehässig, seit Rheumatismus sie ans Bett fesselte. Früher war sie eine fleißige Frau, die wenig redete, aber die Bettlägerigkeit vergiftete nun ihre Worte. Ständig war sie gereizt. Hatte die Krankheit ihren Charakter verändert, oder offenbarte sie nur Yoshikos wahres Gesicht? Ryūzō war das aggressives Geplapper seiner Frau zuwider, und er rächte sich mit kleinen Gemeinheiten. Wenn er sie provozieren wollte, stieß er immer einen tiefen Seufzer aus.

»Unglaublich, das gibt's ja gar nicht, mein Gott, die Armen.«

»Wenn du so mit der Zeitung raschelst, kann ich überhaupt nicht schlafen. Gerade war ich eingenickt, da gibst du diese komischen Geräusche von dir. Was ist denn los? Nun sag doch endlich!«

Man hörte, wie Yoshiko offenbar vor Zorn die neben ihrem Kissen liegende Zeitschrift auf den Boden schleuderte. Ihr war der Geduldsfaden gerissen. Ryūzō begab sich in aller Ruhe ins Nebenzimmer. Direkt neben der Schiebetür stand ein niedriges Krankenbett. Yoshikos graue Haare waren über das Kissen gebreitet. Mit verkniffenem Gesicht starrte sie in seine Richtung. Seit die 74-jährige Yoshiko bettlägerig, war sie abgemagert, und ihre Haut hatte eine bräunliche Färbung angenommen. Sie erinnerte an eine in Wut erstarrte Mumie.

»Du wirst überrascht sein. Die Erzieherin Misae ist bei einem Feuer ums Leben gekommen. Du weißt doch, Frau Kadota, die lange beim Sternenkinderhaus war. Restlos verkohlt ist sie.«

»Tja, Menschen sterben eben nun mal«, sagte Yoshiko abfällig und wandte sich ab. »Das ist überhaupt nichts Besonderes.«

»Ja schon, aber ihr Mann, der dabei auch ums Leben gekommen ist, war fünfundzwanzig Jahre jünger. Minoru hieß er. Wusstest du, dass Misaë verheiratet war?« Ryūzō las den Zeitungsartikel vor. »Außerdem besteht Verdacht auf Brandstiftung. Ein Student, der in einem Zimmer darüber wohnte, ist auch verbrannt. Ein armer Student, der sein Geld damit verdiente, dass er große Kannen mit geschälten Esskastanien zum Flughafen schleppte. Der lag völlig erschöpft auf seinem Bett und konnte nicht schnell genug weglaufen. Weil er Kastanien geschleppt hatte. Die sind nämlich in Wasser eingelegt und schwer.«

»Wenn es in diesem Hause ein Feuer gäbe, würdest du wohl schnell weglaufen, und ich würde auch verbrennen. Und dann wärst du froh.«

»Ach was.«

Ryūzō hatte bereits begonnen, über Misaës Beerdigung nachzudenken, und hatte daher keine Zeit mehr, auf Yoshikos bissige Bemerkungen einzugehen. Er musste herausfinden, wo die Trauerfeier stattfinden würde.

»Ach, sich nicht bewegen zu können und dann zu verbrennen. Schrecklich.«

Yoshiko war plötzlich niedergeschlagen und fühlte sich aller Kräfte beraubt.

Im Wohnzimmer klingelte das Telefon. Ryūzō legte die Zeitung absichtlich an das für Yoshiko unerreichbare Bettende und nahm den Hörer ab.

»Hallo, Vater? Lange her. Ich bin's, Kenichirō.«

Obwohl er ihn Vater nannte, war Kenichirō nicht sein richtiger Sohn. Aus der Verbindung von Ryūzō und Yoshiko war ein leibliches Kind, eine Tochter, hervorgegangen. Sie lebte in einer anderen Präfektur. Das Ehepaar Kitsunekubo hatte lange Zeit als Pflegefamilie gewirkt, die sich um Kinder ohne Eltern kümmerte. Aber selbst als Pflegeeltern hatten sie kein einziges Kind adoptiert. Zwar war es die Rolle von Ryūzō und Yoshiko, mit alleinstehenden Kindern als Ersatzfamilie zusammenzuleben, um ihnen das Gefühl eines Zuhauses zu geben, aber es war keineswegs so, dass sie Kinder besonders liebten. Man durfte es keinem sagen, aber sie betrieben außerdem noch ein Nebengeschäft als Hausverwalter.

Kenichirō lebte von der Grundschule bis zum Abschluss der Oberschule zehn Jahre im Haus der Kitsunekubos und war damit das Kind, das die längste Zeit dort verbracht hatte. Trotzdem schickte er noch nicht einmal Neujahrskarten, seit er Arbeit bei einer Firma für Dachmaterialien gefunden hatte und auf eigenen Füßen stand. Es stieß Ryūzō übel auf, dass es ihm, nach der Gelassenheit in der Stimme zu urteilen, offenbar gut ging. Kenichirō war ein Kind, das auf Vermittlung von Misaë Kadota aus dem Sternenkinderhaus gekommen war. Sicher hatte auch er die Zeitung gelesen und rief deswegen an. Wie erwartet sagte er bedrückt:

»Vater, hast du die Zeitung gelesen?«

»Habe ich. Kaum zu glauben, wie plötzlich es gekommen ist.«

»Es stände ja nicht in der Zeitung, wenn es nicht überraschend gewesen wäre«, antwortete Kenichirō ironisch. »Egal, gehst du zur Beerdigung?«

»Ich bin hin und her gerissen, was ich tun soll.« Obwohl Ryūzō es durchaus vorhatte, war er unaufrichtig. Eigentlich wollte er nur vermeiden, Kenichirō bei der Trauerfeier über den Weg zu laufen.

»Ich bin ja schon alt.«

»Falls du gehst, könntest du dann eine Trauergabe für mich überreichen? 5000 Yen genügen. Ich werde sie dir gleich zurückgeben.«

Ach, das ist es. Wer würde dir denn etwas vorstrecken? Wenn es dann als Trauergabe nach meinem Tod zurückkommt, habe ich auch nichts mehr davon. Ryūzō ärgerte sich. Als Kind hatte Kenichirō nur selten seinen Willen durchgesetzt und war leicht zu handhaben. Im Grunde jedoch war er berechnend.

»Lassen wir das jetzt. Aber wusstest du, dass Misaë verheiratet war?«

Kenichirō, der sich seiner Frau als einer Schülerin einer bekannten Universität für höhere Töchter rühmte, antwortete abfällig:

»Ja, mit Minoru Suzuki. Der Kerl war genauso alt wie ich,

deswegen kannte ich ihn gut. Es war dieser weinerliche Minoru, der unter den Sternenkindern ständig von Misaë bevorzugt wurde. Wenn man sich das Bild anschaut, so ist die Kinnpartie noch genau dieselbe. Es besteht also kein Zweifel.«

Verheiratet mit ihrem Lieblingskind aus dem Kinderhaus? Ryūzōs Überraschung wuchs noch. »Tja, also dann«, brach er brüsk das Telefongespräch ab. Um Yoshiko, die Kenichirō mochte, zu verletzen, begab er sich wieder ins Nebenzimmer.

»Das war Kenichirō. Obwohl es drei Jahre her ist, hat er kein Wort über dich verloren. Ein hartherziger Bursche nach all dem, was wir für ihn getan haben.«

Yoshiko verzog ihr braun angelaufenes Gesicht.

»Au, meine Beine tun weh. Was ist das bloß für ein Leben? Da hat man diese Rotzbengel aufgenommen, aber es sind alles nur herzlose Kerle. Man hat sich einfach bloß abgemüht.«

Ryūzō ließ die Nörgeleien von Yoshiko an sich vorbeirauschen und öffnete fröhlich eine Schublade in der Kommode. Diesmal kam ein Kissen angeflogen und traf ihn am Rücken. Yoshiko beschimpfte ihn voller Gehässigkeit:

»Du hast wohl vor, in meinen Trauerkleidern zu gehen. Du perverser Greis.«

»He, sag mal, wie legt man denn diesen Kimonokragen an?«

»Als wenn ich es dir auch noch zeigen würde.«

Verärgert warf Ryūzō Yoshiko das Kissen zurück. Da ihm der Kimonokragen zu viele Umstände bereiten würde, entschied er sich für westliche Kleidung.

Die Trauerfeier für das Ehepaar Kadota wurde im kleinsten Saal der Gedenkhalle des Stadtbezirks abgehalten. Weil es regnete, verteilte der Veranstalter vor dem Eingang zum Saal Plastikhüllen für die nassen Regenschirme. Ryūzō beugte sich geziert nach vorne und nahm sich eine davon. Er steckte den Klappschirm, der mit kleinen gelben Blumen auf blauem Grund gemustert war, in die Hülle und zog seinen grauen Nylon-Regenmantel aus, um ihn zusammenzurollen und in eine Einkaufstasche von Mitsukoshi zu stopfen. Als er bemerkte, dass seine Bewegungen grobschlächtig ausfielen, tat er so, als wäre er in großer Eile. Ältere Damen bewegten sich langsam und verrichteten alles sehr gründlich. Heute würden viele ihm bekannte Leute kommen. Da musste er aufpassen, dass er sich nicht verriet, wenn er sich unversehens wie ein Mann benahm. Das war zwar anstrengend, aber auch unerhört aufregend. Ryūzō holte den Umschlag mit der Trauergabe aus der schwarzen Handtasche und überreichte ihn am Empfang. Dort saß eine Frau, die lange Zeit für das Sozialbüro gearbeitet hatte und deren Gesicht er kannte. Er war sehr nervös. Aber nachdem die Frau auf den mit »Kitsunekubo« beschrifteten Umschlag geschaut hatte, sah sie Ryūzō nur kurz in die Augen und sagte nichts. Beruhigt ließ er seine Blicke durch den Saal schweifen. Wie erwartet hatten fast alle Anwesenden etwas mit den Sozialeinrichtungen des Stadtbezirks zu tun. Aber da Misaës Pensionierung schon sieben Jahre zurücklag, waren gar nicht so viele Trauergäste erschienen. Man konnte einige bekannte Gesichter aus der Pflegefamilienzeit der Kitsunekubos ausmachen, aber niemand von ihnen würde seine Verkleidung wohl durchschauen. Sein Blick traf sich mit dem der alternden Dame, die die Aktivitäten der Pflegeeltern koordiniert hatte. Ständig rückte sie mit dem Finger ihre beschlagene Brille zurecht. Sie machte sich offenbar voller Freude bei dieser Veranstaltung nützlich. Immer noch die alte Betriebsamkeit. Auch diese Frau begrüßte ihn wie einen Fremden.

Ignoriert zu werden ist allerdings auch nicht schön, dachte Ryūzō. Zwar wäre seine Identifizierung als Mann und damit als Transvestit eine Schande, aber außer Acht gelassen zu werden, war auch nicht nach seinem Geschmack. Es schien jedoch, als wären die Anwesenden vom spektakulären Privatleben und Tod der Kadotas in gewisser Weise fasziniert. Aufgeregt liefen sie alle im Saal umher. »Vor dem Tod waren sie noch Yakiniku essen«; an allen Ecken wurden Informationen im Flüsterton ausgetauscht.

Ryūzō reihte sich zur Darbringung der Räucherstäbchen ein und sah zum mittleren Altar auf. Dort standen zwei mit weißen Chrysanthemen geschmückte Bilder. Misaë hatte die ergrauten Haare hochgebunden und lachte entspannt. Ihre Augen waren ein wenig gerötet, was wohl daran lag, dass das Foto von einer Neujahrsfeier oder einer ähnlichen Veranstaltung in ihrem Büro stammte. Da im Feuer alles verbrannt war, handelte es sich um den Ausschnitt aus einem Gruppenfoto. Das Bild von Minoru stammte aus einer Zeit, in der er noch deutlich jünger als zweiundvierzig Jahre war. Besonders fiel sein dünnes Kinn auf, das ihn so willensschwach aussehen ließ. Es schien ein vergrößertes Passfoto zu sein. Obwohl er darauf angestrengt würdevoll geradeaus schaute, machte es einen eher schäbigen Eindruck. Wer hätte gedacht, dass die beiden auf solche Weise ums Leben kommen würden? Ryūzō erinnerte sich an die Misaë vor dreißig Jahren mit ihrer sinnlichen Ausstrahlung. Unversehens traten ihm die Tränen in die Augen.

Ryūzō kam an die Reihe, ein Räucherstäbchen zu entzünden. Vom Platz des engsten Familienangehörigen nickte ihm ein untersetzter, ältlicher Mann zu. Misaës jüngerer Bruder oder Neffe? Dessen Frau schien noch in den Fünfzigern zu sein. Sie trug perfekt sitzende japanische Trauerkleidung. Vor meinem Tod möchte ich auch einmal japanische Kleider ausprobieren, nahm sich Ryūzō vor. Dann dachte er bei sich, dass die nächste Beerdigung wohl Yoshikos sein würde. Als engster Angehöriger würde er dann keine Frauenkleidung tragen können. Wenn es doch besser eine andere Gelegenheit wäre, ging es ihm unruhig durch den Kopf. Bei der Trauerkleidung von Yoshiko, die Ryūzō trug, handelte es sich um ein konservatives einteiliges Kleid aus synthetischem Stoff mit einem Bolero. Der Kragen des Kleides und die vorderen Ränder des Boleros waren mit schwarzem Samt gesäumt. Ein sehr schlichtes Outfit. Deswegen hatte sich Ryūzō die Perlenbrosche angesteckt, die er beim Durchwühlen von Yoshikos Sachen entdeckt hatte. Aber er empfand es als äußerst unbefriedigend, dass die Perlen sich bereits verfärbt hatten und einen recht armseligen Eindruck machten. Yoshikos Desinteresse an Kleidung war unverzeihlich, obwohl es daran liegen mochte, dass er ihr nie ein schönes Stück gekauft hatte. Die Strümpfe, die seine rauen Männerbeine versteckten, waren aus einem dicken Stoff für Frauen mit Krampfadern. Yoshiko war groß geraten für eine Frau, so dass alle ihre Kleider dem eher schmächtigen Ryūzō genau passten. Nur die Schuhe waren zu klein, und so hatte er sich ein flaches schwarzes Paar in Größe vierzig gekauft. Viel Geld hatte er für eine Perücke aus violett schimmernden weißen Haaren ausgegeben. Weil Ryūzō so gut wie keine Haare mehr auf dem Kopf hatte, konnte er sich, ohne eine Perücke zu tragen, nicht nach draußen begeben. Einen Vorteil hatte es, alt zu werden, dachte Ryūzō Die Geschlechtsmerkmale traten zurück, und man konnte sich leicht in beide Richtungen bewegen.

Es war vor vier Jahren, kurz nachdem Yoshiko bettlägerig wurde, dass Ryūzō erstmals ihre Kleider trug. Er stand in ihrem Pyjama aus Flanell vor dem Spiegel und fand, dass er ihm außergewöhnlich gut passte. Das Schmetterlingsmuster auf rosa Grund war sehr hübsch und stand ihm ausgezeichnet zu Gesicht. Ryūzō war begeistert. Dann trug er sich den Lippenstift auf, den er auf der Spiegelablage entdeckte. Sah das nicht hübscher aus als bei Yoshiko? Er streifte sich eine freundliche gelbe Jacke über den Pyjama, spitzte den Mund und lief mit nach innen gerichteten Füßen umher. Als er sich im Spiegel betrachtete, war es ihm, als blickten seine Mutter und seine ältere Schwester ihm entgegen. Tatsächlich war dort jedoch eine Frau zu sehen, die weit attraktiver war als seine Blutsverwandten. Es war wahrhaftig Ryūzōs Idealfrau.

»Was machst du denn da?«, rief Yoshiko verblüfft aus, als sie Ryūzō so sah. Sie sollte eigentlich schlafen, war aber plötzlich aufgewacht.

»Ach, äh, ich dachte, es wäre schade um deine Kleider, und habe sie einmal anprobiert.«

»Ach ja, das soll wohl heißen, dass ich nie mehr gesund werde und mit meinen Sachen nach draußen gehen kann.«

»Nein, das meinte ich nicht. Ach, du wirst es sowieso nicht kapieren.«

»Oh mein Gott, jetzt bin ich schließlich ans Bett gefesselt.«

So redeten sie völlig aneinander vorbei, und Yoshiko brach in lautes Heulen aus. Seitdem wurden Ryūzō ihre Attacken immer unerträglicher. Tatsache war aber auch, dass er sich in diesem Moment tatsächlich wünschte, dass Yoshiko für immer ans Bett gefesselt sein möge. Denn dann könnte er ihre Kleider und ihren Schmuck nach Belieben für sich benutzen.

Der Priester begann, die Sutren zu rezitieren. Um nicht aufzufallen, begab sich Ryūzō in eine Ecke. Aus seiner schwarzen Handtasche zog er eine Gebetsschnur aus falschen Amethysten. Er hielt sie fest in seiner fleckigen Hand. Dabei setzte er eine besonders feierliche Miene auf. Die schöne Ausstrahlung einer alten Dame, die einer alten Freundin das letzte Geleit gibt. Ryūzō unternahm alle Anstrengungen, diese Rolle überzeugend zu spielen. Plötzlich spürte er von der Seite auf ihn gerichtete, durchdringende Blicke. Erschrocken spähte er möglichst unauffällig umher. Vom Eingang aus beobachtete ihn ein Mann mittleren Alters mit an Obszönität grenzender Aufdringlichkeit. Die pechschwarzen, festen Haare waren straff gescheitelt, und unter den ungewöhnlich buschigen Augenbrauen blitzten angriffslustige Augen hervor. War er aufgeflogen? Ryūzō stellte sich vor, wie sein Ruf ruiniert würde. Es lief ihm eiskalt den Rücken herunter. Als spürte der Mann seine Unruhe, starrte er, ohne die Augen abzuwenden, in seine Richtung. Leicht beklommen bewegte sich Ryūzō rückwärts, um sich zwischen die anderen Gäste einzureihen. Dann tippte ihm jemand auf die Schulter. Als er sich umdrehte, stand eine hochgewachsene Frau hinter ihm, die wie eine Schauspielerin zu einem gepflegten schwarzen Anzug einen Hut mit breiter Krempe trug. Sie öffnete die roten Lippen zu einem Lächeln. Ein starkes Parfüm wehte herüber. Im Begriff etwas zu sagen, führte sich Ryūzō mit einer theatralischen Geste den Zeigefinger an die Lippen. Die vor der Brust der Frau befestigte Perlenbrosche war prächtig. Unvermittelt entfuhr ihm ein Lob:

»Das ist aber eine hübsche Brosche!«

Es antwortete die Stimme eines Mannes:

»Das bist du doch, Vater.«

Völlig verblüfft betrachtete Ryūzō das Gesicht seines Gegenübers. Er konnte sich jedoch nicht erinnern. Der als Frau aufgemachte Mann flüsterte mit tiefer Stimme:

»Ich bin es, Yasuo. Weißt du nicht mehr? Wollen wir zusammen einen Tee trinken gehen? Es wird auch ein Wiedersehen mit Sachiko geben.«

Sowohl Yasuo als auch Sachiko waren Kinder, die einige Jahre in der Familie Kitsunekubo verbracht hatten. An die zwanzig Zöglinge hatten sie aufgenommen, die unterschiedlich lange geblieben waren. Waren sie einmal erwachsen, brach der Kontakt völlig ab. Das war der Grund, warum Ryūzō außer bei Kenichirō und einigen anderen die Namen und Gesichter nicht mehr in Übereinstimmung bringen konnte. Was war Yasuo für ein Kind gewesen, und warum erschien er jetzt in der Aufmachung einer Frau? Obwohl höchst verwirrt, nickte Ryūzō.

»Der Kerl da ist Polizist.«

Beim Hinausgehen zeigte Yasuo heimlich auf den Mann, der Ryūzō angestarrt hatte. Der war gerade dabei, mit argwöhnischem Blick die Gästeliste zu studieren.

»Ja, warum soll denn hier ein Polizist sein?«, fragte Ryūzō genau wie Yasuo mit dem Tonfall einer Frau zurück.

»Es war wohl Brandstiftung. Es heißt, unnatürlicherweise war nur die Leiche von Misaë völlig verkohlt. Offenbar wurde sie mit Öl oder Benzin oder so etwas übergossen. Furchtbar.«

»Verbrecher kommen ja an den Ort ihrer Tat zurück.«

Ryūzō fand es erregend, sich als Frau verkleidet im Strudel eines abscheulichen Verbrechens zu befinden. Der vorausgehende Yasuo drehte sich um und betrachtete Ryūzō von oben bis unten mit bewundernden Blicken.

»Einfach toll. Ganz wie eine ältere Dame.«

Ein kleines Stück zu Fuß von der Gedenkhalle entfernt befand sich ein Café mit dem fantasielosen Namen »Kaktus«. Von der Tür hing eine Kuhglocke, die beim Eintreten einen dumpfen Klang von sich gab. Gleichzeitig schlug einem ein muffiger Geruch ins Gesicht. Es war ein verräucherter Laden. Aus dem Dunkeln im Inneren winkte eine Frau, die sich auf einen kleinen Holzstuhl gezwängt hatte. Sie war so dick, dass man ihr Alter nicht schätzen konnte. Ihr über hundert Kilo schwerer, riesiger Körper war in grauen Jersey verpackt.

»Ya-chan, hier!«

»Mensch, Sa-chan, wirklich lange her. Geht's dir gut?«

Nachdem sie sich überschwänglich an den Händen gefasst und begrüßt hatten, zeigte Yasuo auf Ryūzō:

»Sa-chan, weißt du, wer das ist?«

Keine Ahnung, signalisierte Sachiko, indem sie ihren Kopf neigte. Dann führte sie sich die Tülle ihres Tropfenfläschchens in die Nasenlöcher ein.

»Tut mir leid, so in aller Öffentlichkeit. Ich habe Heuschnupfen. Die Pollen schwirren ja im April nur so durch die Gegend.«

Yasuo bot Ryūzō einen Stuhl an und legte ihm mit intimer Geste die Hände auf beide Schultern. Unter seinen kräftigen männlichen Handflächen wurden Ryūzōs Schultern heiß. Es war ungewöhnlich, dass unter den Pflegekindern ein Transvestit war. Im Gefühl, einen Verbündeten gefunden zu haben, ließ Ryūzō die Zeit vor dreißig Jahren Revue passieren. Sowohl Yasuo als auch Sachiko mochten um die vierzig sein. Das hieße, es musste kurz nach 1970 gewesen sein. Aber er konnte sich an nichts erinnern. Yasuo unterbrach die Gedanken von Ryūzō, indem er ihm gerade ins Gesicht schaute.

»Das hier ist Ryūzō Kitsunekubo, unser Vater.«

»Ich glaube es nicht.« Während sich Sachiko die Nasentropfen einspritzte, riss sie die Augen weit auf.

»Das ist doch eine Frau.«

»Perfekt verkleidet. Wenn ich nicht schwul wäre, hätte ich es nicht erkannt.«

»Danke, das freut mich.«

Ryūzō bedankte sich aufrichtig geschmeichelt. Aber die Tatsache, dass beide ihn kannten, während er sich nicht erinnern konnte, war ihm unangenehm. Im Geiste schminkte er Yasuo ab und entfernte Sachiko das Fett aus dem Gesicht; er fahndete nach ihrem Aussehen in Kindheitstagen, aber es entstand kein Bild in seinem Kopf. Zwar besaß er ein Fotoalbum mit den

Pflegekindern, doch nach dem Umzug in die Eigentumswohnung war es im Wandschrank verschwunden, ohne dass er es noch einmal angeschaut hätte. Sie waren umgezogen, weil das Haus aus ihrer Zeit als Pflegefamilie für ein altes Ehepaar zu groß war. Es hatte fünf Zimmer, und damals kam die Idee auf, eine Pflegefamilie zu gründen, statt unterzuvermieten. Yoshiko, die vor der Ehe als Kindermädchen gearbeitet hatte, hatte den zündenden Gedanken gehabt. In ihren gesunden Tagen konnte sie normalerweise vier Kinder zugleich versorgen. Pro Kind gab es einen Zuschuss von 30000 Yen, so dass sich ein monatliches Einkommen von 120000 Yen ergab. Das war harte Arbeit für Yoshiko, aber Tatsache war auch, dass sie ziemlich viel Geld sparen konnten.

Sachiko putzte sich die Nase und sagte:

»Du warst also Transvestit. Ist denn so jemand zum Pflegevater geeignet?«

Gift lag in den Worten von Sachiko, und Ryūzō fühlte sich unwohl.

»Damals war ich es noch nicht. Das kam erst in letzter Zeit. Yoshiko ist jetzt bettlägerig. Da ich ihre Sachen nicht einfach wegwerfen konnte, habe ich sie einmal ausprobiert. Und dann gefiel es mir.«

Yasuo prustete los und hielt sich die große Hand vor den Mund. Dann nahm er den Hut ab. Seine kurz geschnittenen Haare klebten am Schädel. Die vorstehenden kräftigen Augenbrauen enthüllten plötzlich das Gesicht eines Mannes. Yasuo bestellte zwei Bananensäfte und zündete sich eine Zigarette an.

»Ist doch egal, wie es gekommen ist. Ich mag jedenfalls einen Transvestiten als Vater. Als wir zusammen wohnten, warst du nie da, und ich kannte dich eigentlich gar nicht. So ein Mensch bist du also. Also, ich mag dich sehr gerne. Sa-chan, meinst du auch, dass ich nicht geeignet sei?«

»Nein, das meine ich nicht. Du bist eine starke Nummer als Schwuler.«

Während Sachiko sich noch immer die Nase abwischte, nickte Yasuo befriedigt.

»Und du bist eben ein Dickerchen.«

»Ach ja? Tut mir wirklich leid! Glaubst du, ich bin dick, weil es mir Spaß macht?«

Sachiko packte die Nasentropfen in ihre große Einkaufstasche. Ihre im Fett vergrabenen Augen zogen sich zu noch engeren Schlitzen zusammen.

»Irgendwie gefällt mir der Ton hier nicht. Aber wo wir gerade dabei sind, möchte ich dir einmal etwas klar sagen, Vater. Ich habe einen gehörigen Hass auf Yoshiko. Denn ich glaube, sie hat uns um unsere Zuschüsse für das Unterrichtsmaterial betrogen. Ob Sportkleidung oder Schreibwaren, irgendwo hat sie altes Zeug besorgt und für neu ausgegeben. Einmal musste ich ein Schulheft benutzen, in das schon der Name von jemand anderem eingetragen war. Was habe ich da geheult. Von der Tante im Schreibwarenladen vor der Schule hat sie sich Quittungen besorgt und damit alles vertuscht. Es gab ja wohl auch einen Essenszuschuss, aber dafür haben wir einen furchtbaren Fraß vorgesetzt bekommen. Immer bloß dünne Misosuppe und eingelegtes Gemüse, Nährwert gleich null. Die hat ganz sicher die Zuschüsse einkassiert und angespart. Das hat Kenichirō auch gesagt. Deswegen bin ich auch so dick geworden.«

»Was redest du da für dummes Zeug!«

Ryūzō explodierte. Wenn er sich ärgerte, verfiel er unvermittelt wieder in seine männliche Sprechweise. Sicher, es war Yoshikos Idee gewesen, Kinder aufzunehmen, um damit die Haushaltskasse aufzubessern. Aber sich um die Kinder zu kümmern, war bestimmt keine einfache Aufgabe gewesen. In Geldangelegenheiten stand Ryūzō plötzlich auf Yoshikos Seite.

»Dieser Kenichirō, das war vielleicht ein Angeber. Den Kerl habe ich wirklich nicht gemocht.« Yasuo zündete sich eine zweite Zigarette an und betrachtete Sachiko von der Seite. »Sa-chan wurde nämlich von Kenichirō sexuell belästigt.«

»Sexuell belästigt ist gut, richtiggehend begrapscht hat er mich.« Sachiko spitzte die Lippen. »Wenn es Nacht wurde, kam der Typ mit seinen Händen unter meinen Futon und fasste mich überall an. Aber weil ich klein war, passierte das bei mir nicht so oft. Mit Haru-chan hat er es auch gemacht und mit Aiko auch. Aiko hat ordentlich Geld dafür genommen. Das Geld hatte Kenichirō aus dem Portemonnaie von Mutter gestohlen. Das wusstest du wohl nicht, Vater. Weil das aber nicht immer so weiterging, stürzte er sich voll auf Haru-chan, die sich umsonst befummeln ließ. Haru-chan sagte: ›Mir macht es nichts aus, wenn du mir an die Brüste fasst.‹ Es war ganz sicher Kenichirō, der Haru-chan die Unschuld geraubt hat.«

Haru-chan war Ryūzōs leibliche Tochter Haruko. Sie hatte direkt nach der Ausbildung geheiratet. Ryūzō hatte nicht die geringste Ahnung von diesen Ereignissen. Er war fassungslos.

Mit weit ausgestrecktem kleinem Finger umfasste Yasuo den Strohhalm und sagte eindringlich: »Damals waren es du und ich, Kenichirō und Aiko. Haben wir nicht zu viert zusammengewohnt? Es gab getrennte Zimmer für Jungen und Mädchen. Ich war drei Jahre da und du vier. Und während Kenichirō fast zehn Jahre bei Vater gewohnt hat, war es nicht so, dass Aiko nach kaum einem Jahr als Sternenkind zurückgekehrt ist? Wieso eigentlich?«

Sachiko deutete durch ein Kopschütteln an, dass sie keine Ahnung hatte.

Ryūzō kannte den Grund nur zu gut, sagte aber nichts. An Sachiko und Yasuo konnte er sich kaum erinnern, aber Aiko Matsushima war ihm ganz und gar gegenwärtig.

Es war Misaë Kadota, die Aiko mitgebracht hatte. Misaë erklärte, die Kleine sei in einem Bordell geboren, Eltern unbekannt. Bis zum achten Lebensjahr hätte man sich um das arme Kind nicht gekümmert. Aber gerade deswegen sei es nötig, dass sie Erfahrungen in einer ganz normalen Familie mit Vater, Mutter und Kindern machte, ereiferte sich Misae. »Und sie ist kein schlechtes Kind. Zwar ist sie nicht gut in der Schule, aber sie versucht sich nach Kräften an ihre Umgebung anzupassen. Sie ist zu der Einsicht gekommen, dass es normal ist im Leben, allein zu sein.«

Zwar irritierte es Ryūzō sehr, dass Kinder über Einsichten verfügen sollten, aber dann traf er Aiko und stimmte dem Urteil zu. Aiko war im vierten Schuljahr und eine Erwachsene in Gestalt eines Kindes. Sie hatte wie eine Schildkröte schmale, heruntergezogene Augen und war ein spindeldürres Mädchen mit dunkler Haut. Sie betrachtete ihre Umwelt mit ruhelosem Blick und fahndete nach Mitteln und Wegen, sich Vorteile zu verschaffen. Gab es Süßigkeiten, verglich sie deren Menge auf jeden Fall mit der anderer Kinder. Sogar die Reiskräcker zählte sie ab. Die erste Frage, die Aiko an Ryūzō und Yoshiko richtete, betraf die Vermögenslage der Familie Kitsunekubo.

»Vater, ich habe gehört, dass dir eine Wohnung gehört. Gehört dir auch dieses Haus? Hast du ein Auto? Ein japanisches oder ein ausländisches? Ein Wochenendhaus hast du wohl nicht, oder? Wenn man alles Vermögen zusammenzählt, wie viel ungefähr wäre es dann? Hat Mutter Edelsteine? Eine Tante, mit der ich zusammengewohnt habe, hat jemanden geheiratet, der ihr all das versprochen hat. Er hatte noch ein Wochenendhaus am Meer. Die Tante hat mir versprochen, mich einmal dahin mitzunehmen. Aber dann hat mir jemand, der wirklich dort war, erzählt, dass alles erlogen war. Die Hochzeit war erlogen, und das Vermögen war auch erlogen. Schlimm, oder?«

Für Aiko war Geld alles. Sie hatte wohl gelernt, dass man auch als Kind leben konnte, wenn man nur über Geld verfügte. Ryūzō war Aiko unheimlich. Aber als er sah, dass sie einmal mit neidischen Augen beobachtete, wie Haruko von Yoshiko verwöhnt wurde, tat sie ihm leid. Darauf behandelte er sie unbewusst immer bevorzugt. Einmal kaufte er ihr sogar dieselben Kleider und Süßigkeiten wie der gleichaltrigen Haruko. Nachdem er jedoch von Yoshiko hörte, dass Aiko stahl, wurde er ihr gegenüber kühl und stellte sie unter sorgfältige Beobachtung. Aiko, die die Veränderung in Ryūzō spürte, kokettierte manchmal in einer Art und Weise herum, dass man kaum glauben mochte, dass sie ein Kind war. Wenn Ryūzō heimkam, hieß sie ihn mit einem »Wunderbar, dass du wieder da bist« an der Haustür willkommen. Oder nach dem Bad lief sie lediglich mit einem Höschen bekleidet im Zimmer umher, in dem Ryūzō sich aufhielt. Ihm war sofort klar, dass sie sich dieses Verhalten in dem Bordell angewöhnt hatte. Aber als sie eines Tages mit dick aufgetragenem Lippenstift von Yoshiko erschien, war es zu viel, und er schimpfte mit ihr: »Kinder machen so etwas nicht!« Für eine Sekunde war Aiko verblüfft, machte sich aber nicht sofort daran, den Lippenstift abzuwischen. Stattdessen presste sie ihre Lippen auf eine Seite ihres Schulhefts, riss sie heraus und streckte sie ihm stolz entgegen. Ryūzō war sprachlos. Ein unbelehrbares, ein schwer erziehbares Kind. Er begann, eine starke Abneigung gegen Aiko zu entwickeln.

Eines Nachts, als Ryūzō von einem Geräusch aufgewacht war, traute er seinen Augen nicht. Die Schiebetür schob sich langsam auf. Geöffnet wurde sie durch eine kleine Hand, die eine Taschenlampe umfasste. Aiko betrat das Schlafzimmer des Ehepaars. Yoshiko lag nach den Anstrengungen des Tages in tiefem Schlaf. Ryūzō schaute auf die Füße von Aiko und war entsetzt. Trug sie nicht weiße Pumps, obwohl sie sich im Haus befanden? Er wollte schon losbrüllen, war dann aber neugierig, was sie wohl vorhatte, und dämpfte seinen Atem. Aiko öffnete mit geübten Griffen die Schublade der Kommode, nahm Unterlagen heraus und sah sie sich an. Nachdem sie damit fertig war, legte sie die Dokumente zurück, nahm sich einige Geldscheine aus einer anderen Schublade und verließ das Zimmer. Ryūzō stand auf und folgte ihr heimlich. Aiko stolzierte mit ihren Schuhen im nächtlichen Flur umher und begab sich in Richtung Küche. Sie öffnete die Kühlschranktür und naschte Schinken und kalten Reis mit den Händen. Eine Wanderratte. Ryūzō war schockiert und wurde von heftiger Abscheu gegen Aiko gepackt. Dann fiel ihr Blick auf die Streichhölzer, die neben dem Gasherd lagen, und sie zündete eines an. Aikos durch die kleine Flamme aufleuchtendes Gesicht trug die Züge einer verschlagenen Frau. Ryūzō wartete ab, bis sie mit der Colaflasche wieder in ihrem Zimmer verschwunden war. Dann begab er sich ins Schlafzimmer zurück und prüfte, welche Unterlagen Aiko durchgeblättert hatte. Zu seiner Überraschung waren es die Besitzurkunde der Wohnung und einige Aktienzertifikate. Da sie den Aufbewahrungsort kannte, war Aiko wohl schon etliche Male ins Schlafzimmer eingedrungen. Am nächsten Morgen rief Ryūzō Misaë an und veranlasste, dass sie wieder ins Heim zurückgeholt wurde. Als Grund gab er vor, dass sie mit seiner leiblichen Tochter Haruko nicht gut auskam. Dass er die Diebstähle und die Herumschnüffelei nicht erwähnte, hing nicht etwa damit zusammen, dass er um ihre Zukunft besorgt gewesen wäre. Wenn sie nur das Haus verlassen würde, waren ihm ihre Zukunft und alles andere völlig egal.

Sachiko verzog ihre fetten Backen und strich sich über das goldblond gefärbte Haar.

»Vor dieser Aiko hatte ich Angst. Sie konnte zwar unheimlich gut die Lehrer nachmachen, aber irgendwie mochte sie keiner.

Und ich kenne auch den Grund. Sie war eine Diebin. Die Kappe vom Bleistift oder Abziehbildchen oder den Radiergummi, alles hat sie gestohlen. Aber weil sie älter war, konnte man sich nicht beschweren. Wenn man etwas gegen sie sagte, hat sie sich furchtbar gerächt. Etwa indem sie einem im Schlaf Klebstoff in die Haare schmierte. Ein widerwärtiges Weib.«

»Wo Aiko jetzt wohl steckt, und was sie macht?«

Auf Ryūzōs Frage zuckte Sachiko mit den Achseln.

»Wohl eine Hure. Wer sich bloß so eine Frau kauft!«

»Also tatsächlich ist es so, dass ich Aiko vor ein paar Jahren gesehen habe«, bemerkte Yasuo wichtigtuerisch. »Das war nicht in Tokio, sondern in Osaka. Damals bin ich mit Kunden zum Filmstudio gegangen und habe dort übernachtet. Auf dem Gang bin ich an einem Zimmermädchen vorbeigelaufen, die einen Reinigungswagen zog. Diese Frau warf mir einen flüchtigen Blick zu. Wir schauten uns kurz in die Augen, und irgendwie kam sie mir bekannt vor. Es machte mich ganz unruhig. Die war riesig groß und unheimlich. Beim Bezahlen an der Rezeption fiel es mir dann ein. Das … das war Aiko. In der Mittelschule muss sie wohl plötzlich gewachsen sein. Ein richtiges Gespenst.«

»Gespenster erscheinen und verschwinden wieder.«

Mit ihrer dicken Hand machte Sachiko eine Geste, als ob sie einen üblen Geruch vertreiben wollte.

Kaum war Ryūzō zurück zu Hause, stürmte er ins Schlafzimmer. Sogleich keifte Yoshiko los:

»Du kommst ja wohl gerade von der Beerdigung zurück. Hast du auch das Salz gestreut?«

»Hab ich vergessen.«

Yoshiko war gerade in eine Zeitschrift vertieft. Die Brille vergrößerte ihre Augäpfel auf abstoßende Weise.

He, da ist ja Dreck am Saum meines Trauerkleides, du hast den Regenmantel ganz zerknittert!

Yoshikos Beschwerden wollten nicht aufhören, aber Ryūzō kümmerte sich nicht darum. Aus dem oberen Schrankfach holte er den Gästefuton heraus, dann steckte er tief seinen Kopf herein und suchte das Fotoalbum. Yoshiko erhob ihre schneidende Stimme:

»Was machst du denn da? Wenn du etwas suchst, dann zieh gefälligst erst mein Kleid aus. Du denkst wohl, dass ich es ja doch nicht mehr tragen kann, aber es gehört eben mir.«

»Da ist es!«

Mehrere Alben waren in einem Karton verstaut. Es waren ungefähr zehn an der Zahl. Er öffnete das mit der Aufschrift »60er/70er Jahre«. Er wollte noch einmal das Gesicht von Aiko Matsushima sehen.

»Verdammt noch mal, was machst du da?«, schrie Yoshiko wütend.

»He, es gab doch diese Aiko Matsushima, diese kleine Kleptomanin.«

»Ja, ja, ja!« Yoshikos Reaktion zeigte, dass auch sie lebhafte Erinnerungen hatte. »Wenn ich diesem Kind etwas gesagt habe, hat es bloß gegrinst. Wirklich unheimlich. Ich war so froh, als die wegging. Wieso, was ist denn mit ihr?

»Ach nichts, ich dachte nur so.«

Ryūzō durchblätterte verschiedene Seiten und war fassungslos: Überall dort, wo Fotos von Aiko sein sollten, waren nur leere Stellen. Nachdem sie in diese Wohnung gezogen waren, hatte er die alten Alben, ohne sie noch einmal anzusehen, weggelegt.

»Keine Fotos. Sag mal, hast du die rausgenommen?«

»Ich? Du siehst doch, in welchem Zustand ich bin.«

Ryūzō stellte sich vor, wie sich die erwachsene Aiko abermals mit der Taschenlampe in der Hand ins Zimmer schlich, den Wandschrank durchwühlte und ihre eigenen Bilder entwendete. Es lief ihm eiskalt den Rücken herunter. Yoshiko wollte wissen, was denn los sei, aber er wischte sich nur wieder und wieder die schweißnassen Handflächen am Saum seines Kleides ab.

3. Kapitel

Alle Erinnerungen des Lebens

»Also, ich bin in Denenchōfu im Stadtteil Ōta aufgewachsen. Der Ort ist durch seine Wohnstraßen berühmt, die in der Taishō-Zeit von dem Unternehmer Eiji Shibusawa erbaut worden waren. Wusstest du das? Nun, so etwas wirst du wohl kaum wissen. Dort breiten sich die Straßen nach Art eines Spinnennetzes aus, was wunderschön aussieht. Und in der größten Villa, genau in der Mitte von Denenchōfu, auf der Spitze des Hügels, dort habe ich das Licht der Welt erblickt. Wenn man mich heute sieht, kann man es sich kaum vorstellen, aber meine Mutter war die Tochter des Generaldirektors der größten Bank von Japan. Weil es angeberisch klingt, erzähle ich es nur ungern; aber es heißt, dass sie mit einer Kolonne von zehn, zwanzig Rolls-Royce-Wagen zur Eheschließung geleitet wurde. Ganz so wie bei einer Zeremonie der kaiserlichen Familie. Man sagt, dass auch unser Haus in Denenchōfu von der Familie meiner Mutter stammt. Wenn du fragst, was der Beruf meines Vaters war, nun, er war Schriftsteller. Ein Mitglied der Decadent School. Nein, das ist keine englische Erziehungsanstalt, du Dummkopf. Ich nehme an, dass du keine Romane liest. Jedenfalls machst du so ein Gesicht. Aber mein Vater hatte wirklich außerordentliches Talent. Seine Essays und Romane wurden sogar für Lehrbücher verwendet. Jawohl, für Lehrbücher, mein Lieber. In solch eine Familie wurde ich hineingeboren. Ja, das war ein Glück. Was wir Glück nennen, ist allerdings etwas, das nur von kurzer Dauer ist. Denn als ich im sechsten Schuljahr war, starb mein Vater an Typhus. Das war der Beginn des Unglücks. Mutter wurde von Verwandten und Geschwistern betrogen. Es heißt, man habe ihr das gesamte Vermögen geraubt. Nicht nur das Geld und den Grund und Boden. Sogar die Werke meines Vaters haben die Schwäger an sich gerissen. Dazu hätten sie ein Recht, behaupteten sie, und haben alles mitgenommen. Meine Mutter war eine wohlerzogene Frau, und so war ihr Gutgläubigkeit zu eigen. Da diese Charaktereigenschaft auch auf mich übergegangen ist, gab es Probleme. Denn wenn man nicht auch einen gewissen schlechten Zug anerzogen bekommen hat, kommt man in dieser Welt nur schwer zurecht. So ist es doch oder.«

Aiko redete, die Ellenbogen auf die Theke gestützt. Dabei starrte sie in die Küche hinein. Lee jedoch zerteilte, ohne auch nur mit der Wimper zu zucken, mit dem Fleischmesser die Rindsinnereien. Es gab keine Anzeichen, ob er zuhörte oder nicht. Das Küchenbrett verfärbte sich dunkel vom Blut. Lee legte das Messer beiseite und drehte unter knacksenden Geräuschen seinen Stiernacken. Dann stieß er einen Seufzer aus. Mit seinen bis unter die Nägel vom Blut verfärbten Fingern fischte er eine Zigarette aus der Schachtel vom Regal. Während Aiko beobachtete, wie sich das rote Blut auf die Zigarette zwischen Lees Fingern ausbreitete, unterdrückte sie ein Gähnen. Lee schwieg, starrte auf die mit Fett und Blut besudelte Küchenwand und machte seine Zigarettenpause. Er war Mitte fünfzig. Sein untersetzter Körper war in einen schmuddeligen weißen Kittel gewickelt. Seine im fleischigen Gesicht vergrabenen schmalen Augen waren stets trüb. Aiko hatte nicht die geringste Ahnung, was er wohl denken mochte. Sie versuchte auch gar nicht, es zu verstehen.

»Sag mal, Lee, hörst du überhaupt zu?«

»Ja, ich hör schon.«

Lee antwortete, ohne in Aikos Richtung zu schauen. Er sprach schnell, und seine genuschelten Worte klangen undeutlich. Er war vor einem Jahr nach Japan gekommen, und sein Japanisch war schlecht. So etwas wie Aikos Geschichte konnte er wohl kaum verstehen. Aber das war egal. Aiko, die in Fahrt geraten war, fuhr mit ihren Lebenserinnerungen fort:

»Über die Umstände meiner Jugend spreche ich nicht viel zu anderen Leuten. Denn sie glauben mir ja doch nicht. Ich bin als Tochter aus der Verbindung einer reichen Mutter und eines Vaters, der Schriftsteller war, hervorgegangen. Ständig sind in unserem Haus berühmte Schriftsteller ein und aus gegangen. Würde man ihre Namen aufführen, würden die jungen Leute von heute sie wohl kaum kennen. Und daher wird die Wahrheit, wenn ich einmal sterbe, vom Antlitz dieser Welt verschwinden. Das ist zwar sehr traurig, aber man kann nichts daran ändern, nicht?«

Aiko stockte und kramte angestrengt in ihrer Erinnerung. Sie hatte die Namen von einigen Schriftstellern gehört, hatte sie aber alle vergessen. Und das, obwohl sie die Geschichten von Mutsuko Saruwatari so oft gehört hatte, dass sie sie auswendig kannte. Was hatte Mutsuko sonst noch gesagt? Mit zweiundsiebzig Jahren war sie eigentlich noch nicht im Verkalkungsalter. Trotzdem war sie eine geizige Alte, die im Zimmer umherlief und nach einem Reisbällchen suchte, obwohl sie es bereits aufgegessen hatte. Diese wunderliche Mutsuko Saruwatari, die ständig und ausschließlich Geschichten erzählte, die sich nur um ihre Kindheitstage drehten. Während Mutsuko plapperte, ließ sie sich von Aiko die Beine massieren. Ihre Beine waren krumm, und trockene weiße Hautschuppen flogen umher. Wenn Aiko aus Ekel davor stockte, keifte sie gleich los:

»Los, massier ordentlich. Kräftiger, sonst bezahle ich dich

nicht. Du willst doch wohl Geld verdienen. Wenn du das willst, dann musst du auch etwas dafür tun.«

Mutsuko Saruwatari schien die fast vierzigjährige Aiko ganz wie ein zwanzigjähriges Dienstmädchen zu betrachten. Zu dieser Zeit, vor zwei Jahren, wohnte Mutsuko im Parklight Hotel im Stadtteil Chiyoda, in dem Aiko als Zimmermädchen arbeitete. Manchmal wohnten in großen Hotels Gäste, die ihre Zimmer auf Dauer gemietet hatten. Im Parklight Hotel gab es viele solcher Gäste.

Mutsuko behauptete, einst eine höhere Tochter aus Denench¯ofu gewesen zu sein. Aber laut dem schon fast zum Inventar gehörenden Türsteher Wakizaka war sie eine ziemlich verkalkte Alte, die früher einen Tabakladen in Jinbochō im Bezirk Kanda betrieben hatte. In der Bubble-Zeit, als überhitzt mit Aktien und Grundstücken spekuliert wurde, hatte sie Glück gehabt und war zu Geld gekommen. Damit machte sie vor dreizehn Jahren aus der Not des Alleinseins eine Tugend und nistete sich im Hotel ein. Wenn sie den Mund aufmachte, kam nichts als großspuriges Geschwätz heraus. Im Laufe der Zeit wurden die Geschichten immer weiter ausgeschmückt, und ihre Prahlereien nahmen riesige Dimensionen an. Aiko imitierte Mutsuko so exakt, als wäre diese in sie eingefahren, wenn sie Lee gegenüberstand. Äffte sie Mutsukos affektierten Tonfall nach, flossen ihr deren Geschichten wie ein Wasserfall aus dem Mund.

»Also, als ich noch klein war, da begab sich Folgendes. Der Gärtner kam in unseren Garten. Und dieser Mann … wie hieß er denn gleich noch? Na ja, auch nicht so wichtig. Jedenfalls, dieser Mann kam mit irgendwas in der Hand auf mich zu und sagte: ›Mein Fräulein, nun schauen Sie mal, was ich da im Gartenteich gefunden habe.‹ Und was glaubst du, was das war? Ein kleiner Laubfrosch! Was habe ich mich erschrocken! ›Iiiihhh‹, habe ich geschrien und wäre beinahe von der Veranda gefallen. Meine Frau Großmutter und Mutter kamen herbeigeeilt, mein Gott, was war das für eine Aufregung.«

In dem Augenblick beugte sich Mutsuko Saruwatari damals zurück, hob wie ein Mädchen beide Hände und schrie »Iiiihhh«. Dabei verzog sie das faltige, affenartige Gesicht und schüttelte voller Ekel den Kopf, bis sich die weißen Haare lösten. Es war schrecklich.

Aiko huschte ein schwaches Lächeln über die Lippen. Diese schlecht gelaunte alte Frau wäre wohl glücklicher dran, wenn sie stirbt. Deswegen habe ich ihr den Gnadentod gegeben. Eigentlich wäre es besser gewesen, ich hätte ihr Geld gestohlen und wäre einfach abgehauen. Aber Mutsuko hatte etwas an sich, was damit nicht erledigt gewesen wäre. Es gab keine andere Möglichkeit. Hätte ich sie nicht getötet, wären ihr ausuferndes Geschwätz und ihr verrückter Kopf nicht zu stoppen gewesen. Es war nicht meine Schuld.

Aiko wartete die Zeit ab, in der Mutsuko im Bad war, und verschaffte sich mit dem Zweitschlüssel Zugang zum Zimmer. Wie erwartet, waren Plätschergeräusche aus dem Badezimmer zu hören. Weil es auffällig wäre, wenn die Schuhe nass würden, entledigte sich Aiko flink ihrer weißen Schlappen und Socken, die zur Dienstmädchenuniform gehörten. Leise öffnete sie die Tür zum Badezimmer. Mit der Duschhaube auf dem Kopf saß Mutsuko mitten in der Badewanne und wusch ihre Unterwäsche. Aufgeschreckt durch den Luftzug hob sie den Kopf. »Huch!«

»Guten Abend.«

Mutsukos Blick fiel auf die nackten Füße von Aiko.

»Wie bist du denn hier hereingekommen? Was für eine Unverschämtheit!«

»Was für eine Unverschämtheit!«

Überrascht von Aikos Nachäfferei sprangen Mutsukos Augen in eine scharfe Dreiecksform. Die Augäpfel bewegten sich erregt hin und her. Aiko baute sich neben der Badewanne auf. Mutsuko war allseits bekannt dafür, dass ihre Badewanne durch feste Krusten verdreckt war, die alle Anstrengungen beim Saubermachen erforderten. Jetzt wurde als Ursache dafür klar, dass Mutsuko ihre Wäsche darin wusch. Und dann diese sinnlose Verschwendung von Duschhauben. War es nicht ein Luxus, sich jeden Tag eine neue zu nehmen, nur weil es sie umsonst gab? Aiko glühte plötzlich vor Ärger und stellte ein Bein auf den Badewannenrand. Mutsukos Stimme zitterte vor Angst.

»Wa... warum bist du eigentlich barfuß? Wa... was soll das alles?«

»Aber Großmütterchen, ich dachte, ich könnte dir einfach mal den Rücken abspülen.«

»Du bist ja wohl nicht das Rotkäppchen. Verschwinde hier. Das ist mein Bad. Du bist mir unheimlich. Geh weg. Los, sonst rufe ich um Hilfe.«

»Du bist mir unheimlich. Geh weg«, echote Aiko.

Mutsuko stieß einen Schrei aus. Ohne ihren eingefallenen nackten Körper zu bedecken, erhob sie sich und versuchte, das Wandtelefon zu erreichen. Aiko war sofort zur Stelle und drückte Mutsukos kleinen, mit der Duschhaube bedeckten Schädel mit beiden Händen und aller Kraft nach unten. Daraufhin rutschte Mutsuko aus und fiel mit dem Bauch nach oben in die Badewanne. Mit immer noch erstauntem Gesicht stiegen ihr, blubblubblub, Luftblasen aus Mund und Nase. Dabei strampelte sie mit den über den Beckenrand herausragenden Beinen. Diese hässlichen, mit Krampfadern bedeckten Beine. Diese kurzen und immer wieder durchmassierten Beine. Verzweifelt versuchte Mutsuko, den Beckenrand zu fassen zu bekommen. Aber sie schaffte es nicht. Weil sie eine schwache alte Frau war. Aiko hatte ein Bein auf Mutsukos schlaffen Bauch gesetzt. Völlig verblüfft schluckte Mutsuko das schmutzige Wasser, dann starb sie. Mutsukos geöffnetem Mund entstiegen noch eine Zeitlang die Luftblasen.

Aiko verließ das Badezimmer und begab sich zum Safe im Schrank. Sie gab die Geheimnummer ein und öffnete ihn mühelos. Es war ganz einfach gewesen, die Geheimnummer herauszufinden. Denn in der Notizspalte von Mutsukos Rentenheft stand eine Reihe von Ziffern, die Aiko nur ausprobieren musste. Im Safe befanden sich lediglich ein altes vergilbtes Buch mit dem Titel *Der disqualifizierte Mensch,* ein Sparbuch mit einem Saldo von weniger als 500 000 Yen und ein Umschlag mit 280 000 Yen Bargeld. Hatte diese Alte wirklich nicht mehr Geld? Aiko durchsuchte das ganze Zimmer, fand aber weder Versicherungspolicen noch Aktienzertifikate noch Schmuck noch sonst irgendetwas. Wer hatte denn immer großspurig davon getönt, dass sie doch nichts davon hätte, eines Tages bloß Geld zurückzulassen, und dass sie dafür sorgen wollte, dass es nach ihrem Tode in eine Stiftung eingehen würde?

Enttäuscht stopfte Aiko sich 200 000 Yen von dem Bargeld in die Tasche. Alles mitzunehmen, hätte Verdacht erregt. Niemals alles mitnehmen. Das war die goldene Regel des Hoteldiebstahls. Es geschieht immer aus Gier, wenn man auffliegt. Auf dem Weg nach draußen stockte Aiko, entschied sich, das Buch doch noch mitzunehmen, und ließ es in ihrer Uniform verschwinden. Mit Unschuldsmiene trat sie auf den Flur und lief über die Treppe für das Personal schnell weg. Es war so einfach, als Dienstmädchen Untaten zu begehen, dass es fast schon wieder langweilig war.

Am nächsten Tag hatte sie Spätschicht. Als sie durch den Personaleingang kam, traf sie auf Wakizaka. Der war dabei, sich nach dem Ende der Frühschicht auf den Heimweg zu machen, kam aber auf Aiko zu und flüsterte ihr ins Ohr:

»Hast du schon gehört? Frau Saruwatari von Zimmer 813 ist gestern gestorben. Es heißt, sie ist im Bad ausgerutscht. Die Nummer 13 bringt eben doch Unglück.«

Anscheinend hatte man Mutsukos Leiche schnell weggebracht, damit die anderen Gäste sie nicht sahen. Froh darüber, dass keine Mitteilung an die Polizei gemacht wurde, begab sich Aiko am nächsten Tag zu einem Antiquar, um das Buch zu verkaufen. Zu ihrer Überraschung erzielte sie dafür einen Preis von 250 000 Yen. Auf ihre Frage, warum es so wertvoll sei, hieß es, es handele sich um eine Erstausgabe. War denn der Vater von Mutsuko Saruwatari vielleicht dieser Osamu Dazai? Und falls ja, war Mutsuko dann ein uneheliches Kind? Oder war doch bloß alles Aufschneiderei? »Und daher wird die Wahrheit, wenn ich einmal sterbe, vom Antlitz dieser Welt verschwinden.« Aiko erinnerte sich an Mutsukos Worte und lachte in sich hinein. Alle von Aiko mit Gewalt beendeten Leben haben ein ewiges Geheimnis mit sich genommen, als sie diese Welt verließen. Nur gut, wenn das, was man die Wahrheit nannte, ausgelöscht wurde.

Zwei Männer öffneten die Tür zum Restaurant. Lee schnalzte mit der Zunge und warf die Zigarette auf den Küchenboden.

»Noch nicht, Leute, wir öffnen erst um fünf.«

Aiko nahm hastig das Putztuch zur Hand. Während sie die Theke abwischte, setzte sie ihre Unschuldsmiene auf und beobachtete die Männer. Beide hatten einen unerträglich durchdringenden Blick. Man konnte spüren, aus welch grobem Holz sie geschnitzt waren. Der eine trug einen grauen Anzug, und die pechschwarzen Haare waren straff gescheitelt. Es waren so volle Haare, dass sie sich im Bereich des Scheitels auftürmten.

Man hätte einem Glatzkopf etwas davon abgeben mögen. Der andere trug einen weißen Blouson. Von der Schulter hing ein merkwürdiges Band herab, und die Ärmel waren aufgekrempelt. Sollte wohl modisch sein, aber mit den schneeweißen Turnschuhen sah er eher bieder aus, wie ein Sportlehrer.

Oh verdammt, oh verdammt, meldete sich Aikos Argwohn. Statt einer Begrüßung hoben die Männer nur die Hände, übergingen mit einem knappen »Verzeihung« Lees Protest und traten herein. Beide zogen gleichzeitig ein schwarzes Notizbuch aus der Brusttasche, zeigten es vor und steckten es sofort wieder ein.

»Wir sind von der Polizei. Ich heiße Kumamoto, und das ist Miyazaki*.

Als er »Polizei« hörte, verdunkelte sich Lees ausdrucksloses Gesicht für einen Moment.

»Das sind keine Präfekturnamen, wir heißen so.«

Die beiden schauten sich an und lachten wie bei einer Kabarettnummer. Lee, der noch nicht einmal wusste, dass es solche Präfekturen überhaupt gab, verzog keine Miene. Aiko faltete das Putztuch langsam zusammen.

»Wir hätten da eine Frage. Gestern Abend hat es in einer Wohnung im Chūō-Bezirk Nr. 8 gebrannt; wissen Sie etwas darüber?«, sprach sie der Beamte im weißen Blouson ruhig an. Dann musterte er abwechselnd die Gesichter von Lee und Aiko. Doch darauf ließen sich die beiden nicht ein. Aiko schaute Lee fragend an, doch der verschränkte nur die Arme und schloss die Augen. Wenn man ihn nicht kannte, sah es aus, als würde er nachdenken. In seinem Kopf herrschte Leere. Die Zeit verstrich. Die beiden Polizisten gaben es auf und wandten sich an Aiko. Diese schüttelte langsam den Kopf.

---

* Kumamoto, Miyazaki: Beides sind sowohl Personenamen als auch die Namen von zwei Präfekturen in Japan (A.d.Ü.).

»Aha, Sie wissen nichts darüber. Es stand in der Zeitung, aber die lesen Sie vermutlich nicht«, bemerkte Weißblouson ironisch. »Also, Tatsache ist, dass bei dem Feuer ein Ehepaar ums Leben gekommen ist. Ich möchte, dass Sie sich deren Bilder einmal anschauen. Nein, keine Sorge, es sind keine Fotos vom Tatort. Dahinten gibt es doch eine kleine Bar namens Yama-chan. Wir haben von der Chefin erfahren, dass die beiden gestern Abend Karaoke bei ihr gesungen haben. Und weil sie sagte, dass sie stark nach Yakiniku gerochen hätten, dachten wir, dass sie vielleicht vorher hier gewesen sind.«

»Zeigen Sie mal her.«

Plötzlich streckte Lee seine mit trockenem Blut verklebte Hand aus. Nachdem Grauanzug im ersten Moment etwas zurückgeschreckt war, zeigte er Lee und Aiko das Foto. Ein Foto, auf dem Misaë an Minorus Brust hing und lachte. Nichts von ihrem bösen Schicksal ahnend, lachten sie fröhlich in die Kamera. Misaë, die sich gerne überall einmischte, ungebetene Ermahnungen gab und immer den Geruch von Kosmetika ausströmte. Minoru war ganz die dumme Bergziege. Ja, Professor Mäh Mäh. Wie das passte. Lee antwortete unfreundlich:

»Kann mich nicht erinnern.«

Auch Aiko schüttelte den Kopf.

»Ich weiß es nicht genau. Es war so voll, bis auf den letzten Platz.«

Grauanzug scherzte:

»Hier stimmt eben die Qualität.«

»Ganz bestimmt ein gut gehendes Geschäft, oder?« Weißblouson betrachtete die an der Wand befestigte Speisekarte.

»Sieht ja wirklich lecker aus.«

Mit weiterhin ernster Miene, aber jovialem Tonfall fuhr Grauanzug fort:

»Fall sie hier gewesen sind, muss es zwischen sieben und zehn gewesen sein. Denn ein Nachbar hat beobachtet, wie die beiden die Wohnung verlassen haben. Die Frau trug einen sehr auffälligen Strickanzug in bunten Farben. Der Mann hatte einen Parka zur Jeans, also so ein graues sportliches Ding, was junge Leute tragen. Bestimmt erinnern Sie sich nicht, weil Sie an ein Ehepaar denken. Die beiden trennte jedoch ein beträchtlicher Altersunterschied. Sie sahen eher wie Mutter und Sohn aus.«

Vielleicht wäre es zu auffällig, sich weiter dumm zu stellen. Daher entschied sich Aiko dafür, langsam einige Informationen preiszugeben.

»Ach, wenn das so ist, waren es vielleicht die Leute, die dort drüben gesessen haben. Die waren für etwa eine Stunde hier.«

Die Augen der Polizeibeamten leuchteten auf. Einer schrieb etwas in sein Notizbuch.

»Ist in der Zeit nichts Ungewöhnliches passiert im Laden? Haben die beiden irgendjemanden getroffen? Denn es wurde berichtet, dass sich die Frau bei Yama-chan ständig nach hinten zur Tür umgedreht habe. Ganz so, als wären sie verabredet gewesen.«

Aiko tat so, als würde sie schweigend nachdenken. Lee verfiel in die gleiche Pose. Ärgerlich über die lahme Reaktion der beiden fragte Grauanzug:

»Erinnern Sie sich an andere Gäste?«

»Nun, in unserem Hause pflegt fast überhaupt keine Stammkundschaft zu verkehren.«

Auf diese gezierte Aussage nickte Lee zustimmend.

»Gut, gibt es denn noch die Abrechnungen von gestern Abend?«

»Als um elf Uhr der Laden schloss, hat sie der Verwalter mitgenommen. Das ist bei uns so üblich.«

Die Polizisten fragten noch nach Adresse und Telefonnummer des Verwalters und verschwanden dann eilig. Lee nahm das große Fleischmesser vom Schrank. Jetzt war das Rippenfleisch dran. Als wäre nichts gewesen, traf er seine Vorbereitungen für den Abend.

In der folgenden Nacht bereitete sich Aiko in der Wohnung über dem Restaurant darauf vor wegzulaufen. Niemals lange an einem Ort, immer nur weiter und weiter. Zunächst stopfte sie ihre persönlichen Sachen in eine große Nylontasche. Zahnbürste, Kosmetika, Unterwäsche, Kleidung und etwas billigen Schmuck. Lee hatte während des Fernsehens seinen Kummer in Sake ertränkt und war darüber eingeschlafen. In den Schnarchpausen murmelte er etwas auf Koreanisch vor sich hin. Der würde wohl tief und fest schlafen. Aiko schaute sich in den zwei kleinen Zimmern um. Von Lee konnte man kaum etwas stehlen. Seinen Lohn überwies er immer gleich auf die Bank im Erdgeschoss, Bargeld hatte er nur so viel, um damit seinen Zigarettenbedarf zu decken, und Wertsachen gab es praktisch keine. Lees Wert hatte sich in der Bereitstellung von Wohnung und Arbeit erschöpft.

Aiko hatte Lee beim Verlassen des Kinos am Südausgang von Shinjuku mit den Worten »Haben Sie Feuer?« angesprochen. Dann war sie in seine Wohnung mitgekommen. Denn Lee, mit einer Zigarette im Mund, hatte sie anzüglich angesehen, worauf Aiko wie verschämt den Blick senkte, um anzudeuten: »Ich habe nirgendwo einen Platz.« Bis jetzt hatte sie schon des Öfteren Hilfe bei alleinstehenden Männern mittleren Alters gefunden. Einsame Männer waren wirklich eine bequeme Einrichtung, wenn es darum ging, die Zeit von einem Wohn- und Arbeitsort zum nächsten zu überbrücken. So ging auch Aikos Plan auf, bei Lee zu wohnen und mit ihm zusammen im Kinka-En zu arbeiten. Dafür ihren Körper herzugeben war eine Selbstverständlichkeit.

Plötzlich sprachen die Schuhe aus der Schachtel zu Aiko, die sie noch nicht in die Tasche gepackt hatte.

»Aiko-chan, du gehst ja weg. Wohin gehst du denn?«

Es machte Aiko glücklich, nach langer Zeit einmal wieder von Mamas Schuhen angesprochen zu werden. Seit sie erwachsen war, redeten Mamas Schuhe nicht mehr so oft mit ihr. Weil die kleine Aiko so beschäftigt sei.

»Weiß ich noch nicht, Mama. Die Polizei war doch da.«

»Oje, das ist schlimm. Dann musst du dich aber beeilen.«

»Ja, aber nur mit dir zusammen, Mama. Denn wir werden immer, immer zusammen sein.«

»Das ist doch klar, Aiko-chan.«

»Sauna-chan.« Als Aiko sich umdrehte, gab Lee etwas im Schlaf von sich. »Ohh, ho, ho, ho«, lachte er mit geschlossenen Augen. Er träumte wohl von ihr. Aiko lächelte flüchtig. Lee nannte Aiko Sauna. Sie hatte ihm schon tausendmal erklärt, dass sie Salina Nagashima heiße, aber das war wohl schwer für ihn auszusprechen, und so nannte er sie einfach Sauna. Sie verwendete fortwährend verschiedene Namen und konnte sich selbst nicht mehr daran erinnern, wann sie ihn das letzte Mal geändert hatte.

Aiko öffnete den Deckel der Waschmaschine und fischte die noch ungewaschene Unterwäsche heraus. Es wäre schade darum, sie einfach liegen zu lassen. So blieb eben nichts anderes übrig, als sie in eine Plastiktüte zu stopfen und mitzunehmen. In der Waschmaschine fand sich auch Lees aufgerollter Kittel. Aiko schnalzte mit der Zunge. »Pack bitte nicht deinen Arbeitskittel mit da rein«, hatte sie ihm schon so oft gesagt. Warum konnte sich Lee nicht daran halten? Der ekelhafte Rinderfettgeruch zieht doch in die Wäsche. Plötzlich kamen ihr wieder Lees stierhafter Körper und sein Geruch in den Sinn, und Aiko drehte sich zu ihm um. Lee war voller Energie. Wenn er aufwachte, würde er sich bestimmt auf sie stürzen und auf das ewig ungemachte Bett niederdrücken. Der am Arbeitsplatz mundfaule und lahme Lee entwickelte beim Sex eine geradezu erstaunliche Behändigkeit. Darüber hinaus verfügte er, wie es sich für einen guten Koch gehörte, über eine außerordentliche Fingerfertigkeit. Im Nu hatte er Aiko das T-Shirt und die Jeans vom Leib gerissen und strich ihr dann über den ganzen Körper. Obwohl er maulte, »Kleiner wäre besser«, gingen seine Liebkosungen unter die Haut. Er hatte Vertrauen in seine sexuellen Fähigkeiten. Aiko verzog das Gesicht. Denn es kam ihr eine Situation vor ein paar Tagen in den Sinn. Während Lee sie von hinten bearbeitete, brüllte er wieder und wieder:

»Bleib immer hier!«

»Aber du hast doch Familie in Taegu!«

Wenn Lee sich nicht zu helfen wusste, gab er keine Antwort. Manchmal tat er sogar so, als würde er das Japanische nicht verstehen. Ha, was für ein gemeiner Kerl. Der Grund, warum sie noch nicht daran gedacht hatte, ihn umzubringen, war, dass er vielleicht noch einmal nützlich sein konnte. Es war bequem, eine letzte Zufluchtsstätte zu haben, wenn man nirgendwo anders mehr hingehen konnte. Sollte die Sache mit Misaë herauskommen oder Lee ihr lästig werden, dann müsste sie es tun. Aber es war ihr egal, denn beim Sex mit Lee hatte sie immer das Gefühl, sich etwas zuvergeben.

Dabei mochte Aiko Sex. Bis jetzt hatte sie es mit den verschiedensten Männern gemacht, und mit jedem war es gut. Sex war die ihr eigene Währung. Damit bezahlte sie, wenn sie konnte, und sicherte ihr Überleben. Bei jungen Männern konnte sie allerdings schon nicht mehr damit bezahlen. So langsam musste sie über ein anderes Zahlungsmittel nachdenken. Aber was könnte das sein? Aiko empfand es als höchst lästig, über irgendetwas nachzudenken. Nachdenken, da lag ihre größte Schwäche. Sich dem Gegenüber anzupassen, indem sie aus einer Schublade eine passende Identität hervorkramte, das war Aikos höchstes Lebensprinzip. Bei Lee hatte sie die Identität von Mutsuko Saruwatari angenommen. Morgen früh würde sie aufbrechen. Aiko breitete den Futon aus und legte sich schlafen.

Am nächsten Tag wurde sie durch raschelnde Geräusche geweckt. Lee war dabei, genauestens ihr Gepäck zu inspizieren. Aiko schrie:

»Lass die Finger von meinen Sachen!«

»Sauna, gehst du weg?«

»Ich muss nur ein bisschen verreisen.«

»Und warum nimmst du dann das hier mit?«

Lee hob eine abgewetzte Schachtel in die Höhe. Es war die kostbare Schachtel mit Mamas Schuhen.

»Lass das sein! Das ist Mama!«

Mama. Nicht wie Mutsuko »Frau Mutter« sagte, nicht wie Lee manchmal das koreanische »Omoni« murmelte. Meine Mutter ist *Mama.* Ein in süßem Klang schwingendes *Mama. Mama* wie Wicken im Sonnenschein, *Mama,* zart und hübsch, *Mama,* zu der Küche und Schürze passten. Aiko stürzte sich auf Lee und entriss ihm den Karton. Darauf löste sich der Deckel, und die Schuhe fielen auf die abgenutzten Tatami. Die vierzig Jahre alten, fleckigen Schuhe. Lee machte plötzlich einen hilflosen Eindruck.

»Fass die nicht an, die sind von Mama!«

»Hat deine Omoni die getragen?«

Ja genau, ja genau, nickte Aiko heftig. Das hat jedenfalls die Bordellchefin gesagt, als Aiko vier oder fünf Jahre alt war:

»Diese dreckigen Schuhe hat deine Mutter hiergelassen. Was machen wir damit? Brauchst du die? Wenn nicht, schmeißen wir sie weg.«

»Ich will sie haben!«

Aiko schlief seit diesem Abend mit der Schachtel an ihrem Kopfende. Dort war allerdings kaum Platz, weil sie im Wandschrank wohnte und sich in unmittelbarer Nähe des Kopfendes die Schrankplatte befand. Als die Chefin das sah, lachte sie. Vielleicht war alles bloß gelogen. Man konnte der Chefin nicht trauen. Aber weil Aiko sonst nichts besaß, hatte sie das Gefühl, alleine mit diesen alten Schuhen und der Schachtel in den Besitz eines großartigen Schatzes gelangt zu sein.

Das Haus, in dem Aiko wohnte, war wirklich ein merkwürdiger Ort. Es war ein altmodisches Gasthaus in japanischem Stil. Im Parterre befanden sich ein geräumiges Esszimmer, ein Bad, zwei mittelgroße Aufenthaltsräume und eine kleinere Wohnstube. Normalerweise lungerten die Mädchen im hinteren Aufenthaltsraum herum, lasen Zeitschriften und hörten Radio. Aiko lebte mit der Chefin in der Wohnstube. Wenn ein Gast kam, machten sich die Mädchen schnell ein wenig zurecht und reihten sich im Aufenthaltsraum auf. Das Mädchen, auf das die Wahl des Gastes fiel, konnte sich dann in den ersten Stock begeben. Dort gab es acht kleine Zimmer, die an Samstagabenden stets völlig belegt waren. In guten Zeiten wurde vom ersten Stock herab häufig nach Sake und Zigaretten verlangt. Darauf ließ die Chefin Aiko loslaufen und die Sachen nach oben bringen. Weil Aiko dann einen Blick in die Zimmer erhaschen konnte, freute sie sich. Meistens lag der Gast im Futon, und das nur mit Negligé und Höschen bekleidete Mädchen erschien an der Tür und nahm die Sachen in Empfang. In seltenen Fällen jedoch war es auch umgekehrt. Dann zersprang ihr vor Erwartung fast die Brust. Denn manchmal würde ihr der Gast ein Trinkgeld geben. Wenn der Mann erschien, würde sie hinterher niemals sofort verschwinden, sondern heimlich ihr Ohr an die Tür legen und lauschen. Der Gast würde das Mädchen fragen:

»Wer war denn die Kleine, die gerade die Sachen gebracht hat?«

»Ach, das war Aiko. Die ist ein schwangeres Mädchen von hier nach der Geburt losgeworden.«

»Die Arme. Schickt ihr sie denn nicht in den Kindergarten?«

»In den Kindergarten? Da war ich ja noch nicht einmal. Die ist sicher schon glücklich, weil sie überhaupt hier sein darf.«

So antwortete Emi, das bei den Gästen beliebteste Mädchen. Weil Emi nicht mit den anderen sprach und sich für etwas Besseres zu halten schien, war sie bei allen verhasst und zog allerlei Verleumdungen auf sich: »Emi hat zwar ein Gesicht wie eine hinterhältige Katze, aber sie ist zierlich und hellhäutig. Nur deswegen ist sie so beliebt. Scheiße.« So sprach Kayoko, die stets gemein zu Aiko war. Kayoko redete ungeniert in ihrem bäuerlichen Dialekt und war ziemlich bösartig. Beim Essen stahl sie Aiko die Beilagen vom Teller, und wenn Aiko einmal in der Woche in die Badewanne durfte, zog sie schon mal absichtlich den Stöpsel heraus. Wurde Kayoko von den Gästen über Aiko befragt, erfand sie irgendeine Geschichte. »Das Mädchen ist ein Findelkind. Deswegen steuern wir alle etwas bei und ziehen sie auf.« Sollte es ein Trinkgeld vom Gast geben, steckte sie es selbst ein.

Aiko himmelte Emi an. Ihre Beliebtheit bei den Gästen, wie sie über den anderen stand, sie war einfach etwas Besonderes. Emi trug ein goldenes Medaillon um den Hals, das sie umfasste, wenn sie unruhig war. Von einem der Mädchen wurde sie gehässig angegangen: »Das hast du wohl von einem Gast.« »Nein«, antwortete Emi, »von Mama. Das ist ein Andenken an Mama.« Aiko wollte unbedingt so sein wie Emi. Deshalb waren ihr Andenken an Mama die Schuhe.

»Was sollen wir denn dem Verwalter sagen, wenn du jetzt einfach aufhörst?«

Plötzlich war Lees Stimme zu hören. Er hatte sich inzwischen in die enge Küche gezwängt und rührte mit dem Kochlöffel in einem Topf herum. Es roch nach Rinderbrühe. Ein koreanischer Suppentopf. Aiko zuckte mit den Achseln.

»Sag doch, was du willst. Und wenn wir das gegessen haben, gehe ich.«

Lee schwieg, und Aiko dehnte sich ausgiebig.

4. Kapitel

Fleisch und Fett und Frau und Mann und Schweiß

Es war ein schwüler Apriltag. Mit ihrem schweren Gepäck lief Aiko schweißgebadet über die Dobusaka-Straße in Yokosuka, der Stadt an der Küste, in der es eine amerikanische Marinebasis gab. In der großen Umhängetasche aus Nylon waren Kleidung, Unterwäsche und die Schachtel mit Mamas Schuhen. Kosmetika und einen Mini-Reiskocher hatte sie in das kleine Ziehköfferchen gestopft, das sie zuvor billig in einem Kaufhaus erstanden hatte. Ihr ganzes Vermögen schließlich befand sich in der um die Hüfte geschnallten Tasche. Verschwitzt und voller Staub, blickte Aiko verloren in die Menschenmenge. Sie kam ihrem Ziel einfach nicht näher. Seit einiger Zeit irrte sie ziellos umher, weil die Läden, die sie sich eingeprägt hatte, nicht mehr existierten. Das chinesische Restaurant, in dem sie vor zwei Jahren oft Frühlingsrollen gegessen hatte, hatte sich in eine Druckerei verwandelt. Einige originalbedruckte T-Shirts in dem Schaufenster wurden eingehend von zwei amerikanischen Soldaten in kurzen Hosen begutachtet, die noch wie Teenager aussahen. Daneben sollte eigentlich eine schmale, nur mit einer Theke ausgestattete Bar sein. An deren Stelle gab es nun einen modischen Schönheitssalon, vor dem eine junge Frau mit blond gefärbten Haaren Werbezettel verteilte. Wieso schaute die Frau sie so scharf an und gab ihr dann keinen Zettel? Wollte sie auch

Bekanntschaft mit dem Feuer machen? Aiko unterdrückte ihren aufkochenden Ärger und ließ ihre schwere Umhängetasche am Straßenrand zu Boden sinken.

»He, gute Frau, das ist meine Auslage!«

Ein junger Mann, der Postkarten auf der Straße feilbot, meldete sich mit Unheil verkündender Miene und hochgezogenem Kinn zu Wort. Aiko hatte ihre Tasche auf die ausgestellten Postkarten gelegt. Mit abgewandtem Gesicht hob sie die Tasche hoch und trat mit der Schuhspitze gegen das auf dem Boden ausgebreitete schwarze Tuch. Die sorgsam arrangierten Postkarten stürzten in sich zusammen, und der Mann jaulte zornig auf. Ohne sich darum zu kümmern, ging Aiko ihres Weges. Falls der Kerl hinter ihr hergelaufen käme, würde sie in die Druckerei laufen und um Hilfe rufen. Wenn sie Krach schlug, würde es schon irgendwie gut gehen. Aber dass sich die Straße in nur zwei Jahren so verändert hatte ... hier ein Second-Hand-Shop für amerikanische Sachen, dort ein Laden mit Surfzubehör, es waren alles nur Geschäfte für junge Leute.

Als sie endlich einen ihr noch bekannten Uhrenladen gefunden hatte – sie hatte ganz vergessen, dort einmal einen Disney-Wecker gestohlen zu haben –, atmete Aiko auf. Hinter dem Laden nach links, am Schrein vorbei und dann die erste Gasse nach rechts. Dort reihten sich einige Holzhäuser aneinander, bewohnt von alten Leuten, die von der Entwicklung der Dobusaka-Straße vermutlich nichts mitbekommen hatten. Eine besonders schäbige kleine einstöckige Konstruktion darunter war das Haus von Emiko Ushiku.

Aiko ging wie immer hinten herum und beobachtete das Haus zunächst von dem mit Gestrüpp überwucherten Garten aus. Als ob jemand Gemüse anbauen wollte, war ein Teil des Gartens umgegraben. Daneben war die schwarze Erde aufgehäuft. Die verblichenen Vorhänge waren zugezogen, aber vor der Hintertür aus Glas hing ein roter Futon zum Lüften. Als Aiko sich näherte, erinnerte sie sich an die vertrauten roten Muster der Hanfblätter auf dem Stoff.

»Hallo! Ist da jemand?«

Schnell legte Aiko ihr Ohr an die Milchglasscheibe der Eingangstür. Es sollte kein Entkommen geben. Es kam ihr vor, als ob jemand aufgeregt umherlief. Aber es kam keine Antwort. Ha, jetzt tu nicht so, als ob niemand zu Hause wäre, dachte Aiko und schrie:

»Emiko! Ich bin's, Aiko! Hallo, lange her!«

Sie rüttelte an der Glastür, keine Reaktion. Wer hat aber dann den Futon nach draußen gehängt? Und wer hat den Garten umgegraben?

»Emiko! Du bist doch da! Ich hab den Futon hinten gesehen! Emiko, ich habe auch ein schönes Geschenk für dich mitgebracht!«

Aiko zog eine Plastiktüte aus ihrer Schultertasche hervor. Eiskalt und hart. Es befand sich ein Klumpen Rindfleisch darin, den sie aus dem Gefrierschrank des Restaurants gestohlen hatte. Er wog gut und gerne fünf Kilo. Dazu noch eine Flasche koreanischen Sake. Aiko, die endlich das schwere Gepäck loswerden wollte, sagte mit honigsüßer Stimme:

»Hier ist Aiko. Die liebe, liebe Aiko. Was ist denn bloß los, Emiko? Ich habe auch deinen heißgeliebten Sake mitgebracht. Willst du den gar nicht haben? Eine ganz besondere Sorte. Kennst du bestimmt nicht, aber es ist ein ganz köstlicher koreanischer Sake. Viel teurer als der Fusel, den du sonst immer trinkst.«

Trotzdem keine Reaktion. Vielleicht war es sogar von Nachteil gewesen, ihren Namen genannt zu haben. Aiko erinnerte sich schließlich wieder an die Umstände, wie sie sich vor zwei Jahren einfach Geld genommen hatte und aufgebrochen war.

Ein riesiger Krach fand damals mit den Worten »Verschwinde für immer!« – »Ja, ich hau hier ab!« sein Ende. Aiko wurde wütend und rüttelte noch mal an der Tür.

»Emiko, bist du etwa gestorben? Wenn es so ist, dann lass mich ein Räucherstäbchen für dich anzünden. Damit du auch sicher in den Himmel kommst.«

Auf einmal ging die Tür auf, und ein Mann streckte seinen Kopf heraus. Überrascht vom plötzlichen Erscheinen des großen Männerkopfes vor ihrer Nase wich Aiko einen Schritt zurück. Der Mann mochte Mitte bis Ende vierzig sein. Er war rundlich und hatte kein einziges Haar auf dem Kopf. Schädel und Gesicht glänzten fettig. Weil er wohl lange kein Bad mehr gesehen hatte, ging ein strenger Geruch von ihm aus. Aiko hielt sich unwillkürlich die Nase zu. Der Mann achtete überhaupt nicht darauf und blinzelte mit seinen tief hinter der Brille liegenden Augen. Er ließ sich einen wilden Stoppelbart stehen, und der Anblick der runden Knollennase mit dem schwarzen Brillengestell erinnerte an eine Maske für eine Karnevalsveranstaltung. Der Blick des Mannes war jedoch unruhig und nie auf einen Punkt gerichtet.

»Häh? Ist Emiko umgezogen?« Aiko blickte auf das schmuddelige Türschild, das den Namen Ushiku trug, und senkte die Stimme: »Oder ist sie etwa gestorben?«

Ohne Aiko in die Augen zu schauen, antwortete der Mann mit überraschend heller Stimme:

»Nein, nichts dergleichen. Es geht ihr gut.«

»Dann ist sie also ausgegangen?«

Der Mann nickte schwach und rieb sich die Nasenflügel. Aiko schaute in der Nachbarschaft umher. Nebenan stand ein Haus desselben Typs, gegenüber befand sich ein leeres Grundstück. Obwohl gleich hinter einem belebten Viertel gelegen, war es eine gottverlassene Gegend ohne eine Menschenseele. Wohin

Emiko wohl gegangen war? Diese Säuferin, bei der es schon an ein Wunder grenzte, dass sie überhaupt lebte. Vielleicht war sie Schnaps einkaufen?

»Ich bin übrigens eine Bekannte von früher. Wer sind Sie denn? Hat Emiko geheiratet?«, fragte Aiko, obwohl sie den Mann als ihren Ehepartner für zu jung hielt.

»Nein, ich bin bloß ein Freund«, antwortete der Mann schnell und schaute nach draußen. In seinen runden Augen machte sich Angst bemerkbar. Durch den Spalt der geöffneten Tür spähte Aiko in das Innere des Hauses. Es war düster und von einem säuerlichen, unangenehmen Geruch durchzogen. Außerdem herrschte ein großes Durcheinander. Man konnte sehen, dass der Fußboden mit weißen Papierstreifen übersät war.

»Emiko hat keine Freunde außer mir. Also, wer sind Sie wirklich?«

Aiko schob den Mann beiseite. Auf dem stark verschmutzten Estrich im Eingangsbereich standen ausgebeulte Schuhe, die nur Emiko gehören konnten. Mit verwirrtem Ausdruck ließ der Mann beide Arme schlaff herabhängen. Er schien über irgendetwas nachzudenken. Er war barfuß, Füße und Zehennägel waren schwarz vor Dreck. Aiko verschärfte den Ton:

»Wer sind Sie? Los, antworten Sie!«

»Ich hab doch gesagt, dass ich ein Freund von Emiko bin.«

»Wohnen Sie zusammen?«

»Das nicht, ich habe ein Zimmer gemietet.«

»Sie bezahlen also dafür?«

»Ich habe da drinnen ein abgetrenntes Haus aufgebaut, in dem ich wohne. Deshalb muss ich auch kein Geld bezahlen, hat Emiko gesagt.«

Das ergab keinen Sinn. Harsch setzte Aiko die Befragung fort:

»Das verstehe ich nicht. Wie ist Ihr Name?«

»Adam.«

»Adam. Wollen Sie mich auf den Arm nehmen?«

Auf Aikos lautes Auflachen rollte der Mann nur mit den Augen. Sein Selbstvertrauen schien auf dem Nullpunkt angelangt zu sein, und er ließ seinen großen Kopf hängen. Wie Blitze schleuderte Aiko jetzt die Worte heraus.

»Wo haben Sie Emiko kennengelernt?«

»Im Verny-Park. Emiko hat mich angesprochen.«

»Wie bitte? Du bist also ein Penner!«

Während Aiko den Raum mit den Augen nach weiteren Anzeichen von Emiko absuchte, streifte sie blitzschnell ihre Schuhe ab und schlüpfte ins Innere. Adam blieb wie angewurzelt am Eingang stehen. Er war völlig eingeschüchtert durch Aikos Unverfrorenheit.

»Ist Emiko nun da, oder ist sie nicht da?«

»Wie ich doch schon sagte, Emiko ist ausgegangen und noch nicht zurück. Eigentlich hüte ich das Haus nicht, sondern habe eher wie ein Nachbar ein Auge darauf. Aber obwohl Emiko gesagt hat, dass sie schnell zurückkommen wird, ist sie bis jetzt noch nicht da. So bin ich die ganze Zeit hier.«

Adams Erklärung war verworren. Aiko riss der Geduldsfaden.

»Ich verstehe kein Wort von dem, was du da sagst!«

Aiko trat in das etwa zehn Quadratmeter große Wohnzimmer und erstarrte vor Schreck. Die Tatamimatten waren mit Essstäbchen und Zahnstochern übersät, so dass kein Fußbreit mehr zu sehen war. Außerdem waren sie alle benutzt. Die Spitzen der Stäbchen waren ausgefranst und gelb-braun verfärbt. Die Hüllen der Stäbchen – die weißen Papierstreifen, die man vom Eingang aus sehen konnte – hatte man ebenfalls einfach auf den Boden geworfen. Aiko wollte nicht, dass ihre Füße dreckig wurden, und blieb mitten im Zimmer stehen.

»Was ist das denn? Da wird einem ja schlecht.«

»Das ist mein Haus.«

Nicht ohne Stolz zeigte Adam nach hinten. Überrascht stieß Aiko einen Schrei aus. Im hinteren Zimmer stand eine merkwürdige Konstruktion. Diese mochte wohl zwei Meter breit sein und hatte die Höhe einer kleinen Hütte. Wenn man genau hinsah, gab es sogar ein schräges Dach und eine Fensteröffnung. Das Baumaterial bestand aus Zigtausenden von Stäbchen. Die Außenwand war mit Zahnstochern verziert, die sich, spitz aus der Hüttenwand herausragend, zu einer Spirale formten. Es sah aus, als ob Adam sich noch mitten in den Bauarbeiten befinden würde. Das Zimmer roch nach Klebstoff.

»Was ist denn das?«

»Ist doch klar, das Schloss von Osaka. Das ist meine Wohnung«, meinte Adam. Aiko hatte das Schloss von Osaka noch nie gesehen, hielt aber Ähnlichkeiten für ausgeschlossen. Das Ding sah eher aus wie ein rätselhaftes Gebäude aus einem Albtraum, eine äußerst unheimliche Erscheinung nicht von dieser Welt. Aiko war sprachlos, worauf Adam plötzlich die Brust schwoll.

»Das habe ich alles selber gebaut.«

»Aber sind das nicht gebrauchte Stäbchen?«

»So ist es. Die habe ich aus Supermarktabfällen gesichert.«

»Widerlich«, entfuhr es Aiko.

Mit verletzter Miene ging Adam auf sein Schloss zu, berührte das Spiralmuster aus Zahnstochern liebevoll und führte mehrmals vor, wie sich die Fensterläden öffnen und schließen ließen.

»So kann man auch das Fenster aufmachen. Ich wohne da drin.«

»Schön und gut, aber dann gibt es ja gar keinen Platz mehr für Emiko. Wo ist sie denn bloß?«

Das kleine Schlafzimmer von Emiko wurde fast vollständig von dem mysteriösen Stäbchen-Schloss ausgefüllt. Aiko inspizierte die Möbel. Es gab noch eine Kommode und einen Spiegeltisch, aber die Küche wies keine Anzeichen von Benutzung auf. Aiko fiel auf, dass sich eine dünne Staubschicht auf dem Spiegeltisch gebildet hatte, und drehte sich um. Gleichzeitig wandte Adam den Blick ab, als wolle er sich für einen Ausbruch von Aiko bereit machen.

»Also noch mal: Wo ist Emiko hingegangen? Umgezogen? Aber hier stehen doch noch Möbel. Wirklich äußerst merkwürdig.«

»Habe ich denn nicht schon tausendmal gesagt, dass sie ausgegangen ist?«

Adam machte ein weinerliches Gesicht. Aiko fand Gefallen daran, ihn zu quälen.

»Wohin ausgegangen? Es ist schon sehr komisch, dass Emiko einen Kerl wie dich bittet, das Haus zu hüten. Die mag nämlich schöne Männer. Ihr Mann war Amerikaner. So jemand wie du kann ihr einfach nur zuwider sein. Mit den aufgefischten Stäbchen hast du dieses Ding gebaut und sie dann bestimmt weggejagt.«

»Nein, so ist es nicht. Emiko fand mein Haus sehr hübsch und hat mich aufgefordert, es hier auf dem Grundstück aufzubauen. Dafür bin ich dann auch dem Sonnenzirkel beigetreten.«

»Wie bitte? Dich haben sie auch angeworben? Bald bist du dein ganzes Geld los.«

Aiko drehte sich nach dem Stäbchen-Schloss um. Es sah aus, als wäre ein seltsames Objekt aus dem Weltall hier gelandet, und verwandelte das dunkle kleine Zimmer in einen magischen Raum. Aiko wurde es schwarz vor Augen, doch Adam riss sie aus ihren Gedanken:

» So, jetzt will ich aber einmal was sagen. Stimmt es, dass du

Emikos Freundin bist? Zu mir hat sie gesagt, dass sie außer mir niemanden hätte. Ich bin sogar für sie, als sie es nicht konnte, Sake einkaufen gegangen.«

Aiko konterte mit einer rührenden Geschichte, denn Schauspielerei war ihre Stärke.

»Freundin ist eigentlich nicht das richtige Wort. Diese Frau ist eher wie eine Mutter für mich. Meine wirkliche Mutter kenne ich nämlich nicht. Emiko hat mich aufgezogen. Sie ist so ein wunderbarer Mensch, und ich habe ihr wohl leidgetan. Oft hat sie mir Geschenke gekauft. Sie hat auch gesagt, dass ich oft in dieses Haus kommen könnte. Sogar einen Schlüssel wollte sie mir geben, aber den habe ich dann doch nicht angenommen.«

Es war alles glatt gelogen. Emiko war niemand anders als Emi, die Nummer eins aus dem Bordell. Emi, die zierlich, weiß und süß gewesen war. Emi, die selbstbewusster war als alle anderen, die die Eifersüchteleien der Kolleginnen ignorierte und die sich äußerster Beliebtheit bei den Gästen erfreute. Obwohl Aiko immer voller Bewunderung zu Emi aufgeblickt hatte, war Emi niemals freundlich zu ihr gewesen. Wenn sie Aiko sah, schrie sie: »Oh nein, dieser niederschmetternde Anblick, geh mir aus den Augen!« Oder wenn Aiko auf Anweisung der Chefin den Boden schrubbte, bekam sie einen Tritt in den Hintern, so dass sie durch den halben Raum flog. Als Aiko einmal im Bad war und heimlich das dort liegende Medaillon von Emi berührte, ging plötzlich die Tür auf und Emi brüllte mit grimmiger Miene: »Fass nicht mein Erinnerungsstück an Mama mit deinen dreckigen Händen an, du herrenloses Katzenvieh!« Bestimmt wusste sie genau, wie sehr Aiko sich das Medaillon wünschte, und hatte es deswegen liegengelassen. Sie führte in dem Haus ein Regiment von unglaublicher Boshaftigkeit und Rachsucht. Kurz bevor die Chefin bei einem Unfall ums Leben kam, gelang es Emi, durch Heirat aus der Prostitution auszubrechen. Es war das erste und letzte Beispiel dieser Art in dem Haus. Emis Mann war Amerikaner von der Marinebasis in Yokosuka. Niemand wusste, wo sie ihn kennengelernt hatte. Aber nachdem die Hochzeit feststand, fing sie an, wie wild mit englischen Wörtern um sich zu werfen. Sie benutzte jede Menge unbekannte Ausdrücke wie »nightshift« oder »housemaid«, und ihre Prahlereien nahmen enorme Ausmaße an. »Darlings Familie ist steinreich und betreibt eine riesige Farm in Texas. Man bewegt sich dort mit dem Familienflugzeug fort. Er hat mir versprochen, mir demnächst einen taubeneigroßen Diamanten zu schenken. Weil wir ein Wochenendhaus in Hawaii kaufen wollen, werden wir bald zur Besichtigung first class dorthin fliegen.« Zum Schluss bemerkte sie wie nebenbei, dass sie direkt an der Küste von Zushi auch noch eine große Villa mit Meerblick bauen würden. »Kommt doch mal vorbei, wenn sie fertig ist«, sagte sie noch und verließ das Haus. Daraufhin machten sich einige Mädchen heimlich auf den Weg, um einmal nachzuschauen, was es mit der Villa auf sich hatte. Anschließend hatten sie Erstaunliches zu berichten:

»Es ist zum Totlachen! Emi wohnt in einer Nebengasse am Ende vom Ende eines Seitenweges hinter der Dobusaka-Straße. Das Schlusslicht in einer Kette von Reihenhäusern. Von wegen große Villa mit Meerblick, von wegen in Badesachen herumlaufen. Wo waren denn wohl der Fahrer und das Hausmädchen? Mit gelangweiltem Gesicht hat Emi Unkraut im Garten gezupft. Als sie uns dann sah, kam die große Panik auf. ›Weil es von hier so nah zur Basis ist, haben wir für Darling ein provisorisches Haus gemietet‹, hat sie gelogen. Da tat sie uns schon wieder leid, und wir haben noch gefragt, ob wir ein bisschen Geld dalassen sollen.«

»Obwohl es ein Reihenhaus war, gab es einen Garten?«, fragte die trotz allem noch eifersüchtige Kayoko, die sich mit Emi am allerschlechtesten vertrug. Es war allseits bekannt, dass Kayoko aus einer bitterarmen Familie stammte, wo sich sechs Leute ein winziges Zimmer teilten.

»Was man so Garten nennt. So groß wie ein Katzenkopf, gerade mal die Breite einer Wäschestange. Da kommt noch nicht einmal ein Sonnenstrahl rein. Ein Garten, wo höchstens die Nacktschnecken durchkriechen.«

Ja, Nacktschnecken, das ist ja toll, hahaha, krümmten sich alle gleichzeitig vor Lachen. Als dann aber jemand bemerkte, dass ein noch so armes Leben vielleicht immer noch besser sei, als sich als Hure zu verkaufen, wurde es plötzlich ganz still. Aiko beobachtete die Szene schweigend. Sie war völlig anderer Meinung. In ihrem Kinderherzen dachte sie, dass sie unbedingt reich sein wollte, egal ob als Hure oder als Ehefrau. Keinesfalls wollte sie von jemandem ausgenutzt werden. Und niemals würde sie es zulassen, dass jemand ihren Lebensstil ausspionierte und sich dann lustig über sie machte.

Kurz darauf starb Emis Mann in Vietnam. Es war allerdings kein ehrenhafter Tod auf dem Schlachtfeld. Ursache war vielmehr eine Wunde, die ihm ein Vietnamese bei einer Messerstecherei wegen einer Prostituierten in Saigon zugefügt hatte. So kehrte Emi in ihr altes Gewerbe zurück, ging aber nicht mehr in das Bordell. Stattdessen empfing sie ihre Freier einfach in dem kleinen Haus in Yokosuka und trat dem Sonnenzirkel bei, einer Sekte, die das Sternbild des Großen Bären anbetete. Bald darauf starb die Bordellwirtin, das Haus wurde aufgelöst und Aiko im Sternenkinderhaus aufgenommen.

Weil sich Aiko bereits zweimal in Emis Haus eingenistet hatte, wusste sie, welche Veränderung sich in ihr vollzogen hatte. Die Emi von früher war selbstbewusst und stand stets über den Eifersüchteleien und Anfeindungen der anderen. Aber nachdem ihr Mann gestorben war, entwickelte sie sich zu einer starrsinnigen Fatalistin: Da der Lauf der Welt unter dem bestimmenden Einfluss des Großen Bären vollkommen festgelegt war, lohnte es sich auch nicht, überhaupt eine Anstrengung zu unternehmen. Es dauerte dann auch nicht lange, dass Emi unter dem Einfluss dieser Sicht zu einer apathischen Alkoholikerin verkommen war.

Mit Abschluss der Mittelschule verließ Aiko das Sternenkinderhaus und fand Arbeit und Wohnung in einer Schuhfabrik in Atsugi. Das geschah auf Vermittlung von Misaë. Nach nur einem Jahr jedoch hörte sie dort auf. Anlass war der Brandanschlag auf Sakura Inoue. Nicht, dass sie sich vor der Polizei gefürchtet hätte. Denn da sie keinen Umgang mit Sakura pflegte, konnte sie auch kaum verdächtigt werden. Es war nur eben so, dass sie zum ersten Mal einen Menschen getötet und nichts dabei empfunden hatte; ein rechtschaffenes Leben war damit dahin. Zwar ging es ganz schnell, einen Menschen umzubringen, aber hatte man sich damit nicht auf einen Weg ohne Rückkehr begeben? Ein wenig unheimlich war es ihr schon, und gerade deshalb wuchs in ihr die Idee heran, nach einem glanzvollen Leben, einem aufregenden Leben zu trachten.

»Hallo, Emi. Ich bin es, Aiko. Als ich ein Kind war, haben wir zusammengelebt.«

Emi konnte sich überhaupt nicht an Aikos Gesicht erinnern.

»Da gab's so jemanden wie dich?« Während sie einen ordentlichen Schluck aus der Schnapsflasche nahm, neigte sie den Kopf. »Und? Was willst du?«

Aiko schlug Emi einen Deal vor. Als siebzehnjährige Jungfrau würde sie Kunden empfangen, während ihr Emi dafür ein Zimmer zur Verfügung stellte und als »Chefin« fungierte. Emi stimmte freudig zu, worauf Aiko das Geschäft für vier Jahre ausschließlich mit amerikanischen Soldaten betrieb.

Emi verlangte für die Überlassung des Zimmers fünfzig Prozent, worauf Aiko dreißig Prozent vorschlug, so dass sie sich schließlich auf vierzig Prozent einigten. Aikos Geschäfte liefen nur mäßig. Es war keineswegs so, dass sich täglich die Gäste im Haus drängten. Vielmehr arbeitete sie nach dem Verfahren, sturzbesoffene amerikanische Soldaten abzuschleppen. Das alarmierte sogar Emi.

»Dein einziger Vorzug ist die Jugend. Wenn du nicht bald aussteigst, wirst du noch enden wie Kayoko.«

Aiko wusste, es drohte ihr die Arbeitslosigkeit. Sie unternahm alle Anstrengungen, aber wenn Emi im Zimmer nebenan vor dem Fernseher laut lachte, kam sie einfach nicht in Fahrt, und die Gäste mochten es auch nicht. Außerdem fehlte Aiko das Talent zur Hure. Ihr freundliches Lächeln wirkte schmierig, ihr Service galt als unterkühlt, und einmal passierte es sogar, dass sie bei einem sadistisch veranlagten Gast so heftig zurückschlug, dass dieser zu Boden ging. Da wurde dann auch noch ein Schmerzensgeld fällig. Aiko war einfach nicht geschaffen für das Hurengeschäft.

Der Grund für die Trennung von Emiko war schließlich nicht allein die Tatsache, dass diese sich einen Liebhaber aus Kreisen der Yakuza-Mafia angelacht hatte, der dem Alkohol noch mehr zugetan war als sie und der sie auch in puncto Habgier noch übertraf. Der Anlass dafür war vielmehr, dass Emi eines Abends mit anhörte, wie Aiko mit den Schuhen sprach, und losbrüllte:

»Trägst du immer noch diese alten Latschen mit dir herum? Da kann einem ja schlecht werden. Am besten, du verschwindest hier, und zwar bald!«

War es schon ärgerlich genug, dass Aikos Kommissionszahlungen in Yakuza-Hände flossen, so brachte diese Gehässigkeit das Fass zum Überlaufen. Aiko entschloss sich, das Haus zu verlassen. Dabei versäumte sie es nicht, noch Emis Medaillon mitgehen zu lassen. Das in den Kindertagen prächtig und wertvoll erscheinende Schmuckstück erwies sich jedoch als billiger vergoldeter Ramsch mit dem Bild eines vergessenen Schlagersängers, und sie warf es schließlich weg.

Zum zweiten Mal nistete sich Aiko bei Emi ein, als sie in Tokio als Zimmermädchen arbeitete und ihre häufigen Diebstähle aufzufliegen drohten. Da sie sich zuvor davon überzeugt hatte, dass Emis Yakuza-Liebhaber an Leberzirrhose zugrunde gegangen war, kam sie leichten Herzens zu ihr zurück. In Zeiten, in denen man sonst nirgendwo hingehen konnte, erwies sich die Hütte der dem fortschreitenden Alkoholismus verfallenen Emi als äußerst praktisch, wie dreckig sie auch immer sein mochte. Damals blieb Aiko ein halbes Jahr. Während sie vorgab, sich um Emi zu kümmern, stahl sie ihr die Rente und schlug sich mit Prostitution durch, bis sie eine andere Arbeit gefunden hatte.

Am späten Nachmittag, nachdem Aiko das von Kakerlakenexkrementen übersäte Zimmer gesäubert hatte, begab sie sich in die Einkaufsstraße und besorgte eine billige Bratpfanne sowie eine Fertigsoße. Obwohl sie in einem Yakiniku-Restaurant gearbeitet hatte, hatte sie nie auch nur ein Stück Sirloin oder Rippenfleisch zu essen bekommen. Heute war der Tag der Rache dafür gekommen. Sie würde essen, so viel sie wollte, dachte sie, während sie den gefrorenen Fleischklumpen auf dem Küchenregal betrachtete. Gut gelaunt rief sie Adam zu:

»Dann wollen wir dir auch mal was von dem Super-Sirloin zu essen geben!«

Adam hatte sich nach hinten in das kleine Zimmer verdrückt. Da bastelte er wohl wieder an seinem lächerlichen Schloss herum.

»Was ist denn Sirloin?«

Weil es ihr lästig war, antwortete Aiko nicht, und Adam kam in die Küche geschlichen. Sie zeigte ihm das Fleisch.

»Das hier. So was hast du noch nie gegessen. Das ist der allerbeste Teil vom Rindfleisch. Das wird gebraten, dann kommt eine Soße darüber, und dann essen wir es.«

Als Adam den Fleischklumpen sah, trat er mit leicht verschrecktem Gesicht einen Schritt zurück. Aiko war eingeschnappt.

»Wenn du nichts davon haben willst, ist es auch gut. Dann esse ich es eben alleine.«

Mit seinen klebstoffverschmierten Fingern berührte Adam vorsichtig den Fleischklumpen. Zuerst tat er es ganz schüchtern, dann fand er Gefallen daran und knetete den Ballen bald mit der ganzen Hand. Er betrachtete das Rinderblut auf seinen Handflächen. Aiko sagte stolz:

»Das ist Fleisch, richtiges Fleisch. Fünf Kilo allerbestes Sirloin. Herrlich, nicht wahr? Es würde dich 70 000 kosten, wenn du das kaufen wolltest.«

»Du machst mich ganz nervös.«

»Wieso? Weil es 70 000 kosten würde?«

»Vielleicht weil du immer von Fleisch redest?«

Auf diese verschämt vorgetragene Bemerkung verspürte Aiko plötzlich ein heftiges Jucken. Adam verhielt sich so unterwürfig, dass sie das Verlangen überkam, ihn bis aufs Blut zu quälen. Zwar behauptete er, mit Emi befreundet zu sein, aber Aiko war jetzt überzeugt davon, dass diese hinterhältige Hexe ihn bestimmt auch nur für ihre sadistischen Neigungen benutzt hatte. Unversehens musste Aiko an früher denken, als sie in diesem Hause ihrem Gewerbe nachging. Damals kamen die in Yokosuka stationierten amerikanischen Soldaten, um sich über die noch junge Aiko herzumachen. Sie empfand die riesigen Körper dieser Männer einfach wie großes Fleisch. Wie ihr eigenes beträchtliches Format noch überragende dicke und schwere Fleischstücke. Sich wohlig anfühlende Fleischdecken. Schöne Gefühle verursachende Fleischschwerter. Der Sex war einfach so gut, dass sie oft denken musste, wie glücklich es sich doch gefügt hatte, dieses Gewerbe gewählt zu haben. Plötzlich erinnerte sich Aiko mit Wehmut an die Zeit, in der sie zusammen mit Emi in diesem Schuppen gelebt hatte. Adam berührte abermals das Fleisch.

»So ein riesiges Stück Fleisch ist doch etwas Herrliches, nicht?«

Aiko stachelte Adam an, worauf dieser nur mehrfach heftig nickte. Wie er mit gesenktem Blick dastand, fiel Aiko auf, dass er praktisch keine Wimpern mehr hatte.

»Was hast du denn mit deinen Wimpern gemacht? Da sind ja gar keine Haare mehr.«

»Ach, diese Härchen? Wimpern nennt man die?« Adam hob den Kopf, offenbar froh über den Themenwechsel.

»Ich habe die Angewohnheit, sie mir auszuzupfen, wenn ich mit der Arbeit nicht vorankomme. Emiko hat sich auch schon Sorgen gemacht, aber ich kann es einfach nicht lassen.«

Auf einmal wurde Aiko von einem rasenden Gefühl erfasst.

»He du, jetzt zieh dich aus!«

»Wie?« Mit Panik in den Augen schreckte Adam zurück, aber im Nu hatte Aiko ihm die Arbeitskleidung vom Leib gerissen. Darunter trug er ein leicht verdrecktes Unterhemd und eine gestreifte Unterhose.

»Los, raus aus den ganzen Klamotten!«

»Was hast du denn vor?«, fragte Adam fassungslos.

Ohne sich darum zu kümmern, zerrte sie ihm die Unterwäsche herunter. Ein fülliger Körper kam zum Vorschein. Die Körperbehaarung kräuselte sich auf der Brust, umschloss den Bauchnabel, erstreckte sich bis zum Unterleib und reichte durch die Beine bis zum Rücken. Wie bei einem wilden Tier. Aiko setzte Adam den Fleischklumpen auf den glänzenden Schädel.

»Schau mal, wie das passt. Weil du ein wildes Tier bist.«

Adam lachte, während ihm das Blut aus dem Fleisch auf die Schultern tropfte. Zusehends richtete sich sein schrumpeliges Glied auf.

»Na sieh mal einer an, ist doch ganz schön groß.«

Freudig klatschte Aiko in die Hände. Während Adam mit beiden Armen balancierte, damit ihm nicht das Rindfleisch vom Kopf fiel, sagte er leise:

»Aiko, zieh dich auch aus.«

»Kein Problem«, und im Nu war sie nackt. Den Fleischklumpen umfassend, stürzte sich Adam auf sie. Aiko fiel auf den Rücken und während sie lachte, öffnete sie ihre Beine. Heftig drang Adam in sie ein, und der fünf Kilo schwere Rindfleischklumpen wurde zwischen ihre Bäuche eingeklemmt. Unter den Bewegungen der beiden zerteilte und verdrehte sich der Fleischklumpen, und Rinderfett, Schweiß und Blut verschmierten ihre Körper. Der Geruch des Fleisches weckte Aikos Erinnerungen an den Sex mit Lee, und sie hatte das Gefühl, von beiden gleichzeitig genommen zu werden. Dann erreichte sie wieder und wieder den Höhepunkt. Top-Sirloin-Sex war so, wie es mit amerikanischen Soldaten zu machen. Wie es mit Lee zu machen. Es war ein unglaubliches Gefühl. Noch ganz außer Atem fragte sie Adam:

»Sag mal, hast du es auch mit Emi gemacht?«

»Unter den Gläubigen ist es verboten.«

Für einen Moment machte Adam ein trauriges Gesicht.

Nach dem Duschen schnitt Aiko das Fleisch in dicke Scheiben. Adam kam aus dem Bad heraus und beobachtete sie mit erstauntem Gesicht.

»Wollen wir das essen?«

»Na klar, wir braten es ja. Ist doch kein Problem.«

Zweifelnd neigte Adam den Kopf, aber es war nicht seine Art zu widersprechen. Noch nicht einmal bei einer, die Sex mit einem ungewaschenen Kerl hatte.

Nachdem das Fleischgericht jedoch zubereitet war, verdrückte Adam auf einen Schlag mehr als ein Kilo davon.

»Mann, war das gut.«

Von dem koreanischen Sake, den sie tranken, war sein Kopf hochrot geworden, Schädel und Gesicht glänzten ölig. Aiko starrte auf seine verschmierten Brillengläser und sprach ein Thema an, das sie eigentlich gar nicht interessierte.

»Du wolltest dich von Emi gerne versorgen lassen, nicht?«

Plötzlich verdunkelte sich Adams Gesicht.

»Was? Mm ... mag sein.«

»Adam; hast du dir diesen Namen selbst ausgedacht?«

»Emi hat ihn mir gegeben. Sie sagte, so hätte ihr amerikanischer Mann geheißen.«

»Wie ist denn dein richtiger Name?«

»Saburō Sugisu. Früher habe ich bei der Staatsbahn gearbeitet, aber dann wurde ich krank und habe fast zwanzig Jahre in Krankenhäusern verbracht. Als ich endlich wieder gesund war und nach Hause kam, war niemand mehr da. Oder besser gesagt, das Haus selbst existierte nicht mehr. Es war traurig. So blieb mir nur noch der Verny-Park. Dort habe ich in einer Ecke mein Haus aus Stäbchen gebaut. Dann hat Emi mich angesprochen. Hier werden sie es dir bald abreißen, bau es doch in meinem Haus auf, hat sie gesagt. Der Glaube wird dich erretten.«

Aikos Augen verengten sich, und sie fragte:

»Und? Was hast du dann mit Emiko angestellt? Du hast sie doch bestimmt umgebracht. Sonst könntest du das Haus doch gar nicht so frei benutzen.«

Adam legte die Stäbchen beiseite und seufzte tief.

»Warum fragst du das nur immer wieder?«

Langsam wurde Adam wütend.

»Sie ist einfach nicht da! Sie ist mitten in der Nacht aufgebrochen und nicht wieder zurückgekommen. Sie sagte, sie müsse etwas mit dem Guru klären.«

»Dem Guru?«

»Dem Guru vom Sonnenzirkel.«

»Mit anderen Worten, sie ist tot.«

Adam setzte die Brille ab und rieb sich die wimpernlosen Augen.

»Tut mir leid. Ich bin todmüde. Ich würde mich gerne etwas hinlegen.«

»Moment noch!« Aikos Worte ließen Adam zusammenzucken. »Wann ist Emi gestorben? Wo ist die Leiche? Hast du sie draußen vergraben?«

Damit schien der Nagel auf den Kopf getroffen. Adam fing heftig an zu zittern und schaute hin zum Garten. Nach der Verschmutzung des Zimmers zu urteilen, mochte Emikos Tod mehr als einen Monat zurückliegen. Während Aiko nachdachte, verlor Adam den Kampf gegen den Schlaf. Seine Stirn fiel auf den Tisch, und er schlummerte ein.

»Adam, du kannst dich hinlegen.«

Adam stand auf und wankte in das hintere kleine Zimmer. Aiko kam langsam hinterhergeschlichen. Adam öffnete die Tür seines Stäbchenschlosses und fiel hinein. Die Augen geschlossen, lag er mit gekrümmtem Körper auf seinem engen Bett. Das Schlafmittel im Sake tat seine Wirkung. Ein alter Trick, den Aiko während ihrer Zeit als Gelegenheitshure oft angewandt hatte. Ohne zu zögern holte sie ein kleines Handtuch hervor, das sie hinter ihrem Rücken gehalten hatte, und erwürgte Adam damit. Würde sie seine Leiche neben Emi im Garten vergraben, könnte sie das Haus nach Belieben nutzen. Der Kerl war wirklich eine Beleidigung fürs Auge. Aiko schaute sich unwillig in Adams merkwürdiger Behausung um. Obwohl Emikos Haus dreckig war, war es innen im Schloss sauber und aufgeräumt. Aiko spürte, dass sich darin die ganze Selbstsucht Adams, dem das Haus von Emi gar nicht gehörte, manifestierte. Sie starrte auf seine Leiche. Ärger stieg in ihr auf, weil seine aus dem Hals heraushängende Zunge gegen sie gerichtet zu sein schien. Mochte auch der Sex mit ihm nicht schlecht gewesen sein. Aiko ließ die verrückten Stellungen von kurz zuvor Revue passieren und streckte ihm ebenfalls die Zunge heraus.

Über Adams Kopf befand sich ein Stapel von sorgfältig gefalteten Zeitungen und Flugblättern. Aikos Blick fiel auf eine Stellenanzeige. »Neocity Hotel Yokohama: Putzhilfen gesucht!« Das war es! Sie hatte Adam bereits vergessen. Aiko nahm das Flugblatt in die Hand und studierte es. Darauf lächelte selbstbewusst eine Frau mittleren Alters, die einen mit künstlichen Rosen verzierten, auffälligen Hut trug. Die Kleidung mochte noch so aufwändig sein, aber die Säcke unter den Augen der Frau ließen sie eher wie einen Mann mittleren Alters erscheinen. Darunter stand »Die Präsidentin der Neocity-Hotelgruppe: Shizuko Matakatsu«. Ja, das war die nächste Station! Aikos Kampfeslust glühte auf, und das Bild der Präsidentin brannte sich in ihrem Hinterkopf ein. Sich heranschleichen, stehlen und Unheil anrichten, so wie es ihr gefiel. Aiko steckte das Flugblatt in die Tasche ihrer Jeans und trat gegen das Schloss. Die wackelige Wand brach zusammen und bedeckte Adams noch warme Leiche mit einer Kaskade von Ess-Stäbchen.

5. Kapitel

Der Blues der Managementprophetin

»Also, alle Mann los, die Matakatsu-Hymne*!«

»Jaaa-woll!« Die zum Chor vereinten durchdringenden Stimmen der versammelten Herren ließen den Konferenzraum erzittern. Alle sprangen so energisch auf, dass beinahe der große Versammlungstisch umgefallen wäre. Shizuko Matakatsu und den Marketingdirektor Yamase hielten sie dabei fest im Blick. Yamase trug einen schwarzen Anzug mit Fliege und hatte darüber einen gelben Umhang gestreift. Mit seinen weiß behandschuhten Händen hielt er das Mikrophon. Nachdem er mit einem Blick den Konferenzraum durchmustert hatte, brüllte er mit markerschütternder Stimme:

»Mata-katsu, mata-katsu, maaata-katsu!
Neocity Hotel maaata-katsu!
Sieg, Sieg und noch mal Sieg!
Hoch, hoch und noch eins höher!«

Die fast vierzig anwesenden Männer schwenkten ihre ebenfalls in weißen Handschuhen steckenden Hände neben ihren Köpfen

---

* Matakatsu: Der Familienname Matakatsu enthält die Elemente mata = wieder, wiederholt und katsu = siegen, gewinnen. In der Matakatsu-Hymne wird daher auf die Bedeutung »immer wieder gewinnen« angespielt (A.d.Ü.).

hin und her und feuerten Yamase an. Jeder trug ein Stirnband, auf dem klar und deutlich der Ort eines Hotels geschrieben stand: Kinshichō, Ōtsuka, Nojiriko, Tachikawa, Okachimachi, Shinagawa. In der Mitte befand sich die Gruppe, die die phantastische Belegungsrate von fünfundsiebzig Prozent überschritten hatte. An der Wand und hinten standen die Herren mit den schlechten Ergebnissen; blass und halb in Verzweiflung stimmten diese mit ein:

»Mata-katsu, mata-katsu, maaata-katsu!
Neocity Hotel maaata-katsu!
Sieg, Sieg und noch mal Sieg!
Nieder mit Pranz, nieder mit Ōkuni!«

Yamase ließ genüsslich die Namen der konkurrierenden Hotels einfließen und lachte siegesgewiss. Mit freudigem Gesichtsausdruck tänzelten die Manager wie bei einem Reigen von Kindergartenkindern hin und her und bewegten dabei rhythmisch die Hände. Shizuko trug ein handgenähtes Jackett von Yukitorii, einen mit Strass besetzten Jeansminirock und weiße Lackstiefel. Ihre auffällige Kleidung stand im Kontrast zum Rest der Runde. Mit dem Start der Hymne bewegte auch sie rhythmisch den Kopf und verzog die knallroten Lippen zu einem Lächeln. Gemäß der Stylistendoktrin, zu lockerer Kleidung lässigen Schmuck zu tragen, hatte sie über die Diamantuhr von Franck Muller noch ein Tennis-Bracelet, ebenfalls aus Diamanten mit insgesamt über vierzig Karat, angelegt. Das wog zwar schwer am linken Arm, musste aber sein.

Heute fand das monatliche Management Meeting der Neocity-Hotelgruppe statt. Die Neocity-Hotelgruppe besaß zweiunddreißig Hotels im Raum Kantō und Kōshinetsu. Es waren mittelgroße Häuser, deren Zimmerausstattung und Service etwas oberhalb der Kategorie »Business Hotel« lagen. Anders verhielt es sich jedoch mit dem Hotel, das nächsten Monat vor dem Bahnhof von Shin-Yokohama eröffnet werden sollte. Hier handelte es sich um ein absolutes Luxushotel, das in die etablierte Klasse der Tophäuser einbrechen sollte. Normalerweise würde Shizuko zur Feier der Belegungsrate von fünfundsechzig Prozent und der Eröffnung des Hotels in Shin-Yokohama voll in die Hymne mit einstimmen. Aber etwas bedrückte sie, und sie konnte keine rechte Energie aufbringen.

»Frau Matakatsu, bitte sprechen Sie zu uns.«

Yamase hielt ihr das Mikrophon vors Gesicht. Es war Zeit für die traditionelle Verkündung. Shizuko blieb nichts anderes übrig, als das Mikrophon entgegenzunehmen. In unterwürfiger Erwartung von Shizukos Weissagung verfielen die Manager in Schweigen. Shizuko empfand die Masse der schwarz gekleideten Herren, die sie gebannt anstarrten, als unheimlich. So ein Gefühl überkam sie zum ersten Mal.

»Und nun die Verkündung …«

Jetzt, jetzt, warteten alle gespannt. Es hieß, dass das Hotel, das bei diesen Gelegenheiten von Shizuko genannt wurde, beim nächsten Mal den ersten Platz in der Umsatzrangfolge erreichen würde. Entweder weil sich der zuständige Manager ganz besonders anstrengte oder weil sich ein Wunder vollzog. Die einfach dahergesagten Voraussagen von Shizuko trafen jedenfalls genau zu. Ganz so wie beim nationalen Sportfest immer die ausrichtende Präfektur den Sieg davontrug. Aber Shizuko zögerte mit ihren Worten. Sie hatte eine ungute Vorahnung. Sie wurde das Gefühl nicht los, dass etwas Böses ins Spiel kommen würde. Wo würde das sein? Yokohama. Um Himmels willen. Shizuko biss sich auf die Lippen. Die leicht vorstehenden Schneidezähne wurden mit Lippenstift beschmiert.

»Wo ist es, Frau Matakatsu?«, drängte Yamase.

»Yokohama!«

Unwillkürlich entfuhr ihr ausgerechnet der Name des Ortes, der ihr Angst machte. Allein weil es der Name des neu zu eröffnenden Hotels war, gerieten die Manager in große Aufregung. Vielsagende Blicke wurden ausgetauscht. Man konnte sehen, wie dem zum General Manager von Yokohama erwählten Hiradegawa vor Stolz die Brust schwellte. Hiradegawa erhob vor den anderen Managern die Hand zum Victory-Zeichen und ließ sich laut anfeuern. Denn da es eine Verkündung von Shizuko war, war der Erfolg gewiss.

»Und jetzt die Ansprache an alle.«

Wieder verfielen alle in Schweigen.

»Meine Herren, ich danke Ihnen. Durch Ihre Anstrengungen haben wir endlich einen Jahresumsatz von zehn Milliarden Yen erreicht. Weiter ist uns das außerordentliche Ergebnis geglückt, eine durchschnittliche Belegungsrate von fünfundsechzig Prozent zu übertreffen. Und dann hat sich schließlich der Traum erfüllt, in Yokohama unser Neocity Yokohama zu eröffnen. Ich danke Ihnen so sehr. Seit fünfzehn Jahren arbeite ich nun in dieser Branche. Ich ... ich war so aktiv wie eine wandelnde Leuchtreklame. Es mag aussehen, als ob ich nun mit meinen schönen Kleidern und meinem teuren Schmuck alles erreicht hätte. Aber Spaß macht es nicht. In Wahrheit verhält es sich anders. In Wahrheit ...«

Tränen traten ihr in die Augen. Wie die Manager die Tränen sahen, die Shizuko über die Wangen rollten, senkten sie voller Überraschung die Köpfe. Einige fingen sogar mit an zu weinen.

»In Wahrheit ist es anders. In Wahrheit bin ich eine schwache Frau.«

Mein Gott, was sage ich denn da? Shizuko war ebenso überrascht wie entsetzt über sich selbst. Ihr Blick traf sich mit dem des sorgenvoll dreinschauenden Yamase. Yamase verengte die unruhigen Augen und sandte ein Warnsignal aus. Hastig wischte sich Shizuko die Tränen ab. Aber der siebenkarätige Diamantring von Harry Winston, den sie am rechten Mittelfinger trug, blieb mit seiner Fassung an der dünnen Haut ihres Augenlides hängen.

»Au!«

Der Schmerzensschrei erfüllte, durch das Mikrophon verstärkt, den ganzen Konferenzraum. Shizuko wusste nicht mehr, was sie tun sollte, und bedeckte mit beiden Händen ihr Gesicht. Alle hielten den Atem an.

»Durchhalten und weitermachen, Frau Matakatsu!«

Yamase feuerte sie von der Seite an.

»Mutter! Weitermachen!!«, brüllte irgendjemand.

Aus allen Ecken des Konferenzraumes erschallten Mata-katsu-, Mata-katsu-Rufe, die bald in ein allgemeines rhythmisches Klatschen übergingen. Shizuko beruhigte sich, hob ihren Kopf und lächelte. Die Spuren ihrer Mühen und Leiden in jungen Jahren ließen ihr Gesicht älter erscheinen als dreiundfünfzig. Die dick aufgetragene Schminke konnte die Säcke unter ihren Augen nicht verbergen, die eingefallenen Wangen waren mit Flecken und Sommersprossen übersät, tiefe Furchen zeigten sich auf der Stirn, und Risse in den Lippen ließen den Lippenstift unvorteilhaft erscheinen. Nur ihre leicht hervorstehenden Augen strahlten im blauen Glanz. Sie waren so schön wie ein Juwel auf einem Müllberg. Wenn sie diese Augen sahen, waren selbst die aufgrund unzähliger Schlachten in irgendwelchen Vorstadthotels abgebrühten Manager ergriffen und entwickelten offenbar das Gefühl, für Shizuko alles geben zu wollen.

»Es tut mir leid.« Als Shizuko den Mund aufmachte, setzten die Manager erleichtert ein breites Lächeln auf. Plötzlich lockerte sich die Atmosphäre im Konferenzraum und war voller Wärme. »Es ist komisch. Irgendwie bin ich total aufgeregt. Obwohl wir doch nur unser regelmäßiges Managementmeeting abhalten. Was ist bloß los? Vielleicht wegen der Eröffnung von Yokohama? Egal, ich möchte bloß eins sagen. Ich bin Ihnen immer zutiefst dankbar. Lassen Sie uns eine Belegungsrate von fünfundsiebzig Prozent anstreben. Lassen Sie uns alle glücklich werden. Ich bin stolz auf Sie alle. Ich liebe Sie alle.«

In dem Augenblick, in dem Shizuko Matakatsu den fortan legendären letzten Teil ihrer Rede beendete, jubelten die Herren ihr noch einmal laut zu und reckten ihre Fäuste. Dann brach rauschender Beifall aus. Das Meeting war ein großer Erfolg, die Stimmung war grandios.

»Ihre Rede heute war einfach phantastisch, Frau Matakatsu. Kōfu war tränenüberströmt und schluchzte, dass er für sie in den Tod gehen würde. Fukiage hat gesagt, dass er Harakiri begehen würde, wenn seine Ergebnisse nicht stimmten.«

»Ach, wirklich.«

Shizuko gab sich kühl und holte eine Marlboro-Schachtel aus ihrer gelben Birkin-Handtasche von Hermes. Eilfertig reichte Yamase ihr Feuer.

»Sie haben heute eine unglaubliche Redetechnik eingesetzt, Frau Matakatsu. Besonders als Sie ›ich bin eine schwache Frau‹ gesagt haben. Damit haben Sie die Beschützerinstinkte der Männer entfesselt. Sie sind nicht nur die geborene Managementprophetin, sondern Sie sind auch wie eine gütige Mutter. Um der Managementprophetin zu dienen, legt sich hier jeder Tag und Nacht ins Zeug.«

Der Ehrentitel »Managementprophetin« für Shizuko entstammte einer Branchenzeitschrift, deren Vertreter mit Erstaunen die ekstatische Atmosphäre auf den Meetings beobachtet hatten. Seitdem hieß es, Gott selbst sei bei den Zusammenkünften präsent, worauf Fernsehen und Zeitschriften sich mit

Reportagen gegenseitig den Rang abliefen. Die Existenz der Managementprophetin Shizuko verlieh der Hotelmarke höchstes Ansehen, und die Geschäftsergebnisse verbesserten sich von Saison zu Saison.

»Danke«, sagte Shizuko und sah auf die Uhr. Yamase schaute ebenfalls auf ihr Handgelenk und schwärmte:

»Sie tragen aber eine schöne Uhr. Rosa Krokodilleder mit Diamanten. Wie viel hat die wohl gekostet? Muss ja unglaublich teuer gewesen sein.«

»2 350 000 Yen.«

»Die ist wie geschaffen für Sie«, schmeichelte ihr Yamase weiter, aber sie traute ihm nicht. Sie war sich wohl bewusst, dass die Sachen, die sie täglich trug, nicht zu ihr passten. Die Kleider von Hermes und Chanel gingen an ihrem bäuerlichen Gesicht, an ihren derben Zügen verloren. Es war auch nicht so, dass Shizuko sich Luxusgegenstände kaufte, weil sie diese mochte. Vielmehr musste sie sich mit derlei Accessoires umgeben, um dem Image der nur mit allerfeinsten Sachen ausstaffierten Firmenpräsidentin gerecht zu werden. Aber wenn es doch mit dem Tragen von Luxusartikeln sein Bewenden gehabt hätte. Nein, Shizuko musste als Managementprophetin auch noch die Rolle der von Gott inspirierten Unternehmerin spielen. Und schließlich wurde ihr die Darstellung als glückliche Frau abverlangt, die unter unglücklichen Umständen aufgewachsen, aber durch eigene Anstrengungen zum Erfolg gekommen war.

Sie trat bei Vorträgen und im Fernsehen auf. Dort berichtete sie über ihre erste unglückliche Lebenshälfte und über ihre Erfolgserfahrungen. Das war die gemeinsame Marketingstrategie ihres Mannes Hiroshi und von Yamase. Hiroshi selbst zeigte sich nur selten in der Öffentlichkeit und führte eine Schattenexistenz. Nicht nur, dass er nicht öffentlich auftrat, in letzter Zeit war er sogar aus dem Blickfeld von Shizuko verschwunden und lebte mit einer anderen Frau in einer Wohnung in der Stadt.

Tatsächlich war Shizukos Vergangenheit von fortgesetztem Unglück gezeichnet. Aus der Präfektur Fukui stammend, hatte sie seit ihrer Kindheit mit Geldproblemen zu kämpfen, weil der Vater früh gestorben war. Nach der Mittelschule fand sie Beschäftigung in einem lokalen Textilwerk, und mit fünfundzwanzig Jahren heiratete sie einen Arbeiter aus einer Holzfabrik in Noto. Sie brachte einen Sohn zur Welt, aber ihr Mann verschleuderte das gesamte Geld und verschwand irgendwann einfach. Dann erlernte sie das Schneiderhandwerk und wollte sich damit selbständig machen. Aber weil der Junge mit Streichhölzern spielte, brach ein Brand in der Schneiderei aus, und sie verlor Kind und Haus. Unter diesem Schock verübte sie zwei Selbstmordversuche. Irgendwie kam sie wieder auf die Beine und arbeitete in einer Bar. Dann lief jedoch eine Kollegin mit ihren über fünf Jahre ersparten zwanzig Millionen Yen davon, und abermals fiel sie in ein tiefes Loch.

Ihr Schicksal begann sich zu wenden, nachdem sie eine Stelle mit Kost und Logis als Haushälterin angetreten hatte. Dort lernte sie ihren heutigen Mann, Hiroshi Matakatsu, kennen. Hiroshi war professioneller Mah-Jongg-Spieler, der im Haus des Transportunternehmers in Ueda, in dem Shizuko arbeitete, ein und aus ging. Mit siebenundvierzig war er etliche Jahre älter als die 35-jährige Shizuko. Zuweilen tauchte sein Name in Mah-Jongg-Zeitschriften auf, ansonsten war er völlig unbekannt. Außerdem war er wenig ansehnlich. Er war ein klapperdürrer Mann mittleren Alters mit dünnen Haaren. Wenn Hiroshi ins Haus kam, wurde er jedoch freudig von dem Unternehmer, der ein leidenschaftlicher Spieler war, empfangen. »Da kommt ja der Matakatsu, obwohl er immer gegen mich verliert«, scherzte er, rief seine Freunde und eröffnete eine Runde.

Frauen gegenüber war Hiroshi jedoch sehr charmant. Spielte er mit den anderen bis tief in die Nacht Mah-Jongg, war er der Einzige, der Anerkennung zeigte, wenn Shizuko hereinkam, um Tee und einige von ihr zubereitete Snacks zu bringen. Das war ihr nicht unangenehm. Bald besorgte sie ihm heimlich seine Lieblingszigaretten oder kochte ihm ein Nachtmahl. Dann dauerte es auch nicht mehr lange, bis sie ein Liebespaar wurden. Eines Tages schlich Hiroshi in ihr Zimmer und äußerte einen Wunsch. Shizuko möge doch während der Mah-Jongg-Runde Tee bringen, sich hinter den Unternehmer stellen und dessen Steine durch ein Zeichen verraten. Es war eine Aufforderung zum Betrug.

»Wenn er kurz vor dem Fertigmachen ist, fragst du: ›Wohin soll ich den Tee stellen?‹, wenn er noch nicht so weit ist, sagst du ›Ich stelle den Tee hierhin‹.«

Diese anfangs sehr primitive Methode wurde nach und nach weiter ausgefeilt, bis Shizuko durch Gesten und Worte die genaue Zusammenstellung der Steine bis hin zu strategischen Hinweisen signalisieren konnte. Shizuko war voller Sorge, dass der Betrug irgendwann auffliegen würde, aber der Unternehmer, vielleicht weil er Shizuko vollkommen unterschätzte, bemerkte nichts. Es ging sogar so weit, dass Hiroshi ihm ein Business-Hotel in Hachiōji abknöpfte. Das war der Beginn der Neocity-Hotelgruppe. Im weiteren Verlauf gelang es dank Hiroshis Spielertalent und dank Shizukos Charisma nach Hiroshis Design die Gruppe bis zur heutigen Größe zu führen. Die wie ein Wunder verlaufene zweite Lebenshälfte war der Mythos von Shizuko Matakatsu.

Seit der Hochzeit betrog Hiroshi sie allerdings ständig. Shizuko stieß auf dem Rücksitz ihres Mercedes einen Seufzer aus. Ihr Assistent Shinsuke Tagawa drehte sich nach ihr um. Der zwanzigjährige Tagawa war gerade aus Las Vegas zurückgekehrt. An der dortigen Universität hatte er im letzten Jahr ein

Studium in Kasinomanagement aufgenommen, aber bald wieder abgebrochen. An einer Tätigkeit in der Hotelverwaltung war er nicht interessiert, lieber verbrachte er seine gesamte Zeit an der Seite von Shizuko.

»Ab zwei Uhr haben Sie Mitarbeitergespräche in Yokohama. Vorher müssen wir irgendwo etwas zu Mittag essen«, sagte Tagawa. Er hatte seinen Attachékoffer auf die Knie gelegt und darauf seinen elektronischen Kalender ausgebreitet. Tagawa war Spross einer Beziehung, die Hiroshi vor der Ehe mit Shizuko mit der Betreiberin eines Mah-Jongg-Salons hatte. Hiroshi hatte ihn als Sohn anerkannt, trotzdem trug er den Namen der Mutter. Shizuko hätte es nie für möglich gehalten, dass Hiroshi das mit einer anderen Frau gezeugte Kind in die Firma einbringen würde. Aber da Tagawa ein zurückhaltender und angenehmer Mensch war, machte sie ihn zu ihrem Assistenten. Tagawa seinerseits schien Shizuko mehr zu mögen als seine leibliche Mutter und wollte nicht von ihrer Seite weichen.

»Durch irgendetwas bin ich heute völlig aufgewühlt, Shinchan. Ich habe so eine Ahnung, dass etwas Schlimmes passieren wird.«

Ohne auf gutes Benehmen zu achten, öffnete Shizuko die Reißverschlüsse ihrer weißen Stiefel und streifte sie auf dem Boden des Wagens ab. Es war der Gipfel der Idiotie, bei einer Temperatur von fünfundzwanzig Grad Stiefel zu tragen. Tagawa, dem Shizukos schlechte Stimmung missfiel, schaute sie besorgt an. Wenn er zunächst schüchtern den Blick senkte, bevor er Menschen direkt ansah, hatte er große Ähnlichkeit mit Hiroshi. Aber weder war er so kühn noch so berechnend wie sein Vater, sondern eher etwas zu kleinmütig. Er respektierte Shizuko als Managementprophetin von ganzem Herzen. Wenn sie eine Vorahnung hatte, würde mit Sicherheit bald etwas in dieser Richtung geschehen. Tagawa fragte:

»Wie halten wir es mit dem Mittagessen?«

»Ich fahre nach Hause zurück. Ich mache mir Sorgen, dass diese Frau Ya-chan zurückholen will.«

»Wollen wir Fumi anrufen?«

Fumi war Shizukos Haushälterin. Sie barst vor Selbstbewusstsein, und zu ihrem wahren Wesen gab es kein Vordringen.

»Nein. Ich werde an Ort und Stelle einen Überraschungsangriff starten. Fumi habe ich in stärkstem Verdacht. Ich denke, sie hat Kontakt zu dieser Frau.«

»Das kann ja wohl nicht sein!«

Tagawa schürzte wie ein Kind die Lippen. Warum hat die Managementprophetin so schreckliche Phantasien?, dachte er. Du bist noch naiv, du weißt nicht, wie das Leben spielt, dachte Shizuko.

»Von wegen ›Das kann ja wohl nicht sein‹. Du bist einfach zu vertrauensselig. Diese Frau hat selbst deiner Mutter Unglück gebracht.«

Tagawa machte ein verlegenes Gesicht. Diese Frau, das war die Besitzerin eines Schönheitssalons, mit der Hiroshi neben der Ehe mit Shizuko ein Verhältnis hatte, nachdem er Tagawas Mutter überdrüssig geworden war. Hiroshi hatte ein Faible für selbständige Unternehmerinnen. Meistens war er hinter Frauen her, die ein eigenes Geschäft betrieben. Momentan stieg seine Fieberkurve für die Besitzerin eines Nagelstudios in den Dreißigern. Ein unverbesserlicher Schürzenjäger.

Tagawa wusste nicht, wie er sich Shizuko gegenüber verhalten sollte. Diese Tatsache versuchte er zu verbergen, indem er angestrengt in sein elektronisches Notizbuch starrte. Er war sich im Klaren, dass die Existenz seiner Mutter früher ein großes Problem für Shizuko gewesen war. War es nicht traurig, auf welch unschöne Weise die Managementprophetin ständig von den Frauengeschichten ihres Mannes verfolgt wurde?

Shizuko empfand sogar die an den Autofenstern vorbeigleitenden Bilder als zu anstrengend und hielt ihre Augen geschlossen.

Shizukos Haus befand sich in Shibuya-Shōtō. Es stand auf einem 330 Quadratmeter großen Grundstück, das sie dem Eigentümer einer bankrott gegangenen kleinen Bank abgehandelt hatte – eine prächtige Villa, die von dem reichlich verwendeten italienischen Marmor nur so glänzte. Die Fenster waren mit extra in Mailand gefertigtem Buntglas geschmückt, und den Boden im Flur bedeckten verschwenderisch handgeknüpfte chinesische Teppiche. Bad und Küche waren mit Fliesen aus Delft gekachelt, es gab Bilder und Skulpturen von berühmten Künstlern, von ehrwürdigen Meistern gebrannte Teller und Schirmständer, und überhaupt war alles mit den verschiedensten, sündhaft teuren und handgefertigten Luxusgütern vollgestellt. Es war ein wunderliches Haus, in dem der Wert eines Gegenstandes den nächsten übertraf.

»Ya-chan! Bist du da?«

Während Shizuko noch rief, platzte sie schon ins Haus herein. Tagawa, dem das alles nicht geheuer war, war mit dem Fahrer zu Mittag essen gegangen. Shizuko rannte über den Flur und riss die Tür zum Wohnzimmer auf, dann stieß sie einen lauten Schrei aus.

»Es ist also doch wahr! Sie sind gekommen! Ich wusste es!«

Die Frau, die auf dem Sofa saß und Tee trank, sprang überrascht auf. Ihre schulterlangen Haare waren in einem geschmackvollen Kastanienbraun gefärbt, und ihre Perlenkette passte exzellent zum dunkelblauen Anzug. In Hiroshis Kreis repräsentierte sie den sanftesten und elegantesten Typ von Frau. Es war Takako, die in Yokohama einen Schönheitssalon betrieb.

»Oh Verzeihung«, sagte Takako erschreckt. Ohne eine Begrüßung suchte Shizuko den Raum nach Yasushi ab. Der Dreijährige hockte hinter dem Sofa und war ganz in sein Spiel mit dem Gameboy vertieft. Nachdem sie den Jungen gefunden hatte, beruhigte sich Shizuko. Ein Stein fiel ihr vom Herzen.

Yasushi war Spross der Beziehung von Hiroshi und Takako. Als Gegenleistung für die Ablösung der Schulden von Takakos Laden hatte Shizuko ihn als Adoptivsohn übernommen. Aber der bis zum Alter von zweieinhalb Jahren bei Takako aufgewachsene Yasushi gewöhnte sich einfach nicht an Shizuko. Takako ihrerseits, obwohl sie das Kind hergegeben hatte, war von beständiger Reue gequält. Ich zahle Ihnen das Geld zurück, und dafür geben Sie mir Yasushi wieder, hatte sie drei-, viermal bei Shizuko gebettelt. Hiroshi hielt sich vollkommen heraus, während er sich mit seiner neuen Geliebten Yumi, die das Nagelstudio betrieb, einrichtete. So eskalierte der Streit zwischen den beiden Frauen. Tagawas Mutter hatte ein Trennungsgeld erhalten und sich schnell von der Front entfernt.

»Was heißt hier Verzeihung? Warum brechen Sie Ihr Versprechen?«, brüllte Shizuko Takako an.

Shizuko war außer sich vor Wut auf Takako. Diese hatte ein so junges Gesicht, dass man kaum glauben mochte, dass sie bald vierzig wurde. Der Glanz ihrer Haut, ihr melancholischer Ausdruck, all das entzückte sogar Frauen.

»Es tut mir leid. Aber ich habe Erbarmen mit dem Kind.«

»Erbarmen? Was für ein pathetischer Ausdruck. Ich habe auch rechtlich das Sorgerecht für Yasushi. Wenn Sie hier so reinplatzen und ihn sehen, bringt ihn das nur aus der Fassung.«

»Es ist, wie Sie sagen.« Takako ließ die Schultern hängen. »Aber ich habe eine Dummheit begangen. Nur um den Laden nicht zu verlieren, habe ich das mir Wertvollste auf der Welt herausgegeben. Ich kann es nicht mehr ertragen.«

»Das ist Ihr Problem. Yasushi gehört jedenfalls mir.«

Als Shizuko sah, wie in dem schönen Gesicht von Takako der Hass aufflammte, überkam sie ein gehässiges Gefühl. Du bereust es wohl. Du bist wohl neidisch auf mich. Für gerade einmal acht Millionen Yen hast du die wertvollste Sache auf der Welt aufgegeben. Aber wie kann ich so etwas Grausames denken, wo ich doch selbst mein geliebtes Kind bei einem Feuer verloren habe? Shizuko merkte, dass ihr eigenes Herz blutete. Trotzdem würde sie Yasushi niemals an Takako herausgeben. Der Junge stand am Rande des Kampfplatzes der Frauen und vergnügte sich in teuerster Kleidung von Ralph Lauren mit seinen Spielen.

»Geben Sie mir Yasushi zurück. Ich bitte Sie.« Plötzlich fiel Takako auf die Knie. Immer wieder senkte sie den Kopf. »Ich gebe Ihnen auch das ganze Geld zurück. Ich flehe Sie an.«

»Hören Sie mal, das geht zu weit. Wissen Sie noch, was Sie damals gesagt haben? Das Geschäft ist mein Ein und Alles, haben Sie gesagt. Erst mit meinem Geld Ihr Konto in Ordnung bringen, und weil es Ihnen jetzt gut geht, das Kind wieder zurückholen. Ich werde das niemals zulassen!«

Takako blickte mit ihren verweinten Augen auf.

»Ich weiß, dass ich eigentlich keinerlei Rechte habe. Aber als ich hörte, dass Yasushi mit diesem Haus nicht vertraut wird, tat er mir so leid.«

»Wer hat denn so etwas gesagt?«

Von hinten ertönte eine laute Stimme.

»Ich, Frau Matakatsu. Es tut mir leid.«

Es war Fumi. Fumi, die seit mehr als zehn Jahren in ihrem Haus wohnte und arbeitete, hatte sie verraten. Genau wie sie ihren Unternehmer in Ueda verraten hatte. Die mit Shizuko gleichaltrige Fumi stand dort mit geschwellter Brust. Sie war eine so stattliche und würdevolle Erscheinung, dass man sie in ihrer normalen Kleidung leicht mit der Herrin des Hauses verwechseln konnte.

»Bitte nehmen Sie es Fumi nicht übel, Shizuko. Überlegen Sie doch noch einmal. Auch Hiroshi hat gesagt, dass er einverstanden ist, wenn Sie nichts dagegen haben.«

Einen Augenblick mal. Shizuko vergrub ihren Kopf in den Händen. Warum kommt jetzt Hiroshis Name ins Spiel? Und warum steht Fumi nicht auf meiner Seite? Takako fuhr mit ihrem leidenschaftlichen Appell fort:

»Ist denn nicht Shinsuke auch noch da, Shizuko? Der ist doch auch ein Kind von Hiroshi. Ist Shinsuke nicht Ihre rechte Hand und Stütze? Yasushi ist doch noch klein. Deswegen können Sie ihn mir doch zurückgeben.«

Gerade weil er klein ist, will ich ihn behalten. Weil er genauso alt ist wie mein Sohn Yoshiyuki, als er damals in den Flammen umkam, möchte ich ihn aufziehen. Plötzlich hing Yasushi an der Hüfte von Takako.

»Mama, was ist denn los? Mama!«

Ich bin doch die Mama. Ein unkontrollierbares Gefühl ließ alle Dämme bei Shizuko brechen:

»Jetzt ist Schluss! Ich kann mich nicht daran erinnern, Ihnen angeboten zu haben, mich Shizuko zu nennen. So intim waren wir nicht. Nennen Sie mich bitte Frau Matakatsu. Außerdem sollten Sie mir dankbar dafür sein, dass ich das Kind anerkannt habe. Es kommt überhaupt nicht in Frage, es zurückzugeben. Wenn man einmal losgelassen hat, ist es vorbei. Mein eigenes Kind ist im Feuer ums Leben gekommen. Wie oft habe ich es bereut. Hätte ich ihn doch nicht alleine gelassen. Hätte ich doch die Streichhölzer an einem sicheren Platz aufbewahrt. Aber weil ich mein Kind verloren habe, bin ich erleuchtet worden. Deswegen habe ich als Managementprophetin Erfolg gehabt. Wenn ich noch einmal jemanden aufziehe, wird es bestimmt ein großartiges Kind.«

Empört schrie Takako:

»Wollen Sie hier ein Experiment durchführen?«

»Das kann sie, weil es ja das Kind einer anderen ist«, sagte Fumi voller Verachtung. Shizuko explodierte und stieß sie zur Seite. Die vierschrötige Fumi geriet zwar ins Wanken, konnte aber gerade noch das Gleichgewicht halten. Nachdem sie sich wieder aufgerichtet hatte, fauchte sie:

»Nun gut. Mit dem heutigen Tag werde ich hier aufhören. Für so ein böses Weib kann ich nicht arbeiten.«

»Ja, tun Sie das. Der Hausherrin in den Rücken fallen und einfach diese Person hier hereinlassen. Ich hätte gute Lust, Sie auf Schadenersatz zu verklagen.«

»Bitteschön, tun Sie sich keinen Zwang an. Ich hätte auch jede Menge zu erzählen.«

Mit dieser wegwerfenden Bemerkung verließ Fumi eiligen Schrittes das Zimmer.

»Und Sie verschwinden jetzt auch hier.«

Shizuko zog Takako am Arm hoch und zerrte sie durch den Flur. Über die Schulter hielt Takako den Blick auf Yasushi gerichtet. Der hatte verdutzt den Mund geöffnet und verstand nicht, was geschah.

»Kommen Sie bloß nicht wieder. Ich würde Sie verklagen.«

Shizuko öffnete weit die Haustür und stieß Takako hinaus. Dann warf sie ihr die Sandalen hinterher. Takako zog ihre Schuhe an und hob den Kopf.

»Ich werde niemals aufgeben, Shizuko.«

»Ich sagte doch, dass Sie mich nicht Shizuko nennen sollen. Kommen Sie ja nicht ein zweites Mal! Yasushi gehört mir!«

»Du Kindsräuberin! Du Teufel!«

Gift und Galle spuckend verschwand sie. Die Schöne mit dem melancholischen Gesicht war zerstört. Shizuko starrte Takakos schlanker Gestalt hinterher. In dem Moment schlüpfte etwas schnell an ihren Beinen vorbei.

»Mama, Mama!«

Es war Yasushi. Er war barfuß und rannte hinter Takako her. Das ist gefährlich, du wirst von einem Auto überfahren! Hastig folgte Shizuko ihm, aber schon hatte er die Straße erreicht und wollte sie überqueren. Da kam ein Lastwagen um die Ecke gebogen. Mein Gott, ich schaffe es nicht! Im Augenblick der höchsten Panik sah sie, wie Yasushi von einer Passantin zurückgelassen wurde. Mit dem Kleinen an der Hand kam die Frau auf Shizuko zu.

»Die Mama hat doch Angst um dich.«

Die Mama. Welch einen Wohlklang das hat. Tränenüberströmt betrachtete Shizuko Yasushi und darauf die Frau mittleren Alters, die ihn im letzten Moment gerettet hatte. Sie war so kräftig gebaut wie eine Ringerin. Shizuko drückte Yasushis kleinen Körper ganz fest an sich.

»Vielen, vielen Dank. Sie haben mir so geholfen.«

»Ach, das ist schon in Ordnung. Ich dachte, es könnte gefährlich werden, da der Junge wohl gerade loslaufen wollte.«

»Ich weiß gar nicht, wie ich Ihnen danken soll. Sie haben uns vor dem Abgrund bewahrt. Ich will Ihnen etwas schenken. Warten Sie bitte einen Augenblick.«

»Nein, nein, lassen Sie nur.« Die Frau trat einen Schritt zurück. »Das ist wirklich nicht nötig.«

»Aber ich muss etwas für Sie tun!«

»Nun, wenn das so ist … Ob nicht wohl in dieser Gegend irgendjemand eine Haushaltshilfe sucht? Aus verschiedenen Gründen habe ich gerade mein Haus verlassen und weiß nicht recht, was ich tun soll.«

Die Frau machte einen verlorenen Eindruck. Tatsächlich trug sie ein großes Gepäckstück bei sich. Gerade jetzt, wo sich Fumi verabschiedet hatte. Shizuko klopfte ihr auf die Schulter.

»Na, das passt doch prima. Sie können in meinem Haus arbeiten und wohnen.«

»Ja, geht das denn wirklich?« Erstaunt blickte die Frau zu der prächtigen Villa auf.

»Aber ja. Heute ist wirklich ein Glückstag«, sagte Shizuko heiter. »Bitte kommen Sie doch herein.«

Aus Yokohama war das Unglück gekommen, aber sie hatte es verjagt.

»Wie heißen Sie denn?«

»Mein Name ist Ai Matsumoto.«

»Ein schöner Name.«

Shizuko war erleichtert. Wenn sie nur Yasushi wieder hatte, war ihr alles egal. Aber würde sich Hiroshi nicht an die neue Haushälterin heranmachen? Von plötzlicher Unruhe erfasst, betrachtete Shizuko das Gesicht der Frau. Sie war rundgesichtig wie eine Schildkröte und hatte einen unförmigen Körper. Das war in Ordnung, da brauchte man sich keine Sorgen zu machen. Aber als Shizuko die dick aufgetragene Schminke auffiel, hatte sie für einen Moment ein ungutes Gefühl. Sie warf jedoch alle Bedenken über Bord, denn Ai Matsumoto nickte eifrig und sagte:

»Mutterliebe ist ein so starkes Gefühl. Ich bin deshalb so gerührt, weil ich selbst ohne Mutter aufgewachsen bin.«

6. Kapitel

Wie man stirbt, kann man sich nicht aussuchen

Yamase saß vor seinem Schreibtisch mitten in der Planungsabteilung der Zentrale und bearbeitete souverän die Tastatur seines Computers. Er entwarf gerade einen Beitrag des Mailmagazins der Neocity-Hotelgruppe mit dem Titel »Die Verkündungen der Managementprophetin«. Nachdem er die Überschrift »Und jetzt kommt Yokohama – Die Worte der Prophetin sind voll der Zuversicht« eingegeben hatte, überlegte er es sich plötzlich anders und löschte die ganze Zeile. Intensität und Erregung bei der heutigen Veranstaltung kamen in dieser faden Textzeile einfach nicht angemessen zum Ausdruck.

Der 53-jährige Yamase war früher einmal lange bei einem ehrwürdigen alten Gasthaus mit Onsen, einer heißen Quelle, in der Präfektur Nagano beschäftigt gewesen. Wenig später gelang ihm dann der Sprung zum Manager eines bekannten Onsen-Hotels im Kurort Atami. Dort allerdings verursachte er durch Fahrlässigkeit beim Umgang mit Feuer in der Küche einen Brand, bei dem auch einige Gäste verletzt wurden. Dafür musste er die Verantwortung übernehmen und das Hotel verlassen. Verbittert frequentierte er daraufhin einen Mah-Jongg-Club. Den maßgeblichen Menschen, den er dort traf, war der Lebemann und Mah-Jongg-Profi Hiroshi Matakatsu. Es war vor nun fünfzehn Jahren, als er der Einladung von Hiroshi folgte und noch einmal ins Hotelgeschäft einstieg.

Niemand wusste, dass dieser Yamase in seiner Schulzeit einem Literaturclub angehörte und sich mit dem Wunsch trug, Schriftsteller zu werden. Yamases Frau war stellvertretende Vorsitzende des Clubs und versuchte sich im Schreiben schwer verständlicher moderner Gedichte. Yamases Ehrgeiz richtete sich dagegen auf Romane, die in tiefen Gefühlen und Empfindungen schwelgten. Dabei scheute er sich nicht, Versatzstücke aus in- und ausländischer Literatur zusammenzutragen und das Resultat als eigenes Werk auszugeben. Deshalb entwarf er auch seine Werbetexte bis heute mit einem hohen Anspruch an sich selbst. Nachdem er den Titel »Sicherer Sieg für Yokohama – Das Manifest der Managementprophetin ist von Tränen getränkt« eingegeben hatte, war er voller Stolz und rief seine Sekretärin Michiko Gotō hinzu.

»He, Gotō, lesen Sie das mal, und sagen Sie mir, wie Sie es finden. Schnell, schnell.«

Auf Yamases drängenden Ruf stand Gotō gemächlich auf. Sie war eine alleinstehende Frau von fast vierzig Jahren, wuchtig von Gestalt und hellhäutig. Mit ihren schmalen Augen und dünnen Brauen machte sie einen unergründlichen Eindruck. Sie hatte ein wenig sympathisches Auftreten, nur ihre Stimme wirkte seltsam sinnlich und jung, so dass fast alle männlichen Angestellten, die je mit ihr telefoniert hatten, Interesse an ihr zeigten. Wenn diese Männer dann tatsächlich auftauchten, um sie in Augenschein zu nehmen, und wenn ihnen vor Enttäuschung ein Seufzer herausrutschte, dann konnte Yamase seine Schadenfreude kaum bezähmen. Yamase selbst mochte Gotō nicht und pflegte ihr gegenüber ein kaltes Lächeln aufzusetzen. Weil er wusste, dass es zwischen Hiroshi und Gotō früher einmal intime Beziehungen gegeben hatte, verachtete er sie insgeheim.

»Ist doch ganz gut«, lobte Gotō ihn erwartungsgemäß kühl. »Sie mögen Querbalken, nicht wahr?«

Das heißt nicht Querbalken, sondern Bindestrich. Yamase fühlte sich gekränkt und überlegte, ob er antworten sollte. Doch er verkniff es sich, weil es ihm unangenehm wäre, wenn Hiroshi davon erfahren würde. Es ging das Gerücht, dass Hiroshi Frauen, mit denen er einmal ein Verhältnis hatte, über die Organisation verteilte, um damit die Mitarbeiter auszuspionieren. Mit welcher Frau er ein Verhältnis hatte, wusste man nicht. Es war eine Art Spiel. Tatsächlich wurde Hiroshi, der auch beim Mah-Jongg mit ausgeklügelten Tricks auf seine Chance wartete und mit seinen abgelegten Spielsteinen Verwirrung stiftete, von Yamase gefürchtet.

»War denn die Stimmung beim heutigen Managementmeeting so gut?«, fragte Gotō, während sie den Knopf ihrer grauen Uniform auf- und zumachte. Durch die Öffnungen an der Knopfleiste ihrer Bluse schimmerte für einen Moment ihre nackte weiße Haut. Schnell wandte Yamase den Blick ab. Die misslaunige Gotō war manchmal auch sehr sexy. Eine Frau, die nicht gut aussah, aber über eine sinnliche Stimme verfügte, konnte zuweilen außergewöhnlich anziehend sein.

»Heute sind der Chefin vor Rührung die Tränen gekommen. Einige Kerle haben sogar mitgeweint. Die Chefin ist unglaublich. Nur sie vermag die Menschen so mitzureißen. Wirklich eine echte Managementprophetin.«

Es sollte aufrichtig klingen, doch Gotō zeigte bloß ihr übliches kaltes Lächeln. Yamase selbst, der einfach nur ein Interesse daran hatte, dass Hiroshi Shizuko geschickt manipulierte, empfand keinen besonderen Respekt für Shizuko.

»Tatsächlich? Vielleicht sollte ich nächstes Mal auch teilnehmen.«

Gotō hatte ein gewisses Funkeln in den Augen, das Yamase Unbehagen bereitete. Frauen waren vom Managementmeeting grundsätzlich ausgeschlossen. Einerseits waren alle Manager

Männer, andererseits büßte die Chefin, die Managementprophetin Shizuko, an Energie ein, wenn andere Frauen anwesend waren, und wusste es zu verhindern. Darüber hinaus dürfte Shizuko gewisse Ahnungen hinsichtlich Gotō haben. Zwischen diese Fronten zu geraten, wollte Yamase ausschließen.

»Das geht nicht. Dann bleiben womöglich die Verkündungen aus.«

»Ach ja, die große Mutter, nicht wahr?«

Mit dieser hämischen Bemerkung begab sich Gotō wieder an ihren Platz. Yamase hatte gute Lust, sich bei Hiroshi zu beschweren. Seit zwei Tagen konnte er ihn jedoch nicht erreichen. Er wusste, dass sich Hiroshi mit seiner neuen Geliebten irgendwo eingenistet hatte. Waren die beiden verreist? Jedenfalls war ihr Aufenthaltsort unbekannt, und auch über Handy war niemand erreichbar. Gerüchten zufolge florierte das Geschäft von Hiroshis aktueller Freundin außerodentlich. Welch eine glückliche Fügung für ihn! Unvermittelt stieg Ärger in Yamase auf, und abrupt sagte er:

»Sagen Sie mal, Gotō, wissen Sie eigentlich, wo der Boss ist?«

»Ich habe gehört, dass die Managementprophetin nach Hause gegangen ist.«

»Ach so, ja. Ich meinte aber Herrn Matakatsu«, sagte Yamase eilfertig. Es war dumm von ihm, sich von Gotōs großspuriger Attitüde unter Druck setzen zu lassen. Großkotzig daherzukommen, nur weil sie mit dem höchsten Chef einmal etwas hatten, machte die Frauen schier unerträglich. Und weil der unersättliche Hiroshi sich eine Freundin nach der anderen nahm, stieg auch noch ständig die Zahl dieser eingebildeten Weiber. Die Betreiberin des Mah-Jongg-Clubs, die Managementprophetin, die Besitzerin des Schönheitssalons. Jetzt die Frau mit dem Nagelstudio und dann Gotō. Am Ende war auch noch die Haushälterin Fumi verdächtig.

»Herr Yamase, warum meinen Sie, dass ich das wissen sollte? Hat das irgendetwas zu bedeuten?«, antwortete Gotō mit schneidendem Tonfall und schaute Yamase gerade ins Gesicht. Die vier anderen anwesenden Angestellten sahen Gotō überrascht an, aber mit ärgerlicher Miene fixierte sie ihn offen weiter. Ja, ja, tut mir leid. Ohne es auszusprechen, richtete Yamase den Blick nach unten und zog an seiner Zigarette.

Der Marketingleiter, der eine Unterbrechung im Gespräch der beiden abgewartet hatte, näherte sich schüchtern von der Seite und zeigte ein Fax.

»Darf ich kurz stören, Herr Yamase? Das hier ist eben angekommen. Ob wir das einfach wegschmeißen können?«

Es handelte sich um ein dicht bedrucktes DIN-A4-Fax. Offenbar ein Brief, aber es war Yamase mit seinen altersschwachen Augen zu lästig, ihn zu lesen, und er schnippte das Papier mit den Finger weg.

»Was ist denn das? Eine Beschwerde?«

»Nein, das nicht. Vielleicht eine Art Warnung? So etwas haben wir noch nie vorher bekommen.«

Der noch junge Abteilungsleiter neigte fragend den Kopf. Als Yamase auf den Blatt vor sich plötzlich das Wort »Mord« in die Augen sprang, fuhr er zusammen und kramte seine Brille hervor.

»Wo kommt das her?«

»Das wissen wir nicht. Aber es ist widerwärtig.«

Auf dem Fax war die Nummer des Absenders nicht ausgewiesen. Sein Wortlaut:

An das Hotelmanagement

Sehr geehrte Damen und Herren im Hotelmanagement. Ich möchte mir erlauben, Ihnen Einiges mitzuteilen. Ich könnte die Sache auf sich beruhen lassen, aber das lässt mein Gewis-

sen nicht zu. Was ich Ihnen im Folgenden schreibe, ist keinesfalls gelogen. Es mag unglaublich klingen, aber es ist die absolute Wahrheit. Bitte passen Sie auf, meine Damen und Herren.

Ich kenne einen Teufel in Frauengestalt. Allein der Gedanke daran, was diese Frau angerichtet hat, lässt einen schaudern. Ich weiß nicht, wie sie wirklich heißt und welchen Namen sie gerade verwendet. Aber sie existiert und fährt fort, Menschen zu betrügen. Und kaltblütig fährt sie fort, Menschen zu töten.

Diese Frau ist eine Lügnerin durch und durch. Eine Räuberin. Eine Brandstifterin. Eine Betrügerin. Und schließlich eine Mörderin, wie sie die Welt noch nicht gesehen hat. Niemand vermag die Zahl der Menschen zu nennen, die sie bisher auf dem Gewissen hat. Sie weiß es sogar selbst nicht mehr, so unbedeutend sind ihre Taten für sie.

Ihre Vorgehensweise ist sehr raffiniert, niemals hinterlässt sie eine Spur. Nur aus Geldgier bringt sie leichten Herzens Menschen um und begibt sich aus einer Dunkelheit heraus in die nächste. Sie ist ein gesichtsloser Teufel. Eine Frau mittleren Alters, wie es sie überall gibt. Aber ihr Herz ist rabenschwarz.

Ich habe davon gehört, wie sie aufgewachsen ist. Sie wurde in einem Bordell irgendwo in Tokio geboren. Ihre Mutter ist gleich nach der Geburt verschwunden, ihr Vater ist unbekannt. Wahrscheinlich irgendein Freier. Es heißt, sie sei von frühester Kindheit an schlechter als ein Hund behandelt worden, und man habe auf ihr wie auf einer streunenden Katze herumgetrampelt. Sie war ein Kind, das niemand verwöhnte, das niemand liebte und an dessen Heranwachsen sich niemand erfreute. Deshalb lügt sie leichten Herzens, stiehlt Geld, wenn sich nur die Gelegenheit dazu bietet, und reiht kaltblütig eine Untat an die andere. Denn hätte sie das nicht getan, hätte sie nicht überlebt. Einen verständnisvollen Erwachsenen, der sie mit sechs Jahren in die Schule gebracht hätte, gab es dem Vernehmen nach nicht. Natürlich ist sie nirgendwo gemeldet, und es ist schon ein Wunder, dass sie überhaupt einen Namen hat.

Als sie heranwuchs, lebte sie in einer Anstalt. Auch in dieser Anstalt gehörte es zu ihren drei schlechte Taten schon vor dem Morgengrauen, heimlich zu stehlen und andere ins Unglück zu stürzen, wenn es denn ihrem Wohlbefinden diente. Nachdem sie die Anstalt absolviert hatte, tat sie alles, um zu verbergen, dass sie dort war, wie ich gehört habe. So soll es unter den Absolventen der Anstalt einige geben, die bereits nicht mehr leben. Wie viele davon ihr zum Opfer gefallen sind, das weiß nur Gott. Ob sie als Prostituierte, als Aushilfe, als Hostess oder Masseuse gearbeitet hat, immer und immer wieder hat sie ihre Verbrechen begangen und ist entkommen.

Worauf ich aufmerksam machen möchte, ist die Anzahl ihrer Schandtaten in Hoteldiensten. Während sie als Zimmermädchen großer Hotelketten arbeitete, stahl sie den Gästen das Geld aus den Börsen oder Manteltaschen. Wenn es aufzufallen drohte, tötete sie ihre Opfer, indem sie sie in der Badewanne ertränkte oder den Schacht am Notausgang hinabstieß. Haben Sie alle Fälle untersucht, in denen Gäste eines rätselhaften oder unnatürlichen Todes gestorben sind? Haben Sie die Polizei informiert? Das haben Sie wohl nicht getan. Weil die Hotels ihren guten Ruf schützen, sind ihre Verbrechen verborgen geblieben.

Sie, meine Damen und Herren, die Sie Hotels betreiben, wissen wohl, wovon ich rede. Wie viele Menschen gibt es doch, die in Hotelzimmern eines unnatürlichen Todes sterben. Das behaupte ich mit Bestimmtheit. Und einige von ihnen gehen ganz sicher auf das Konto dieser Frau.

Ich bitte Sie, passen Sie auf, wenn Sie Personal einstellen. Seien Sie wachsam. Denn sonst werden die ungeklärten Fälle in Ihrem Hotel zunehmen. Wenn Sie es vermeiden wollen, mit derlei Unannehmlichkeiten konfrontiert zu werden, dann achten Sie darauf, wen Sie beschäftigen.
Ich weise Sie noch einmal darauf hin: Sie ist eine Frau mittleren Alters, wie man sie überall findet. Auf den ersten Blick sieht sie wie ein guter Mensch aus, aber im Herzen ist sie abgrundtief böse. Kaltblütig schleicht sie herbei und legt Feuer an die Menschen, die sie nicht mag.

Der Absender

»Was bedeutet das denn?«, rief Yamase laut aus.

Der Abteilungsleiter zog die Augenbrauen zusammen und flüsterte:

»Nicht wahr, Herr Yamase, da kann einem ganz schlecht werden.«

»Ob einem dabei schlecht wird oder nicht, das ist ein ganz mieser Scherz. Das haben sich doch bestimmt die lieben Kollegen von der Konkurrenz ausgedacht, von Pranz oder sonst jemand. Die haben mitgekriegt, dass wir Yokohama eröffnen und dafür jede Menge Leute einstellen. Da wollen sie uns reinpfuschen«, schimpfte Yamase, dem der verwirrte Gesichtsausdruck seines Abteilungsleiters nicht gefiel. Gotō, die sich den beiden unbemerkt genähert und den Brief von hinten mitgelesen hatte, mischte sich ein:

»Wenn es bloß ein Scherz wäre, würde man es sich da nicht einfacher machen? Würde man da so einen langen Roman schreiben? Diese Sätze sind irgendwie merkwürdig. Zu Beginn schreibt der Verfasser so, als ob er die Person genau kennt, dann berichtet er vom Hörensagen. Das passt doch nicht richtig zusammen. Dann dieser Ausdruck ›drei schlechte Taten vor dem Morgengrauen‹. Das hat sich jemand von dieser alten Momotarō-Samurai-Fernsehserie abgeguckt.«

Das weiß ich doch, murmelte der bei Texten anspruchsvolle Yamase in seinem Inneren. Gotō jedoch plapperte mit ihrer süßen Stimme ungehindert weiter:

»Also, ich glaube, da hat irgendein Geisteskranker, der gerne Schriftsteller sein möchte, seine verrückten Ideen auf Papier abgeladen und an Hotels verschickt. Da wir oft in den Medien genannt werden, sind die Leute eben neidisch auf uns. Eine Art Verbrechen aus Spaß. Wir sollten es einfach ignorieren. Als ich früher das Gästebüro geleitet habe, habe ich mit den einzustellenden Kräften immer ausführliche Interviews geführt. Leute, die sich seltsam benahmen, habe ich auf keinen Fall genommen. Das schwöre ich. Was ist das nur alles für ein Unfug?«

Obwohl sie sich einfach in das Gespräch hineingedrängt hatte, nahm Gotō mit schriller werdender Stimme immer mehr Fahrt auf.

Der Abteilungsleiter, der die Situation nicht begreifen konnte, wedelte erstaunt mit den Händen.

»Ist ja schon gut, Frau Gotō. So beruhigen Sie sich doch.«

»Oh Verzeihung.« Gotō hielt einen Augenblick inne, schürzte dann aber die Lippen, als hätte sie noch nicht genug geredet. Schnell nutzte der Abteilungsleiter die Pause.

»So verhält es sich nicht, Herr Yamase. Tatsächlich ist von Pranz gerade eine Anfrage hereingekommen. Deren Vorstandsbüro hat das gleiche Fax erhalten und andere Hotelketten offenbar auch.«

»Tja, dann meint diese Person es wohl ernst. Es ist ja schon aufwändig genug, nur die Faxnummern aller Hotels herauszusuchen.«

Gotō schien Spaß daran zu haben, sich weiter einzumischen. Yamase vergrub das Gesicht in den Händen. Endlich war die Eröffnung von Yokohama angekündigt worden, und da flatterte ein solch widerwärtiges Schreiben ins Haus. Ein schlechtes Zeichen.

»Wer in aller Welt denkt sich so etwas bloß aus?«

Beschwerden von Gästen gab es bisher viele. Durchaus üblich waren Schreiben, in denen Unverschämtheiten eines Mitarbeiters angeprangert wurden. Aber ein unheimlicher Brief wie dieser war zum ersten Mal aufgetaucht. In fünfzehn Jahren Geschäft mit über zehntausend Gästezimmern erlebte man allerdings eine ganze Reihe plötzlicher Todesfälle. Am häufigsten geschah es, dass ein Gast, der alleine übernachtete, einer Krankheit oder einem Unfall zum Opfer fiel. Aber auch Infarkte, Gehirnblutungen, Stürze in angetrunkenem Zustand, Unfälle beim Sex, Selbstmord oder Doppelsuizid aus Liebe kamen vor. Selten nur Mordfälle. Es war zwar sehr schwer vorstellbar, dass ein Teil dieser plötzlichen Todesfälle auf das Konto eines bestimmten Menschen ging, ganz ausgeschlossen war es aber auch nicht. Das war das Problem. Yamase stöhnte. Er wusste nicht, wie er damit umgehen sollte.

Plötzlich kam ihm das Feuer in Atami in den Sinn. Damals brach der Brand genau zu dem Zeitpunkt aus, als er eine Renovierung der Kücheneinrichtungen verschoben hatte, obwohl er wusste, dass diese veraltet waren. Seitdem hatte er es zu seinem eisernen Grundsatz gemacht, erforderliche Arbeiten niemals liegenzulassen. Beruhte nicht der Erfolg der Neocity-Hotelgruppe auf seiner Umsicht? Zwar arbeitete er für diesen Frauenhelden und Spieler Hiroshi und die unglückliche Managementprophetin Shizuko, aber ihn trug das sehr starke Bewusstsein, dass er es war, der die Gruppe groß gemacht hatte. Für Yamase war die Gruppe sein Werk, wie ein mit aller Kraft fertiggestellter großer Roman, mit Hilfe dessen er das unglückliche Schicksal in seinem Leben überwunden hatte.

Und jetzt hieß es in diesem Brief, dass die Frau »kaltblütig Feuer legen« würde. Shizukos Kind hatte durch Feuer sein Leben verloren, und Feuer hatte auch sein Los gewendet. Yamase schauderte vor diesem Zufall. Aber es widerstrebte ihm auch, sich von irgendeinem seltsamen Schreiben irritieren zu lassen. Gerade als er entschieden hatte, die Sache zu ignorieren, funkte Gotō wieder dazwischen.

»Soll ich dem Gästebüro direkt Anweisungen erteilen, Herr Yamase? Schließlich bin ich eine ehemalige Gästemanagerin.«

Vielmehr als eine ehemalige Gästemanagerin bist du eine ehemalige Gespielin von Hiroshi, die sich auch noch etwas darauf einbildet. Yamase wurde ärgerlich.

»Nein, lassen Sie es einfach bleiben. Das ist doch alles bloß ein schlechter Scherz.«

»Gut. Wenn es Ihnen hinterher nur nicht leidtut. Hoffentlich bricht kein Feuer aus.«

Gotōs Unverfrorenheit ließ Yamase die Kinnlade auf die Brust fallen. Auch dem Abteilungsleiter ging Gotōs Dreistigkeit entschieden zu weit, und er wandte den Blick ab. Es war allgemein bekannt, dass Yamase wegen eines Feuers, das er zu verantworten hatte, seinen früheren Arbeitsplatz verloren hatte und dass Shizukos Kind ebenfalls durch ein Feuer ums Leben gekommen war. Daher war das Thema Feuer eigentlich tabu. Unfassbar, diese Frau. Wie, glaubt sie, bin ich mit diesem Brandunfall fertig geworden? Yamase, der sich von Gotō völlig lächerlich gemacht fühlte, knickte ein.

»Na gut, dann werden wir eben Maßnahmen ergreifen. Gotō, Sie gehen und beraten sich mit Herrn Matakatsu! Ich fahre nach Yokohama und spreche einmal mit dem Personalbüro. Wir tauschen die Aufgaben.«

»Wie bitte? Warum muss ich denn so etwas tun? Ich gehe nach Yokohama. Und Sie besuchen wohl besser Herrn Matakatsu.«

»Nein, Gotō, Sie suchen Herrn und Frau Matakatsu auf. Alle beide. Das ist Ihr Job!«

»Warum soll ich das machen? Ich bin doch bloß eine Sekretärin.«

Ach ja, jetzt bist du bloß eine Sekretärin, und früher warst du eine Gespielin von Hiroshi. Geh doch, und belästige ihn ein wenig, aber lass mich in Ruhe. Yamase war kurz davor, es auszusprechen, schluckte es aber herunter.

»Okay, dann machen wir uns eben beide auf den Weg. Das dürfte ja wohl in Ordnung sein.«

Nach diesem heftigen Wortwechsel griff Yamase nach dem Fax und stand auf. Die große Gotō starrte ihn an. Der Abteilungsleiter, der nicht begriff, weshalb ein einziges Fax einen solchen Wirbel verursachen konnte, verstand die Welt nicht mehr und schaute verdutzt.

Yamase und Gotō begaben sich schweigend in die Tiefgarage und bestiegen den Firmenwagen. Gotō fuhr, Yamase, der keinen Führerschein besaß, nahm auf dem Beifahrersitz Platz.

»Wohin fahren wir?«

»Zuerst zu Frau Matakatsu.«

Wortlos legte Gotō den Gang ein und ließ ruckartig die Kupplung kommen. Yamase, der noch nicht angeschnallt war, fiel mit einem Ruck nach vorne.

»Passen Sie doch auf!«

»Verzeihung. Wollen Sie vielleicht ans Steuer?«

»Ich sagte doch, dass ich nicht fahren kann!«

Beide waren weiter in Streitstimmung. Yamase konnte sich kaum beherrschen vor Wut. Diese verdammten Weiber von Hiroshi. Aber man konnte sich höchstens rächen, indem man sie der Reihe nach aufsuchte und allesamt flachlegte. Schweigend verschränkte er die Arme. Sein Handy klingelte. Am Display war zu erkennen, dass der Anruf von Tagawa, Shizukos Assistenten, kam. Nur Yamase war bekannt, dass es sich bei Tagawa um Hiroshis Sohn handelte. Daher meldete er sich betont höflich.

»Hallo, hier spricht Yamase.«

»Frau Matakatsu sucht Sie.«

Was will sie bloß?, wunderte sich Yamase.

»Wir sind gerade auf dem Weg zu ihr. Sie ist doch zu Hause, nicht wahr?«

»Ja, das ist sie. Sie sagt, dass sie unbedingt Herrn Matakatsu erreichen muss.«

»Den suchen wir auch. Was ist denn los?«

»Das werden Sie später ...«, entschlüpfte es Tagawa. »Ach, übrigens fahre ich nach Yokohama, um nach dem Rechten zu sehen. Bitte kommen Sie schnell zu Frau Matakatsu.«

Tagawas Flucht konnte nur bedeuten, dass Shizuko wütend war. Yamase wurde es schwer ums Herz.

Die Tür des Hauses in Shōtō wurde von einer unbekannten Frau in Jeans geöffnet. Die zum Knoten zusammengebundenen Haare ließen ein dickes Gesicht zutage treten. Ungefähr vierzig Jahre alt, mit kleinen heruntergezogenen Augen, die sich unruhig hin und her bewegten. Keine Besonderheiten, eine Frau, die man nach fünf Minuten vergessen hatte. Sie musterte die beiden Ankömmlinge und grüßte freundlich:

»Guten Tag.«

»Ach? Eine neue Haushälterin? Was ist denn mit Fumi?«, erkundigte sich Yamase, wobei er eine gewisse Beklommenheit verspürte.

»Die Person, die hier vor mir gearbeitet hat, hat vor kurzem das Haus verlassen«, antwortete die Frau affektiert, während sie zwei Paar teure Pantoffeln mit Petit-Point-Stickereien bereitstellte. Ist es nicht merkwürdig, dass sie plötzlich aufhört, nachdem sie über zehn Jahre hier gearbeitet hat?, wunderte sich Yamase. Erst das Fax, dann der Zustand von Shizuko, er war voll böser Vorahnungen. Als sie gerade in die Pantoffeln schlüpfen wollten, ertönte von innen eine Stimme:

»Sie brauchen nicht hereinzukommen. Ich fahre mit Ihnen.«

Mit demselben Outfit wie am Morgen kam Shizuko herausgestürzt. Der rote Lippenstift war abgeblättert und bestand nur noch aus einzelnen Sprenkeln.

»Also Ai, halten Sie alles in Ordnung. Passen Sie auf Yasushi auf. Falls diese Person wiederkommt, lassen Sie sie auf gar keinen Fall herein. Haben Sie das verstanden?«

»Verlassen Sie sich ganz auf mich.«

Die Frau nickte beflissen, aber es gefiel Yamase nicht, dass er in ihren Augen ein verstecktes Lachen zu erkennen glaubte. Als sie zusammen auf der Rückbank des Autos saßen, erkundigte sich Yamase bei Shizuko:

»Ai heißt die Dame? Ich habe sie heute zum ersten Mal gesehen. Ihre Referenzen sind in Ordnung?«

»Ach, das ist jetzt unwichtig. Etwas Unglaubliches ist passiert.« Ihre neue Haushälterin schien Shizuko völlig egal zu sein. Sie zündete sich eine Marlboro an. »Als ich nach Hause kam, war Takako da, um Yasushi zurückzuholen. Fumi hat mich verraten, sie hat Takako heimlich ins Haus gelassen. Ich war so wütend, dass ich Fumi entlassen habe. Ich werde Hiroshi jetzt zur Rede stellen. Und ihr sollt Zeugen sein.«

So war das also. Schon bei der Vorstellung, zwischen die Schusslinien der beiden zu geraten, hatte Yamase genug. Gotō hielt mit dem Ausdruck einer Nō-Maske den Blick starr geradeaus gerichtet und tat so, als wenn sie sich ganz aufs Fahren konzentrieren würde. Vor Shizuko machte sie immer ein unschuldiges Gesicht und hielt den Mund. Yamase musterte sie von hinten und stieß einen Seufzer aus.

»Wir erreichen Herrn Matakatsu nicht. Bei uns gibt es auch einige Probleme.«

Yamase zog das Fax aus der Tasche und hielt es Shizuko hin. Aber die würdigte es keines Blickes.

»Wohin fahren wir denn jetzt?«, fragte Gotō frohgemut.

Mit wutverzerrtem Gesicht herrschte Shizuko sie an:

»Dahin, wo Sie wohl auch schon waren! Kann es woanders sein als zu seinem Liebesnest nach Daikanyama? Da ist er mit seiner Nagelstudiofrau.«

Gotō wechselte die Gesichtsfarbe und umklammerte das Lenkrad.

»Hat das Nagelstudio geschlossen?«

Eigentlich war es tabu, darüber zu sprechen, aber Yamase musste es fragen.

»Geschlossen für zwei Tage, wie ich gehört habe. Die beiden spielen wohl das Ehepaar. Die machen, was sie wollen, und dann sagt er diesem Weib auch noch, sie könne sich Yasushi zurückholen. Das macht mich rasend.«

Die Wohnung in Daikanyama war nur einer von Hiroshis Schlupfwinkeln. Auch Yamase wusste, dass Hiroshi häufig mit seiner Geliebten dort abtauchte, weil ihr Laden in der Nähe lag. Aber warum zogen sie sich für zwei Tage dorthin zurück? Abermals wurde Yamase von dunklen Ahnungen heimgesucht.

Es war natürlich Shizuko, die wutschnaubend vorauseilte und mit lauten Schritten über den Außenflur stampfte. Missgünstig flüsterte Gotō:

»Was würden die Manager wohl sagen, wenn sie die Managementprophetin so sehen könnten?«

»Halt's Maul, Gotō!«, fauchte Yamase sie an und sah auf

den Rücken von Shizuko. Ihr ganzer armseliger Körper schien vor Wut zu bersten. Er konnte verstehen, dass sie wegen Yasushi mit Hiroshi streiten wollte, und ihm war bewusst, dass ein riesiger Krach unausweichlich war. Wenn das nur nicht die Eröffnung von Yokohama beeinträchtigt. Shizuko hämmerte mit der Faust gegen die Tür.

»Ich weiß, dass ihr da drin seid! Aufmachen!«

»Die Nachbarn hören uns, Frau Matakatsu. Ein bisschen leiser bitte.«

Shizuko schien Yamases Worte nicht zu hören. Mit merkwürdig sanfter Stimme sagte Gotō:

»Die Tür scheint offen zu sein, Frau Matakatsu.«

»Ja, wirklich.«

Shizuko riss die Tür weit auf. Ein leichter Fäulnisgeruch schlug ihnen entgegen. Ohne sich daran zu stören, begab sich Shizuko geradewegs hinein. Für eine Weile war es still. Dann ertönte ein gellender Schrei. Yamase und Gotō, die draußen gewartet hatten, sahen sich an. Mit nackten Füßen kam Shizuko herausgestolpert.

»Oh mein Gott, oh mein Gott, sie sind tot!«

Im Alter von fünfundsechzig Jahren kann so etwas schon einmal vorkommen. Irgendwo tief im Inneren kam Yamase dieser zynische Gedanke. Überrascht über sich selbst ließ er die beiden Frauen stehen und eilte in die Wohnung. Die Vorhänge waren zugezogen und der Flur in schwaches Nachmittagslicht getaucht. Je weiter er in die Wohnung vordrang, desto stärker wurde der faulige Geruch, bis er sich zu einem ekelhaften Gestank verdichtete. Wie sie wohl umgekommen sind? Ich lasse mich nicht aus der Fassung bringen. Yamase nahm seinen ganzen Mut zusammen. Er dachte nicht an Angst oder Entsetzen, sondern an die Organisation der späteren Trauerfeierlichkeiten.

Als Yamase vorsichtig in das Wohnzimmer hineinspähte und Hiroshi mit seiner Geliebten tot auf den Tisch aufgeschlagen vorfand, stieß er doch einen lauten Schrei aus. Die beiden waren mit den Gesichtern nach unten in ihrem eigenen Erbrochenen erstickt. Ein Doppelselbstmord? Sie boten ein grässliches Bild. Yamase, den plötzlich der Schock überfiel, begannen die Beine zu zittern.

7. Kapitel

Sie läuft Amok

»Eine Frau, deren Mann durch einen Liebesselbstmord ums Leben gekommen ist, befindet sich doch in einer entsetzlichen Lage. Aber diese Frau trägt es wirklich mit Fassung. Eine echte Führungskraft. Bewundernswert.«

»Sie reißt sich einfach nur zusammen und schluckt es runter. Würde sie es zulassen, diese Demütigung auch als Demütigung zu empfinden, dann hätte sie verloren. Weißt du, was einer Bekannten von mir passiert ist? Die todkranke Mutter ihres Mannes wohnte mit im Haus, aber als die starb, war ihr Mann nicht da. Schamloserweise kam er erst am nächsten Morgen nach Hause. Natürlich war er bei einer anderen Frau gewesen. Für meine Bekannte war es ein schlimmer Schock. Bei der Trauerfeier wussten alle Bescheid und haben den Mann kühl behandelt. Soll man sagen, geschah ihm recht, soll man sagen, unerträglich? Egal, es war schlimm.«

Die Küchengehilfinnen schwätzten munter vor sich hin, während sie das Geschirr abwuschen. Zur Bewältigung des Gästeandrangs bei Hiroshis Trauerfeier hatte man Helferinnen aus den Hotelküchen angeheuert. Eigentlich hätte die Beerdigung des Patriarchen der Neocity-Hotelgruppe mit viel Pomp in einer großen Trauerhalle stattfinden müssen. Da aber bekannt war, dass Hiroshi sich zusammen mit einer Geliebten das Leben genommen hatte, hatte man sich dafür entschieden, alle Trauerfeierlichkeiten dezent im eigenen Hause durchzuführen. Aufgrund der pikanten Todesursache waren die Trauergäste zurückhaltend und verabschiedeten sich schnell wieder. Doch obwohl niemand lange blieb, ging es dennoch äußerst hektisch zu. Weil offenbar auch die Medien Wind bekommen hatten, bewachten Angestellte den Vorder- und Hintereingang. Gut vorbereitet, hatte Yamase auch Leute zur Trauerfeier von Hiroshis Geliebter geschickt, um die Presse abzuwehren. Shizuko gegenüber hatte er das natürlich geheim gehalten.

Eine dicke Küchenhilfe, die eine Schürze über ihren schwarzen Anzug angelegt hatte, spitzte die Lippen:

»Ja, dann war es eher der Mann, der gedemütigt wurde.«

»Nein, nein«, widersprachen gleichzeitig zwei Frauen. »Die Frau natürlich.«

»Ein Ehepaar trennt sich nicht so schnell«, sagte die dicke Frau entrüstet.

Die beiden anderen sahen sie fragend an.

»Also, ich kenne da eine Geschichte …«, meldete sich eine dünne Frau mit einer altmodischen Lockenfrisur zu Wort.

»Da gab es einen Mann, der bei der Beerdigung seiner Frau bitterlich geweint hat. Es war noch ein junges Paar, die Frau war keine vierzig.«

»Woran ist sie denn gestorben?«

»An Gebärmutterkrebs.«

»Oh mein Gott«, rief eine andere Frau aus.

»Vor allen Leuten stand er da und schluchzte. Einige Trauergäste haben sogar mitgeweint. Ein halbes Jahr später dann hat eine Freundin von mir den Mann angerufen, um sich nach seinem Befinden zu erkundigen. Da war plötzlich Babygeschrei zu hören. Als sie überrascht nachfragte, hieß es, er hätte bereits wieder geheiratet, und ein Kind sei zur Welt gekommen. Mit anderen Worten, während seine Frau auf dem Sterbebett lag, hatte er bereits eine andere geschwängert. Er hätte sich mit seiner Frau darüber ausgesprochen, und sie hätte ihre Zustimmung gegeben«, behauptete der Mann.

»Sie hätte ihre Zustimmung gegeben? Der Kerl will sich doch nur rechtfertigen. Ich hätte es nie erlaubt!«

»Ich auch nicht!«

»Ja, ja, aber dann hieß es noch, weil seine Frau ohne Kinder war, hätte sie ihren Segen dazu gegeben, dass er eine Neue geschwängert hatte, und sei dann gestorben.«

»Das ist ja unglaublich.«

»Wirklich unglaublich.«

»Ach übrigens ...«, die Stimme senkte sich plötzlich.

»Ist die Haushälterin hier nicht ziemlich dämlich? Die weiß nicht einmal, wo das Gästegeschirr hingehört, und hat auch sonst keine Ahnung. Warum so jemand im Haus von Frau Matakatsu arbeitet, darüber wundern sich auch die anderen Angestellten.«

»Sie hat gerade erst angefangen. Deshalb kennt sie sich nicht aus.«

»Nein, selbst ob etwas für Gäste oder für den Alltag ist, kann sie nicht unterscheiden. Die macht sich zwar wichtig, ist aber offenbar einfach schlecht erzogen.«

Aiko, die durch einen offenen Spalt in der Tür die Küche beobachtete, wechselte die Gesichtsfarbe. Von allen Unverfrorenheiten stieß ihr der Hinweis auf eine schlechte Erziehung am meisten auf. Sie wollte schon losbrüllen, aber wenn sie während der Trauerfeier eine Szene machte, würde man sie womöglich rausschmeißen. Wo es ihr doch gerade gelungen war, im Haus von Shizuko Matakatsu unterzutauchen, war es wohl besser, sich ruhig zu verhalten. Von hinten näherten sich kleine Schritte.

»Was machst du da?«

Da stand Yasushi. Er trug einen schwarzen Kinderanzug. Shizuko selbst hatte ihm Gel in sein dünnes Haar geschmiert und es glatt gekämmt. Damit bist du ganz wie der tote Hiroshi, hatte sie geschluchzt. Natürlich kamen bei Aiko, die Hiroshi nie getroffen hatte, keinerlei Gefühlsregungen auf. Für sie sah der kleine Junge einfach nur altklug und überhaupt nicht niedlich aus.

Yasushi trug sündteure Kinderkleidung, die der Assistent Tagawa eilig im Kaufhaus Takashimaya in Nihonbashi besorgt hatte. Von Micky House oder so ähnlich. Aiko war es egal, für sie war es blanker Unsinn, einem Kind, das schnell heranwuchs, einen Anzug für fast 100 000 Yen zu kaufen. Sie selbst musste im Sternenkinderhaus immer abgelegte Kleider von anderen Kindern tragen. Wenn es solche nicht gab, bekam sie altes Zeug aus Kleiderspenden, das nach Naphthalin stank. Weil die Erzieherinnen die schönsten Sachen immer ihren Lieblingskindern zuschanzten, bekam Aiko eben nur das, was übrig blieb, auch wenn es so hässlich war, dass noch nicht einmal ein Hund darin herumlaufen wollte. Wenn es nur passte, musste sie manchmal sogar Kleidung für Jungen anziehen.

Welche Kleider sie getragen hatte, bevor sie zum Sternenkinderhaus kam, wusste sie nicht mehr genau. Die Bordellwirtin hatte ihr wohl etwas besorgt. Sie erinnerte sich nur, dass sie das ganze Jahr in den gleichen Sachen herumgelaufen war. Unterwäsche, Hose und Pullover. Das trug sie, bis sie herausgewachsen war, dann kaufte man ihr viel zu große neue Kleidung, deren Ärmel und Hosenbeine einfach umgeschlagen wurden. Manchmal besorgten ihr auch die Mädchen etwas. Aber wenn sie hinterher etwas tat, was ihnen nicht gefiel, konnte es passieren, dass man sie auszog und nackt auf die Straße schickte, während die Kleider im Abflusskanal entsorgt wurden. Die Huren waren launisch. Sie konnten nett, aber dann auch wieder unglaublich gemein sein. Da war höchste Vorsicht geboten. Deswegen komme ich ja auch so gut zurecht in dieser Welt. Aiko lachte in sich hinein.

»Was machst du da?«

Yasushi verlor die Geduld mit Aiko, die nicht antwortete, und stampfte mit seinem kleinen Beinchen auf dem Boden auf. Es ärgerte Aiko, dass er weiße Strümpfe trug. Ein aufgeblasener, vorlauter Rotzbengel, der alle Liebe von Shizuko beanspruchte. Feindselig starrte sie auf das Kind. Dann merkte sie, dass es plötzlich ruhig in der Küche geworden war. Aus dem Gästezimmer drang gedämpft das Geräusch der Sutren, und man sah die Aushilfen umherlaufen. Aiko nahm sich Yasushi vor:

»Wir müssen doch eher fragen, was du hier machst, Bübchen. Musst du nicht dort hineingehen und die Sutren lesen?«

»Du bist doof, Tante«, schimpfte Yasushi. »Der Priester liest die Sutren. Ich bin doch noch ein Kind. Ich kann das gar nicht. Ich bin auch nicht Bübchen, ich bin Ya-chan.«

»Hör mal, Bübchen, wenn man Ya-chan sagt, meint man normalerweise die Yakuza. Das sind ganz schlimme Leute, die dir dein Fingerchen abhacken. Das tut sooo weh.«

Mit einem Grinsen griff sich Aiko Yasushis Hand und tat so, als würde sie den kleinen Finger abschneiden. Erschrocken zog Yasushi wie ein Erwachsener die Augenbrauen zusammen und entriss ihr den Finger. Seine Stimme wurde dünner.

»Wer bist du, Tante? Wann bist du gekommen? Wo ist denn Fumi hingegangen?«

»Fumi, die alte Haushälterin? Ich habe gehört, die wurde vom Auto totgefahren.«

Yasushi machte ein unsicheres Gesicht und drehte sich ängstlich um.

»Aber gestorben ist doch der Vater, hat die Mama gesagt.«

»Ach, die Mama? Bübchen hat ganz viele Mamas, nicht wahr?«

»Ganz viele nicht. Bloß zwei. Die Mama hier kann ich sehen, die Mama mit dem Geschäft kann ich nicht sehen.«

»Das ist ja komisch. Normale Kinder haben bloß eine Mama. Kann es vielleicht sein, dass Bübchen überhaupt keine richtige Mama hat?«

Nach der Reaktion zu urteilen, hatte Aiko damit den Finger auf eine tiefe Wunde gelegt. Yasushi verzog das Gesicht, drehte sich um und lief über den Flur davon. Wie befriedigend. Bei so einem reichen und behaglichen Leben durfte es auch mal ein bisschen weh tun. Ich wurde im Sternenkinderhaus immer schlimm gehänselt: »Aiko weiß gar nicht, was sie für eine Mutter hat.« Immer wieder habe ich zum Beweis die Schuhschachtel gezeigt, aber die anderen haben nicht aufgehört, sich auf meine Kosten lustig zu machen. Denn alle anderen trugen ein Bild von Vater oder Mutter bei sich.

Auch im Sternenkinderhaus gab es eine Rangordnung. An erster Stelle standen die Kinder, deren Eltern beide lebten. An zweiter Stelle kamen die Kinder, die eine Mutter hatten. An dritter Stelle rangierten die Kinder, die einen Vater hatten. Dann folgten die Kinder, die zwar keine Eltern mehr, aber noch Großeltern hatten und sich deren Liebe gewiss sein konnten. An fünfter Stelle standen die Kinder, die niemanden hatten, aber beweisen konnten, dass es Eltern gegeben hatte. Und ganz zuletzt stand ich. Ein Kind mit nichts und niemandem. Es war ein Junge aus einer höheren Klasse, der bei irgendeiner Gelegenheit hämisch rief: »Aiko hat noch nicht einmal ein Foto von ihrer Mutter!« Nach Verlassen des Sternenkinderhauses bin ich zu seiner Wohnung gegangen und habe sie angezündet. Ich habe gehört, dass er zwar schwere Verbrennungen davongetragen, aber überlebt hat. Das war Pech. Das Feuer ist mein geliebter

Verbündeter. Alles und jedes löst sich in nichts auf, wenn man es nur anzündet.

»Ai, kommen Sie mal!«

Schwankend erschien Shizuko aus dem Gästezimmer. Schock und Kummer hatten sie kein Auge zutun lassen. Sie trug einen schwarzen Anzug von Chanel und hatte, obwohl die Feierlichkeit im Haus stattfand, einen Hut mit schwarzem Schleier aufgesetzt. Dicht hinter Shizuko folgte Marketingdirektor Yamase. Schon gestern, als der Leichnam von Herrn Matakatsu herbeigebracht wurde, hatte er sie begleitet. Ein scheußlicher Kerl, wie er so demonstrativ geweint hatte. Aiko hatte er misstrauisch gemustert; da war höchste Vorsicht geboten.

»Ai, helfen Sie mir bitte beim Umziehen. Gleich soll Herr Takaishi, der Vorsitzende der Hotelgewerkschaft, mit seiner Frau kommen. Da erscheinen mir diese Sachen zu lässig. Was meinen Sie?«

»Hä? Ich glaube, es ist doch ganz gut so.«

Ohne etwas auf Aikos Meinung zu geben, begab sich Shizuko in den ersten Stock. Ja, dann frag mich doch erst gar nicht, dachte Aiko und stieg hinter Shizuko die Treppe hinauf. Als sie sich kurz umdrehte, bemerkte sie, dass Yamases stechender Blick ihr folgte. Was will dieser Kerl bloß? Alarm, Alarm. Aikos animalische Instinkte sendeten Warnsignale aus. In dem Moment jedoch, in dem sie das Schlafzimmer von Shizuko im ersten Stock betrat, verschlug ihr dessen Pracht den Atem, und sie vergaß alles.

»Das ist nicht leicht für Sie. Gerade vor zwei Tagen erst sind Sie gekommen, und schon haben wir eine Beerdigung.«

Shizuko seufzte, während sie Aiko dankte, und nahm den Hut ab. Ihr Haar war auffällig dünn wie bei einer alten Frau. Mit dem Geschmack eines Schulmädchens war das geräumige Zimmer mit blumengemusterten Stoffen und weißen Möbeln vollgestopft. Aiko sah sich schnell um. Irgendein Hinweis auf einen Mann war nicht auszumachen. Shizuko warf den Hut auf das mit einem rosa Tuch überzogene Bett und streckte sich auf dem Rücken aus.

»Können Sie bitte den Hut wegräumen?«

»Ja, Frau Matakatsu.«

Aiko antwortete zwar, hatte aber nicht die geringste Idee, wohin sie den Hut räumen sollte. Sie versuchte es mit dem Kleiderschrank, aber als sie ihn öffnete, schrak sie vor der Überfülle an bunten Kleidern zurück. Angesichts dieser Menge wusste sie noch nicht einmal, welche davon sie am besten stehlen sollte.

»Die Hutschachtel liegt obendrauf. Sehen Sie nicht, sie hat die Aufschrift Chanel.« Shizuko zündete sich eine Marlboro an und starrte an die Decke. »Und dann gibt es auf der Kommode noch einen Schmuckkasten. Holen Sie bitte die Gagatkette aus der untersten Schublade heraus. Die habe ich gekauft, als ich zusammen mit den Takaishis in Europa war. Da sollte ich sie wohl jetzt anlegen.«

Aiko hatte keine Ahnung, was Gagat war. Sie nahm irgendeine klimpernde Kette heraus. Shizuko schaute kurz auf und schüttelte den Kopf.

»Gagat ist ein schwarzer Stein. Eine antike Kette. Das muss man nicht wissen, aber merken Sie es sich jetzt bitte. Es ist wichtig für Beerdigungen. Bei der Trauerfeier haben Sie auch die richtige Reihenfolge beim Teeservieren nicht eingehalten, nicht wahr? Wenn man solche Dinge in Ihrem Alter nicht weiß, ist es zu spät. Was haben Sie eigentlich bisher für ein Leben geführt? Nach den ersten sieben Tagen möchte ich das gerne genauer wissen.«

»Hä?«

»Das heißt nicht ›hä‹, sondern ›wie bitte‹.«

Hass kochte in Aiko hoch. War nicht »Was haben Sie eigentlich für ein Leben geführt« gleichbedeutend mit »schlecht erzogen«? Die herablassende Behandlung als Dienstmädchen machte sie wütend. Irgendwo in ihrem Herzen empfand Aiko aber auch Bewunderung für Shizuko, denn sie war eine Frau, wie Aiko sie noch nie zuvor getroffen hatte. Die Spontaneität, mit der sie sie eingestellt hatte, ihre Wut auf Takako, ihre Liebe und ihr Hass Hiroshi gegenüber. Shizuko strahlte eine Hitze aus wie ein glühender Strudel aus Emotionen. Sie war eine Frau der Extreme, die sich nicht um die Befindlichkeiten anderer Leute scherte, sondern für die nur die eigenen Gefühle zählten. Vor zwei Tagen hatte Aiko zum ersten Mal in ihrem Leben in einem Daunenfuton in ihrem kleinen Zimmer im Parterre geschlafen. Da überkam sie der trügerische Traum, Shizuko sei ihre Mutter. Wie schön wäre es doch, wenn sie dieser Rotzbengel Yasushi sein könnte. Aikos Verlangen wuchs so stark an, dass sie selbst auf den gerade einmal dreijährigen Yasushi eifersüchtig war. Ohne sich etwas anmerken zu lassen, stopfte sie den Hut grob in die Schachtel, auch wenn dieser dabei völlig seine Form verlor. Shizuko stand auf, und mit der Zigarette im Mund sah sie selbst in der Schmuckschachtel nach.

»Nicht da. Die Gagatkette ist nicht mehr da. Wie kann das sein?«

Als Aiko merkte, wie in Shizukos Blick für einen Moment ein Verdacht aufblitzte, war sie entrüstet. Sie hatte doch noch gar nichts getan!

»Vielleicht hat Fumi, oder wie diese Person heißt, die Kette mitgenommen.«

Shizuko antwortete scharf:

»Ich sage es ganz klar: Fumi hat hier über zehn Jahre gearbeitet. Sie tut so etwas nicht.«

»Sie mögen Menschen gerne, nicht wahr, Frau Matakatsu?«

»Was soll das heißen? Sind Sie hier im Zimmer gewesen?«

»Ich bin erst seit zwei Tagen bei Ihnen, Frau Matakatsu. Ihr Zimmer habe ich heute zum ersten Mal betreten.«

Aiko setzte eine gekränkte Miene auf.

»Ja, das stimmt. Es tut mir leid«, entschuldigte sich Shizuko.

Sie klopfte sich auf die Brust und überlegte. »Wann habe ich die Kette zum letzten Mal getragen? Auf welcher Beerdigung war es wohl? Ich komme einfach nicht darauf. Was soll ich bloß machen? Ach was, es ist gar kein Problem, wenn ich es vergessen habe. Ich tue einfach so, als sei ich verwirrt, weil mein Mann plötzlich gestorben ist. Auch als Managementprophetin kann man ja wohl verwirrt sein, wenn der eigene Mann mit seiner Geliebten Selbstmord begeht. Herrje, dieses Leben ist wirklich eine Katastrophe.«

Shizuko murmelte in einem fort vor sich hin, so dass es Aiko ungemütlich zumute wurde. Es gab nichts zu tun, außer herumzustehen. Shizuko drückte die Zigarette im Kristallaschenbecher aus.

»Ai, weil heute die Beerdigung ist, werde ich wohl doch einen Kimono anziehen. Bringen Sie bitte schnell den Kimonokragen am Unterkleid an. Es befindet sich alles in der japanischen Kommode, Sie werden es sofort finden.«

»Wie befestigt man denn den Kimonokragen?«

»Ach ja, stimmt. Ihnen fehlt es ja an jeglichem praktischen Verstand. Lassen Sie nur. Ich werde jemanden vom Hotel rufen. Wenn Fumi doch bloß da wäre«, sagte Shizuko ärgerlich.

Das hätte dir ja gleich einfallen können. Denn mir fehlt es sowieso an gesundem Menschenverstand. Und außerdem bin ich schlecht erzogen. Was soll das eigentlich mit Fumi in jedem zweiten Satz? Du hast sie doch rausgeschmissen.

»Ich gehe dann jetzt wohl besser.«

»Tut mir leid, Sie verärgert zu haben. Ich bin heute in keiner guten Verfassung. Wenn Sie auf Ya-chan aufpassen würden. Einfach nur das, das genügt. Das Kind ist ein so großer Schatz. Bleiben Sie dicht bei ihm, und passen Sie auf, dass ihn niemand wegnimmt.«

»Ja, Frau Matakatsu.«

Nur auf diesen Bengel Acht zu geben, ist kein Problem. Ich zeige euch mal, wie die Welt wirklich aussieht. Aikos dunkle Rachegefühle und ihre Eifersucht richteten sich voll auf Yasushi. In dem Augenblick, als sie die Tür öffnete, stieß sie gegen die Brust einer vierschrötigen Frau. Da stand Fumi – eine würdevolle Erscheinung, eine Haushälterin, die den erhabenen Stolz einer Hausherrin ausstrahlte. Sie trug einen schwarzen Einteiler und hielt sich ein weißes Taschentuch an die Augen. Ohne Aiko auch nur eines Blickes zu würdigen, rief sie:

»Frau Matakatsu, ich bin es, Fumi!«

Shizuko mit ihrem verweinten Gesicht eilte herbei.

»Fumi! Sie sind gekommen! Hiroshi hat etwas Unfassbares getan.«

»Ich weiß, Frau Matakatsu. Sie brauchen nichts zu sagen. Ich war so dumm, Sie einfach zu verlassen. Wie konnte ich so etwas bloß tun?«

An Fumis großer Brust brach Shizuko in heftiges Schluchzen aus. Verdammt. Aiko ließ die beiden stehen und lief die Treppe herunter. Dann überlegte sie es sich aber anders, kehrte zurück und legte ihr Ohr an die Tür.

»Was? So etwas hat diese Frau gesagt? Das ist ja sehr verdächtig. Was führt sie wohl im Schilde, sich hier einfach so heimtückisch einzuschleichen. Die hat bestimmt auch die Gagatkette gestohlen. Wir schauen am besten nach, ob sonst noch etwas fehlt.«

»Nein, das können wir nach der Beerdigung noch tun.«

»Ob Ihr Mann wirklich Liebesselbstmord begangen hat, Frau

Matakatsu? Ich kann es einfach nicht glauben. Tut ein Frauenheld denn so etwas? War Ihr Mann nicht jemand, der auf ewig dem Traum von einer Frau hinterhergelaufen ist?«

»Aber es gab einen Abschiedsbrief. ›Ich schlucke Gift und nehme die Frau mit‹, stand dort. Nach Angaben der Polizei hatte die Frau mit dem Nagelstudio offenbar einen anderen Mann gefunden. Es heißt, beim Trennungsgespräch habe er dann rot gesehen.«

Dieses Gerücht hatte Aiko auch bereits gehört. Es genügte, während der Trauerfeier einfach nur die Ohren aufzusperren.

»Was für ein entsetzlicher Mann, der am Ende den absoluten Verrat an seiner Frau begangen hat. Sie haben mein Mitgefühl, Frau Matakatsu.«

Abermals war das Aufschluchzen der beiden Frauen zu vernehmen.

»Aber es gibt noch etwas Entsetzlicheres. Als ich heute den Safe geöffnet habe, kam das Testament von Hiroshi zum Vorschein. Was glauben Sie, was dort geschrieben steht?«

»Was denn, Frau Matakatsu?«

»Er hat alles an Yasushi vermacht.«

»Aber Ya-chan ist doch noch ein Kind!«

Fumis hysterische Stimme hallte durch den Flur.

Ach so. So wertvoll war dieser Bengel also. Shizukos Worte »Das Kind ist ein so großer Schatz« kamen ihr wieder in den Sinn. Dann sollte ich ihn mir vielleicht unter den Nagel reißen. Jetzt, wo Fumi zurückgekommen ist, kann ich hier sowieso nicht länger bleiben, und der von allen heißgeliebte Yasushi ist einfach abscheulich. Nach längerer Zeit fühlte Aiko wieder das heftige Rauschen des Blutes in ihren Adern. Die Erregung vor der bösen Tat. Sie begab sich die Treppe hinunter, um Yasushi zu suchen. Im Flur stand noch immer Yamase.

»Frau Matsumoto, was machen Sie hier zu dieser Zeit?«

»Ich habe es eilig. Frau Matakatsu hat mir etwas aufgetragen.«

Aiko wollte sich vorbeidrängen, aber Yamase zog sie mit Gewalt zurück. Nanu, was ist das?, wunderte sich Aiko. Irgendwie ist hier Gefahr in Verzug. Das unverschämte Geschwätz der Küchenhilfen und das Rätsel mit der verschwundenen Kette aus Gagat, oder wie immer das Zeug heißen mag. Verdammt, nichts lief hier planmäßig. Yamase flüsterte mit Grabesstimme:

»Frau Matsumoto, ich habe gehört, dass Frau Matakatsu Sie als Haushälterin eingestellt hat. Aber ich bin nicht naiv. Für Ihre Beschäftigung hier möchte ich zunächst einmal einiges über Ihren Hintergrund erfahren. Was haben Sie gemacht, bevor Sie hierhergekommen sind? Von Frau Matakatsu habe ich nur gehört, Sie seien aus Ihrem Haus gejagt worden. Stimmt das?«

»Hä?« Was habe ich bloß erzählt? Jetzt musste Aiko ihre eigenen Lügen Wort für Wort rekonstruieren. Während sie in ihrem Gedächtnis kramte, antwortete sie langsam: »Mein Mann wohnt und arbeitet in einem Yakiniku-Restaurant. Nach einem Streit bin ich weggelaufen.«

Lees strenges Gesicht kam ihr plötzlich in den Sinn. Was dieser geile Kerl jetzt wohl machte? Ihr war zum Heulen zumute.

»In welchem Yakiniku-Restaurant? Name und Adresse!«

Yamase gab sich arrogant. Was für ein anmaßender Typ! Willst du Prügel?

»Viva Stiermagen. In Kanda.«

Das war glatt gelogen, aber mit todernster Miene kritzelte Yamase es in sein Notizbuch.

»Haben Sie schon einmal in einem Hotel gearbeitet?«

»Nein.«

»Als Zimmermädchen oder ähnliches?«

»Ich sagte doch gerade, nein!«

Alarmstufe rot! Aiko blickte zum Eingangsbereich, um den besten Fluchtweg auszumachen. Von dort näherte sich eben Tagawa, der Assistent von Frau Matakatsu. Ein noch junger Mann, der sich mit einem gut sitzenden Anzug ausstaffiert hatte. Aber warum machte er ein so mürrisches Gesicht?

»Herr Yamase, der Wagen von Herrn Takaishi ist gerade angekommen.«

»Ach so. Begrüßen Sie ihn doch bitte schon einmal, Herr Tagawa. Ich komme sofort.«

»Das möchte ich lieber nicht. Ich schäme mich so, wie mein Vater gestorben ist.«

»Stellen Sie Ihre persönlichen Gefühle zurück, Herr Tagawa. Sie müssen das durchstehen.«

»Ja, ja, ich weiß, aber es ist so schwer. Haben Sie vom Testament meines Vaters gehört? Ist das nicht unglaublich? Dabei ist es nicht so, dass ich auf das Vermögen aus bin.«

Wie um ihn aufzurichten, drückte Yamase Tagawa seine Hand auf die Brust. Schweiß trat ihm auf die Stirn. Aiko spürte, dass es ihm nicht recht war, wenn sie das Gespräch mitbekam. »Vater« bedeutete also, dass auch Tagawa Hiroshis Sohn war?

In diesem Moment kam Shizuko an Fumis Hand die Treppe herunter. Fumi schien den Blick von Aiko zu spüren und schaute mit ahnungslosem Gesicht zur Seite. Dieser Drache. Selbst die Halskette stehlen und mir die Sache in die Schuhe schieben. An Tagawa gewandt, sagte Shizuko:

»Es tut mir leid, Shin-chan, aber bitte richten Sie Ihrer Mutter aus, dass sie heute nicht kommen möge. Denn wenn dann die anderen Frauen auch noch auftauchte, würde ich es nicht mehr ertragen. Besonders Takako. Nicht auszudenken, wenn diese Frau Yasushi an sich reißt. Herr Yamase, achten Sie bitte darauf, dass sie keinen Fuß in dieses Haus setzt.«

»Das können wir doch nicht machen, Frau Matakatsu. Ist das nicht kindisches Verhalten?«

»Dann bin ich eben kindisch!«, schrie Shizuko hysterisch und heulte los.

»Ja, ja, wir haben schon verstanden. Jetzt wollen wir uns noch ein bisschen ausruhen, Frau Matakatsu. So, nun gehen wir mal aufs Zimmer zurück.«

Fumi beschwichtigte Shizuko wie ein Kleinkind, und die beiden Frauen verschwanden wieder die Treppe hinauf. Fumi hatte offenbar entschieden, die verwirrte Shizuko nicht unter die Leute zu lassen. Aiko lachte in sich hinein. Plötzlich zog Yamase ein Papier aus der Tasche.

»Vorgestern ist das hier angekommen, Frau Matsumoto. Ich denke, so etwas gibt es nicht wirklich, aber aufgrund der unglücklichen Ereignisse bin ich vorsichtig geworden. Ich frage mich, ob nicht auch der Tod von Herrn Matakatsu auf diese Person zurückzuführen ist. Ja, ich habe sogar schon einen Verdacht. Es tut mir leid, aber ich muss Sie bitten, das Haus bis zum Ende der Trauerfeier nicht zu verlassen.«

Aiko, die das Fax überflogen hatte, wurde es vor Verblüffung und Schreck schwarz vor Augen. Irgendjemand wusste Bescheid über sie. Irgendwo gab es einen Verräter, der hinter ihr herspionierte. Wer konnte das sein? Wohl weil ihr alle Farbe aus dem Gesicht gewichen war, sagte Yamase heuchlerisch:

»Nicht wahr, da wird Ihnen auch ganz anders. Ich glaube, dass es sich um einen bösen Scherz handelt, aber irgendwie beunruhigt mich die Angelegenheit. Tut mir leid. Wenn ich Sie mir so anschaue, kann ich mir kaum vorstellen, dass Sie die Tollkühnheit besäßen, derlei Dinge zu tun. Aber Menschen soll man ja nicht nach ihrem Äußeren beurteilen, wie es heißt.«

Wenn der Verdacht erst einmal in der Welt war, dann war nichts Gutes mehr zu erwarten. Dann würde der Verdächtige für alles und jedes verantwortlich gemacht. Aiko erinnerte sich an frühere Begebenheiten, die sie zur Flucht veranlasst hatten. In allen Fällen war es haarscharf an der Katastrophe vorbeigegangen. Aber in diesem Haus war die Lage schon nach drei Tagen hochgefährlich. Das konnte nur an dem Brief dieses Verräters liegen. Nun war es an ihr wegzulaufen, den Verfasser des Briefes ausfindig zu machen und die Wurzel des Übels auszulöschen.

Aiko schaute in Yasushis Zimmer. Der war mit halb geöffnetem Mund in ein Disney-Video vertieft. Er merkte noch nicht einmal, wie Aiko hereinkam.

»Ya-chan«, sagte Aiko honigsüß.

»Was denn?«, gab der Kleine unwirsch zurück.

»Ya-chan, willst du deine Mama nicht treffen?«

»Ha?« Yasushi drehte sich um. Sein Gesicht blitzte in froher Erwartung.

»Wenn ich Mama sage, dann meine ich deine richtige Mama. Nur ich weiß darüber Bescheid.«

»Ja. Ich will sie treffen!«

Yasushi stand auf. Seine weißen Socken waren heruntergerutscht.

»Dann wollen wir beide sie mal suchen gehen.«

Aiko nahm Yasushi fest an die Hand.

8. Kapitel

Einsamkeit, wie Worte sie nicht ausdrücken können

Während Aiko in der Straßenbahn durchgerüttelt wurde, ließ sie ihre Gedanken schweifen. Das tat sie nur selten, und es lag ihr auch nicht besonders. Yasushi war auf seinem Sitz angelehnt in tiefen Schlaf gesunken. Beim Herumlaufen waren die schneeweißen Strümpfe schmutzig geworden. Der kleine Anzug hatte vorne einige Saftflecken abbekommen, und die Fliege hing lose von Yasushis Hals herab. Die Bahn war voll. Aiko bemerkte, wie die vor ihr stehenden zwei älteren Frauen sich über Yasushi unterhielten. Offenbar waren sie beim Wandern, denn die beiden energischen Damen trugen Turnschuhe und imposante Rucksäcke.

»Schau mal, ist der nicht süß.«

»Und wie nett er schläft.«

»Ganz schön schmutzig, aber er ist fein angezogen. Das sind teure Sachen.«

»Ist das Ihr Kind?«

Die Frage der älteren Dame fertigte Aiko mit ihrem üblichen freundlichen Lächeln und einem nichtssagenden Nicken ab. Ein passendes Lächeln half noch immer, mit allen möglichen Situationen fertig zu werden.

»Wie alt ist er denn?«

Obwohl sie Yasushis Begleiterin war, hatte Aiko offensichtlich etwas Unheimliches an sich. Jedenfalls tauschten die beiden Frauen einen Blick und verfielen in ein unbehagliches Schweigen. Das war auch besser so. Aikos Gehirn war so konstruiert, dass sie immer nur über die unmittelbar vor ihr liegenden Angelegenheiten nachdenken konnte. Was war jetzt zu tun? Zur Beantwortung dieser Frage musste sie ganz auf ihren Instinkt setzen, Gefahren aus dem Weg zu gehen. Und sie musste auf ihre Erfahrungen in der Vergangenheit zurückgreifen. Sie würde den Kerl, der den Brief geschrieben hatte, ausfindig machen und ausradieren. Wenn sie mit dem Radiergummi nicht radierte, konnte sie das Schulheft nicht mehr verwenden. Aiko, der niemand ein neues Heft kaufte, radierte und benutzte es immer wieder. Wenn sie nicht ordentlich radierte, wurde es dreckig und ging bald kaputt. Im Laufe der Zeit fiel ihr auf, dass es doch besser war, gleich gar nichts aufzuschreiben, statt zu radieren, und so hörte sie schließlich überhaupt auf, das Heft im Unterricht hervorzuholen. Vielleicht aus diesem Grund hatte Aiko die Gewohnheit, Wissen anzusammeln, vollkommen abgelegt. In der Bruthitze des Sommers war es ja auch vollkommen sinnlos, etwas anzuziehen, weil es gleich durchgeschwitzt würde und gewaschen werden müsste, so dass die Mädchen aus dem Bordell immer nur im Slip herumliefen. Das war ganz genau dasselbe.

Zwischen Vergangenheit und Gegenwart hin und her wandern, die Verbindungen aus der Vergangenheit nutzen und, nachdem sie sie verwertet hatte, ausradieren. So bleibt das Heft immer schneeweiß, und niemand kann die eigenen Spuren verfolgen. Aiko dachte weiter: Allein kann der Mensch nicht leben, deswegen muss man sich die Verbindungen zu Menschen aus der Vergangenheit zunutze machen. Dennoch bleiben diese Menschen letztlich Fremde. Fremde, die lästig werden können, und wenn sie lästig werden, Sachen ausposaunen. Dann muss man sich ihrer entledigen. So, ganz genau so ist es, kam

Aiko zu ihrer einfachen Schlussfolgerung. Das war ihre Überlebensphilosophie.

Manchmal fragte sie sich, wie es wohl wäre, wenn der andere kein Fremder, sondern ein Blutsverwandter wäre. Wenn sie als Kind zum blauen Himmel aufschaute, überkam sie manchmal die Sehnsucht nach einem eigenen echten Zuhause unter genau diesem Himmel, wo es Vater und Mutter gab, die auf sie warteten. Wenn es reichlich neue Hefte gegeben hätte, wenn man mit dem Radiergummi nichts hätte ausradieren müssen, wenn das, was man aufgeschrieben und gelernt hatte, stehen geblieben wäre, wenn man eins aufs andere hätte setzen können, vielleicht hätte sie dann ein anderer Mensch werden können. Ohne diese Erfahrung gemacht zu haben, konnte sie es natürlich nicht wissen, aber möglicherweise wäre so etwas für sie gut gewesen. Aber vielleicht hätte sie auch Vater und Mutter ausgelöscht, wenn diese nach Gebrauch lästig geworden wären. Wer konnte das wissen?

Yasushi, der fest eingeschlafen war, hatte sich an Aiko gelehnt und berührte sie mit seinen verschwitzten Handflächen. Aiko hatte eine Abneigung gegen Kinder. Unauffällig schob sie ihn von sich. Als sie die Bahn bestiegen hatten, freute sich Yasushi für eine Weile, aber bald schon wimmerte er wieder »Mama, Mama« und brachte Aiko damit in Verlegenheit. Glücklicherweise überließ ihnen jemand die Plätze, aber er war und blieb ein ständig sich beklagender, abscheulicher Bengel. Als sie selbst so alt wie Yasushi war, vermochte sie kaum ein Wort zu sprechen, aber Yasushi plapperte mit bloß drei Jahren wie ein Wasserfall. Während Aiko voller Abscheu auf Yasushi hinabsah, kratzte sie sich mit dem Finger am Lippenrand.

Als die Zielstation näher kam, stand Aiko auf und holte das Gepäck von den Gepäckstangen herunter. Am liebsten hätte sie Yasushi zurückgelassen. Sie hatte ihn nur mitgenommen, weil sie Shizuko, die sich für Fumi entschieden hatte, weh tun wollte und weil sie eifersüchtig auf das Kind war. Aber schon jetzt war seine Gegenwart nichts als hinderlich. Da sie jedoch von den zwei älteren Damen angesprochen worden war, musste sie ihn mitnehmen. So blieb Aiko nichts anderes übrig, als ihn wachzurütteln.

»Aufwachen, wir sind gleich da.«

Yasushi rieb sich die Augen und schaute mit verschlafenem Gesicht um sich. Wo sind wir? Was machen wir hier? Der Kleine konnte die Situation überhaupt nicht erfassen. Aiko riss den noch schlaftrunkenen Jungen grob am Handgelenk hoch und bahnte sich durch die stehenden Fahrgäste ihren Weg zur Tür. »Aua!« Ohne sich um Yasushis Wehklagen zu kümmern, stieg sie auf den Bahnsteig herab und fing eiligen Schrittes an zu laufen. Der Geruch des Sumidaflusses lag in der Luft. Der Name des Bordells, in dem sie großgeworden war, war Nukarumi-Haus. Dorthin war Aiko nun unterwegs.

Die Adresse kannte sie nicht. Aber sie holte alle Erinnerungen aus Kindertagen hervor und aktivierte ihre Instinkte. Selbst der quengelige Yasushi wurde von Aikos Energie mitgerissen und versuchte nur noch, den Anschluss zu halten. Aber das neue Straßenbild sah aus, als hätte es die alten Erinnerungen überschrieben und ausgelöscht. Weit entfernt davon, bald anzukommen, wusste sie noch nicht einmal, wo sie sich jetzt gerade befand. Aiko stieß einen Seufzer aus, und mit immer weniger Elan schaute sie durch die ländlich wirkenden Einkaufsstraßen, die in lockerer Folge von traditionellen Läden für Sobanudeln, Reiscracker und anderes gesäumt waren.

»Wohin gehen wir denn, Tante?«, fragte Yasushi ängstlich. »Gehen wir nicht zu meiner Mama?«

»Genau, ich sagte doch, dass wir zur richtigen Mama gehen.«

»Welche Mama denn?«

Irgendwie hatte Yasushi mit seinem Kinderhirn das Problem genau erfasst. Mit dem Ärmel wischte sich Aiko den Schweiß ab.

»Zu welcher sollen wir denn gehen?«

»Ich bin müde. Ich möchte auch etwas trinken und dann nach Hause und mit dem Gameboy spielen.«

»›Ich möchte auch etwas trinken‹. Wie fein du dich ausdrückst. Nun gut, um die Langeweile zu vertreiben, werde ich dir mal erzählen, wie es gewesen ist, als ich so klein war wie du.«

Yasushi spitzte die Ohren und hörte gespannt hin. Selbst als Kind spürte er wohl, dass jetzt etwas Wichtiges folgen würde. Aiko nahm Yasushi fest an die Hand und fing an, ihre Erinnerungen hervorzuholen.

»Das Erste, woran ich mich erinnern kann, ist, wie ich von einem Tritt über einen langen Flur geflogen bin. Nicht ich selbst habe mich bewegt, nein, ich rollte durch den Tritt auf den Eingang zu. Wer mich so getreten hatte, war ein Hurenmädchen. Ihr Name war Yasuko. So was wie dich brauchen wir hier nicht, du nichtsnutzige Schmarotzerin, du Schandfleck, verschwinde hier, verreck einfach. Hysterisch? Aber so war es, so hat sie herumgetobt. Ich glaube, dieses Mädchen muss ungefähr achtzehn Jahre gewesen sein. Sie hasste das Hurengeschäft, und weil sie hässlich war, kamen die Gäste nicht zu ihr, so dass sie von ihren Kolleginnen gehänselt wurde. Sie hat mich einfach nur verprügelt, um ihre schlechte Laune zu vertreiben. Sie war nach Tokio gekommen, um zu arbeiten, aber weil die Arbeit in der Fabrik hart war, hat sie sich entschieden, den Job im Bordell zu machen. Trotzdem war sie ständig am Meckern. Diese Frau war das Letzte. Weil ich so klein war, bin ich wie ein Ball gerollt und auf dem Estrich im Eingangsbereich gelandet. Estrich heißt, dass es kein edler, mit glänzenden Fliesen ausgelegter Boden war wie in eurem Haus. Es war einfach nur kalter Beton. Dort standen ganz viele Sandalen und Frauenschuhe verstreut. Also, ich bin dort hingefallen und war in meinem Kinderherzen erst mal froh, dass die Fußtritte aufhörten. Gerade in dem Moment öffnete sich die Eingangstür, und Gäste kamen herein. Es waren offenbar zwei Bauarbeiter. Raubeinige Männer konnte man sofort am Geruch erkennen. Die beiden stanken nach einer Mischung aus Schnaps, kaltem Rauch, Fett und Schweiß. Als sie eintraten, setzte das Mädchen, das mich gerade getreten hatte, ihr freundlichstes Geschäftsgesicht auf. Die Gäste verzogen jedoch unwillig die Gesichter, als sie mich so da hocken sahen. Was macht denn diese Göre da? Das ist irgendwie störend, dachten sie wohl. Eigentlich haben wir doch keine Lust mehr, sagten sie, und verschwanden sofort wieder. Ich werde dich lehren, die Gäste zu vertreiben, schimpfte darauf das Mädchen und hat mich mit einer Sandale verprügelt.«

Nachdem ich Yasuko später einmal wiedergetroffen habe, konnte ich sie zum Glück halb umbringen. Als ich bei Emi gerade das Hurengeschäft erlernte, kam sie schamloserweise einmal zu Besuch. Ich habe sie verfolgt, ihr Haus ausgekundschaftet und es später in Brand gesteckt. Ihr Mann und ihr geliebtes Hündchen kamen um, sie selbst trug schwere Verbrennungen davon. Das alles erzählte Aiko natürlich nicht, aber offenbar hatte sie dem kleinen Yasushi etwas Außergewöhnliches mitgeteilt. Mit sehr ernsten Augen blickte er zu ihr auf.

»Was ist denn mit deiner Mama, Tante?«

»Die gibt's nicht«, antwortete Aiko wie aus der Pistole geschossen. »Im Hurenhaus gab es eine Chefin, die wir Mutter nannten, aber das war keine richtige Mutter, nur die Betreiberin. Sie hat die Huren gemanagt, den Gewinn eingesteckt und davon gelebt. Eine rechthaberische, garstige alte Hexe ist sie gewesen. Obwohl ich so gerne fernsehen wollte, stellte sie das Gerät ab, wenn ich etwas anschauen wollte. Weil es keine andere Möglichkeit gab, habe ich den Apparat dann eingeschaltet, wenn sie nicht da war. Ihr Wutausbruch, nachdem sie das herausgefunden hatte, war unbeschreiblich. Ich war noch keine fünf Jahre alt, aber sie verlangte von mir, die Stromrechnung zu bezahlen. Eines Tages bot diese Mutter mir an, ich könne fernsehen, wenn ich die Stars in den Shows gut imitieren würde. Da habe ich alles gegeben. Zum Beispiel Hibari Misora oder Haruo Minami. Das kam toll an. Sogar Süßigkeiten habe ich bekommen. Deswegen bin ich so gut im Nachmachen von Leuten. Soll ich es mal vormachen? Schöööön ist es, auf der Welt zu sein ...«

»Das Lied kenne ich gar nicht.«

»Das kann ich mir vorstellen. Es gibt noch viele weitere traurige Geschichten. Ich habe immer im Wandschrank in Mutters Zimmer geschlafen. Dann gab es kalte Tage mit Schnee. Mit bloß einer Decke habe ich schrecklich gefroren und am ganzen Leibe gezittert, so dass ich in Mutters Futon gekrochen bin. Weil er eine elektrische Heizdecke hatte, konnte ich schön schlafen. Nur ein bisschen, dachte ich. Dann wurde ich plötzlich geschlagen und auf die Tatamimatten gestoßen. Hier kommst du nicht rein, du ekelhafte Göre, hieß es. Statt nach draußen in den Schnee gejagt zu werden, ist es doch immerhin schon gut, hier im Wandschrank sein zu dürfen, sagte sie.«

Die Mutter des Bordells war zu dieser Zeit in der zweiten Hälfte der Fünfziger. Sie war energisch, geizig und berechnend, und es wäre für sie ein Leichtes gewesen, mich ohne viel Aufhebens in ein Waisenhaus zu geben. Warum in aller Welt hatte sie mich behalten? Später habe ich von Emi den Grund erfahren. Die Sache war auf das Antiprostitutionsgesetz zurückzuführen, welches sechs Jahre vor meiner Geburt in Kraft getreten war und dessen Umsetzung nun verschärft überprüft wurde. Hätte sie mich in ein Waisenhaus gegeben, wäre Mutter wegen Gesetzesbruch verhaftet worden. Das Nukarumi-Haus war ein schwarzes Bordell, ein Geheimtipp. Und weil es geheim war, wurde ich – ohne Namen, ohne Registrierung, ohne alles – einfach in eine Ecke gesteckt und wie Abfall behandelt. Der Tag dann, als Mutter von einem Auto überfahren wurde und plötzlich starb, war der Tag, an dem ich verstand, dass der Tod anderer Menschen meine Freiheit bedeutete. Der Tod anderer Menschen war der Radiergummi, der das Heft wieder schneeweiß machte. Und ich bin eben gut im Umgang mit dem Radiergummi.

»Nanu?«

Aiko merkte plötzlich, dass sich Yasushi aus ihrer Hand gewunden hatte, während sie tief in Gedanken versunken war, und drehte sich um. Yasushi hockte an der Ecke eines Geländers und übergab sich.

»Deine Geschichte macht mir Angst, Tante.«

»Ach, das tut mir aber ungeheuer leid.« Aiko wurde ernsthaft wütend. »So ein Luxuskind wie dich darf es eigentlich gar nicht geben. Man darf gespannt sein, was für ein Erwachsener eines Tages aus dir wird.«

Yasushi erbrach den ganzen Saft, den er in der Bahn getrunken hatte. In seine Augenwinkel traten Tränen.

»Ich will Wasser trinken, Tante.«

Verärgert zog Aiko ein Aquarius am Getränkeautomaten. Die wievielte Flasche ist das wohl?, dachte sie. Aiko trank die Hälfte davon und reichte sie Yasushi. Der legte die Plastikflasche an seine mit Erbrochenem verschmierten Lippen und trank gierig. Dann fing er an zu weinen.

»Ich will nach Hause!«

»Welches Zuhause denn?«, fragte Aiko hinterhältig nach, »das Haus von Frau Matakatsu? Oder das Haus von Mama?«

»Mama, Mama, das Haus von Mama«, schluchzte Yasushi nunmehr heftig. Weil die Passanten Aiko mit verwunderten Blicken ansahen, blieb ihr nichts anderes übrig, als Yasushi scheinbar tröstend über den Kopf zu streichen. Die Kinderhaare klebten ihm vom Schweiß an der Stirn, und von seinem ganzen Körper ging ein unangenehmer Geruch wie von einem Tier aus. Zu alledem schaute Yasushi unter Schluchzen unsicher in Aikos Gesicht:

»Du bist ekelhaft, Tante.«

»Was sagst du da, du Rotzbengel!?«

Aiko schlug ihn so kräftig auf den Kopf, dass Yasushi laut aufheulte.

»Hallo, ist hier alles in Ordnung?«

Neben ihnen hielt ein robustes schwarzes Fahrrad an, dessen Korb mit Zeitschriften und Zeitungen vollgepackt war. Ein dicker Mann mit dunkler Hautfarbe sah Aiko besorgt an. Unter seiner Mütze ragten weiße Haare hervor.

»Es ist alles in Ordnung. Gehen Sie nur ruhig weiter.«

Obwohl Aiko versuchte, die Sache mit ihrem üblichen freundlichen Lächeln zu überspielen, stieg der Mann vom Fahrrad. Er mochte um die sechzig sein und trug einen khakifarbenen Arbeitsanzug. Der Mann lachte und klopfte Yasushi mit seiner sonnengegerbten Hand auf die kleine Schulter.

»Warum weinst du denn? Ein Junge weint doch nicht.«

Sei es, dass diese Floskel so offenherzig daherkam, sei es, dass er glaubte, nun Hilfe zu bekommen, Yasushi hörte jedenfalls mit einem Mal auf zu weinen.

»Wir haben seinen Gameboy vergessen. Das ist vielleicht ein Trotzkopf. Ich weiß gar nicht, was ich mit dem Kind machen soll«, log Aiko mit unschuldiger Miene. Yasushi hörte nur das Wort Gameboy und fing wieder an zu heulen.

»Mein Gameboy ist gar nicht da!«

»So was wie einen Gameboy gibt's auch beim Onkel zuhause. Onkels Haus ist gleich neben dem Sumidafluss. Da ist es wirklich interessant. Lass uns doch mal dorthin gehen.«

»Wirklich«, erstrahlte Yasushis Gesicht von einem Moment auf den anderen. Aiko fiel ein Stein vom Herzen. Stolz gab der Mann seine Anweisungen:

»Mutter kommt natürlich auch mit. So, das Gepäck hier auf den Sattel und das Kind hinten drauf. Tut mir leid, aber ein bisschen müssen wir jetzt laufen.«

Das passte wunderbar. Da das Nukarumi-Haus ohnehin nicht zu finden war, konnten sie sich erst mal ein wenig ausruhen. Aiko umfasste Yasushi und hob ihn hoch, um ihn auf den Gepäckträger zu setzen.

Ihr Weg führte zu den Deichanlagen am Sumidafluss. An dessen Ufer standen einige hüttenähnliche Aufbauten, die mit blauen Plastikplanen überdeckt waren. Was ist das denn, ist dieser Kerl ein Obdachloser? Aiko war unangenehm überrascht, aber voller Inbrunst erklärte der Mann Yasushi:

»Der Onkel wohnt in einem Zelt. Toll, nicht wahr? Das ist so ähnlich wie bei den Beduinen. Das Volk, das in der Wüste umherwandert. Das Leitungswasser da ist unser gemeinsamer Brunnen. Dies ist eine Oase. Das macht einen Heidenspaß hier. Im Sommer kann man, auch wenn man dabei sterben kann, schwimmen gehen, und wenn man will, kann man auch angeln. Manchmal gelingt es sogar, ohne was dafür zu bezahlen, auf ein Schiff zu springen. Und wenn ein Taifun kommt, ist es hier wie auf einer einsamen Insel. Wirklich aufregend. Neulich ist ein Kumpel von mir ertrunken. Der war total besoffen. Ich will ans andere Ufer, sagte er, und fing an zu schwimmen. Es hat keine Minute gedauert, und schon wurde er zum Buddha.«

Ohhh, staunte Yasushi mit vor Aufregung funkelnden Augen. Der Mann schaute auf seine Damenarmbanduhr und sagte zu Aiko:

»Wartet mal einen Augenblick, ich besorge uns was zum Abendessen.«

Es dämmerte. In der Abendsonne verfärbte sich der Sumidafluss rot. Plötzlich erschien das Wasser sanft und geschmeidig. Aiko hatte das Gefühl, dass sie diesen Anblick aus ihren Kindheitstagen kannte, und versuchte, sich zu erinnern. Aber ringsumher gab es nur die Uferbefestigungen aus Beton, schroff und ohne besondere Erkennungsmerkmale. Wen könnte man bloß fragen, um die Adresse des Nukarumi-Hauses herauszufinden? Plötzlich kam Aiko eine unangenehme Erkenntnis, nämlich die Tatsache, dass sie mit dem Ausradieren der Vergangenheit auch alle Menschen verloren hatte, die etwas über ihre Vergangenheit wussten. Wenn nur Emi noch lebte, wäre es ein Leichtes, zum Nukarumi-Haus zurückzukehren, aber Emi war offenbar von Adam ermordet worden. Was sollte sie jetzt bloß tun mit diesem Bengel im Gepäck? Aiko schnalzte mit der Zunge und drehte sich zu Yasushi um.

»Wo genau ist denn dieser Onkel gestorben?«

Yasushi hatte völlig vergessen, dass er soeben noch geweint hatte. Über den Zaun gelehnt, zeigte er auf die Flussoberfläche. Das Jackett war völlig verdreckt und die Fliege schon längst verloren gegangen. Nur noch ein klägliches Überbleibsel des verzogenen Bübchens. Um diese Zeit musste im Haus Matakatsu das Chaos voll ausgebrochen sein. Aiko stellte sich die aufgelöste und von Panik geschüttelte Shizuko vor und verzog das Gesicht zu einem bösen Grinsen. Mochte eine Entführung auch ein schweres Verbrechen sein, so war es ihr doch egal, solange sie weglaufen konnte. Was sie ganz und gar nicht verwinden konnte, war die Sache mit der Kette aus Gagat oder wie das Zeug heißen mochte. Dass der Diebstahl ihr angelastet wurde.

Diese Fumi hatte sie für ihre Zwecke missbraucht. Aiko wurde wütend und näherte sich Yasushi von hinten, um ihn in einer spontanen Aufwallung von Hass in den Fluss zu stürzen. Da ertönte eine Stimme.

»Hallo, da bin ich. So, ich habe euch etwas mitgebracht.«

Der Mann war zurückgekehrt und brachte sein Fahrrad vor dem Zelt zum Stehen. Aus einer zerknitterten Papiertüte zog er drei Schachteln mit Sushi hervor. Alle hatten das Haltbarkeitsdatum überschritten, aber das war ihm offenbar egal. Stolz reihte der Mann die Sushischachteln auf der Holzbank auf.

»Ist das nicht phantastisch? Sushi! Welche Sushi magst du denn, Jungchen? Toro?«

Der Mann hielt ihm ein knallrotes Stück Maguro hin, aber Yasushi schüttelte den Kopf.

»Das ist kein Toro. Das ist roter Maguro. Ich mag am liebsten Aburi.«

»Kenn ich nicht. Der Onkel isst gerne Uni, Seeigel.«

Yasushi wies das Unistück, das ihm der Mann mit den Stäbchen hinhielt, abfällig zurück.

»Die besten Seeigel kommen aus der Fischzucht von Takoshima. Die echten haben aber nicht diese Farbe.«

Ebenso überrascht wie empört wandte sich der Mann an Aiko.

»Was ist das denn für ein vornehmer Pinkel?«

»Er ist das Kind von reichen Leuten. Ich muss dazu etwas erklären.« Mit vertraulicher Pose flüsterte Aiko dem Mann ins Ohr: »Ein Ehekrach. Jemand soll auf ihn aufpassen, bis der Streit vorüber ist. Anschließend soll es eine schöne Belohnung geben.«

Aiko entging nicht, wie dem Mann für einen Moment hoffnungsvoll die Augen funkelten. Es waren gierige Augen. Wenn alles gut geht, kann ich vielleicht demnächst auch Aburi und

Uni aus der Fischzucht von Takoshima essen, schienen sie zu sagen. Yasushi öffnete eine Schachtel und fing an, von dem Tintenfisch zu essen. Nach einem Bissen spuckte er alles wieder aus.

»Das ist ja mit Wasabi.«

»Dann iss es einfach nicht! Dem Onkel wird es schmecken!«, herrschte der Mann ihn an. Überrascht sprang Yasushi von der Bank auf. Nicht bedrohen, er ist doch noch ein Kind. Auf Aikos geheuchelte freundliche Ermahnung nickte der Mann und sagte nun ganz sanft:

»Der Onkel kratzt dir gleich das Wasabi ab, Jungchen. Nimm nur erst mal von den Gemüsesushi.«

Yasushi griff sich mit seinen Stäbchen ein Stück und schluckte es lustlos herunter. Die Hand des Mannes machte sich am Hinterteil von Aikos Jeans zu schaffen.

»Ich heiße übrigens Kotetsu. Wie heißt du denn?«

»Namen tun nichts zur Sache.«

Aiko schüttelte Kotetsus Hand ab. Was für ein durchtriebener Alter. Kotetsu lachte und griff sich ein Stück Maguro mit der Hand, die gerade noch auf Aikos Hinterteil gelegen hatte.

»Sag mal, Mädchen, wie lange muss man denn auf den Jungen aufpassen?«

»Zwei oder drei Tage. Ich komme ihn dann wieder abholen.«

»Du kannst doch auch hier übernachten. Ich habe das größte Zelt am Platz, und darin hält man auch die kühlen Abende gut aus. Für diese Gegend ist es wie ein Palast.«

Kotetsu wies auf das Zelt in unmittelbarer Nähe des Ufers, das an diesem Ort einen sehr großzügigen Eindruck machte. Es hatte die Größe von der Ladefläche eines Zwei-Tonnen-Lkws. Die als Wand fungierende, mit einer blauen Plastikplane überzogene Wellpappe war durch mehrere Lagen Schnüre verstärkt. Ein Erwachsener mochte darin stehen können. Plötzlich schnappte sich Kotetsu gierig die Hand von Aiko und führte sie zwischen seine Beine.

»Ich habe ein tolles Zelt. Wie wäre es? Ich habe schon lange keine Frau mehr gehabt, ich bin richtig am Verhungern. Der Hunger im Kopf ist am schlimmsten in diesem Gewerbe.«

Richtiger Hunger ist noch viel schlimmer, dachte Aiko und riss angewidert ihre Hand los.

»Wie alt bist du eigentlich, Onkelchen?«

»Fünfundsechzig. Aber es geht immer noch problemlos.«

»Davon rede ich nicht. Weißt du, dass es in dieser Gegend früher mal ein Bordell mit Namen Nukarumi-Haus gegeben hat?«

Kotetsu machte ein überraschtes Gesicht.

»Das kenne ich! Ach, war das schön. Richtig hieß es wohl Umigikuya, aber alle nannten es Nukarumi-Haus. Ich bin einige Male dort gewesen. Als mein Geschäft für Kurzwaren pleite gegangen ist, habe ich als Aushilfe in einem traditionellen Restaurant gearbeitet. Das war ein grässlicher Job, und es gab ständig Streit. Da brauchte man öfter mal eine Frau. Außer zu den Bordellen in Yoshiwara bin ich auch ins Nukarumi-Haus gegangen. Da gab es Frauen im mittleren Alter, aber auch viele süße Mädels vom Lande. Mit denen rumzualbern war einfach das Größte.«

»Weißt du auch, ob es da ein kleines Mädchen gab?«

Bei dieser Frage klopfte Aiko das Herz bis zum Hals. Was, wenn Kotetsu ihr Vater wäre? Ein widerwärtiger Gedanke, aber er hatte auch einen süßen Beigeschmack. Was, wenn sie einen Menschen finden würde, der zu ihr, die sie ganz alleine war, eine Beziehung hatte? Dann wäre es vielleicht sogar möglich, dass sie nichts mit dem Radiergummi ausradieren müsste.

»Keine Ahnung.« Kotetsu neigte den Kopf. Vielleicht weil er

so nah am Fluss wohnte, ging von seinem ganzen Körper ein Seegeruch aus. »Ich war völlig vernarrt in eine Frau dort, die Emi hieß. Die hatte einen tollen Körper. Ein süßes Mädchen, viel zu schade für dieses Nukarumi-Haus.«

Die ist schon tot. Die ist einer komischen Sekte beigetreten und wurde schließlich von einem Stäbchenmann umgebracht. Jetzt verrottet sie kalt unter der Gartenerde. Aiko war kurz davor, es auszusprechen, schluckte es aber herunter.

»Kennst du vielleicht die Frau, die diese Schuhe getragen hat?«

Aiko zog die alte Schuhschachtel aus ihrer Nylontasche. Die Schachtel war eingedrückt, der Deckel eingerissen, und gegen den dunkel werdenden Himmel nahmen die Schuhe eine diffuse Farbe an. Während Kotetsu auf einem Stück Aal herumkaute, schüttelte er den Kopf.

»Als Aushilfe war ich lange dafür zuständig, die Schuhe der Gäste zu verwahren. Um die Langeweile zu vertreiben, habe ich oft darüber nachgedacht, welche Beziehung es zwischen den Schuhen und ihren Besitzern gibt. Hat der wohl Geld? Kann das ein willensstarker Typ sein? Aber mit Frauenschuhen kenne ich mich nicht aus. Diese Schuhe sehen allerdings erbärmlich aus. Die Frau, die sie getragen hat, hatte weder Geschmack noch Geld.«

Aiko erinnerte sich unwillkürlich an den Streit, den sie einmal im Sternenkinderhaus mit Sakura Inoue hatte, weil diese einige gehässige Bemerkungen über die Schuhe gemacht hatte. Aber es kam ihr nicht in den Sinn, Kotetsu umzubringen. Denn würde sie hier und jetzt den Radiergummi ansetzen, würde sie den Weg zu ihrem früheren Selbst nicht weiterverfolgen können.

»Onkel, zeig mir mal den Gameboy.«

Yasushi rieb sich heftig die Augen. Er schien müde zu sein, nachdem er die Gemüsesushi gegessen hatte.

»Morgen.«

»Dann sag mir wenigstens, welche Software du hast.«

Kotetsu, der offenbar gar nicht wusste, was Software ist, nickte einfach.

»Gut, gut, ich zeige dir mal das Zelt von innen. Das ist wirklich interessant.«

Gepackt von Neugier lief Yasushi hinter Kotetsu ins Zelt. Yasushi würde im Zelt wohl sofort einschlafen. Mit etwas Glück würde sich Kotetsu für einige Tage gut um ihn kümmern und ihn bei Laune halten. Denn die Belohnung winkte ja. Allerdings bestand die Gefahr, dass einer seiner Kumpane ihn verraten würde oder dass ein Streifenpolizist ihn entdeckte. Dann würde er verhaftet und der Kindesentführung angeklagt werden. Und dann würden sich die Verfolger ganz bestimmt auch ihr, die sie sich nach dem Nukarumi-Haus erkundigt hatte, an die Fersen heften. Davor musste sie schnell alles herausfinden: den Namen der Mutter. Und den Namen des wahren Verräters. Aiko packte die Schuhschachtel ein. Kotetsu schlug den Zelteingang auf und trat zu ihr. In der Hand hielt er eine Zwei-Liter-Plastikflasche, die mehr als zur Hälfte mit einer klaren Flüssigkeit gefüllt war.

»Isst du keine Sushi? Ich habe auch Schnaps.«

Das sind sicher doch bloß die Reste von aufgesammelten alten Flaschen. Aiko zuckte mit den Achseln.

»Nein danke. Übrigens, Onkelchen, wo stand eigentlich früher das Nukarumi-Haus?«

»Wenn du mich mal ranlässt, verrat ich's dir.«

Kotetsus Augen funkelten lüstern. Um Gottes willen, dieser Alte. Unwillkürlich kam Aiko das Gesicht von Adam in den Sinn. Weil er im Weg stand, musste er sterben. Aber der Sex mit ihm war gut. Das war schon ein bisschen schade. Während sie so dachte, schlug sie einen Deal vor.

»Für dieses Kind gibt's fünf Millionen. Die trete ich dir ab. Wie wär's?«

»In Ordnung.« Kotetsu nickte zögernd. »Da ist wohl nichts zu machen. Aber so beliebt wie hier bist du sonst nirgendwo mehr.«

Ohne darauf einzugehen, drängte Aiko auf eine schnelle Antwort.

»Wenn du hier am Fluss entlanggehst, kommt irgendwann eine Ampel. Da musst du dann nach rechts und an der nächsten Ecke gleich wieder nach links. Dort gibt es eine Reinigung, die ›Life‹ heißt. Der Betreiber ist ein ganz durchtriebener Bursche. In dem Moment, wo das Umigikuya zusammengebrochen ist, hat er dort seinen Laden aufgebaut. Vorher war er Stammkunde bei Nukarumi. Da muss wohl irgendeine krumme Sache gelaufen sein.«

»Wie heißt der Mann?«

»Sasaki.«

Aiko ging entlang des Sumidaflusses flussaufwärts. Life. Dort, wo sich früher das Nukarumi-Haus befunden hatte, stand jetzt ein langes und schmales vierstöckiges Gebäude. Im Parterre war tatsächlich eine große Reinigung. Vor dem Laden parkten zwei Lieferwagen, und das Innere war von Neonröhren hell erleuchtet. Das Geschäft schien zu florieren. Ein alter Mann schimpfte mit einer Frau mittleren Alters, die eine Schürze trug. Die Frau ließ den Kopf hängen. War dieser alte Mann Sasaki? Vielleicht weiß er, wer meine Mutter ist, wenn ich ihn frage? So ist es also, wenn man nach seinen Wurzeln sucht. Eigentlich doch ganz normal. Aiko wurde von einer bisher nie zuvor verspürten Freude und Erregung ergriffen.

9. Kapitel

Einem Mann darfst du niemals dein Leben anvertrauen

Masayo Sasaki war die Frau des Besitzers der Reinigung Life. Sie wurde von der Arbeit im Familienbetrieb und im Haushalt völlig erdrückt, und so ermahnte sie ihre einzige Tochter Sayaka einst heimlich mit den Worten:

»Einem Mann darfst du niemals dein Leben anvertrauen. Wenn du nicht deinen eigenen Weg gehst, dann wirst du so werden wie deine Mutter.«

»Warum?«

Auf die Frage der kleinen Sayaka wies Masayo auf den Vater, der im Laden arbeitete.

»Schau dir deinen Vater an.«

Sayaka schaute artig in die Richtung ihres Vaters und legte wie immer den Kopf schief. Ihr Vater Nobuo und dessen Bruder Yorio waren eineiige Zwillinge, die sich so ähnlich waren, dass selbst die eigene Tochter sie nicht unterscheiden konnte.

»Welcher ist denn mein Vater?«

»Tja, das ist eigentlich ganz egal.«

Masayos Unzufriedenheit beruhte darauf, dass Life als Familienbetrieb geführt wurde. Wenn es so wäre, dass sie als Ehepaar im Zentrum des Geschäftes stünden, dann würde es sich lohnen, dann hätte alles seinen Sinn. Aber weil Nobuos Bruder und Verwandtschaft mit größter Selbstverständlichkeit gehörig mitmischten, war es weder finanziell interessant noch hatte es sonst irgendwelche positiven Seiten. Ewig die Zuarbeiterin, Aushilfe und das Mädchen für alles zu sein, das war Masayos Schicksal.

Nobuo und Yorio glichen sich in jeder Hinsicht, in den Gesichtszügen, in der Körperhaltung, in der Stimme und in der Sprechweise. Wie ein Ei dem anderen. Alle Leute, die sahen, wie sie in der gleichen Arbeitskleidung, mit den gleichen schwarzen Brillengestellen und mit der gleichen Gestik umherliefen, wurden von leichtem Schwindel erfasst. Als würden die Brüder zusammenhängen wie die Vereinigung ihrer Namen zu »NobuYori«, so ähnelte sich auch ihr Geschmack in der Freizeitkleidung. Wenn Nobuo zum karierten Hemd eine graue Hose trug, dann trug Yorio ein andersfarbig kariertes Hemd mit schwarzer Hose. Hätte es wenigstens irgendwelche Besonderheiten in ihren Gesichtern gegeben, aber es gab nicht nur dort keine Unterscheidungsmerkmale, auch ihr Essensgeschmack war derselbe, und sie ähnelten sich sogar in der Art, wie sie dicker wurden. Die für die Zustellung an die Kunden beschäftigten Fahrer pflegten sie sogar heimlich Kim Yong Il Nr. 1 und Kim Yong Il Nr. 2 zu nennen. Nur wer die Nr. 1 und wer die Nr. 2 war, das konnte niemand unterscheiden.

Wenn man ganz genau hinsah, konnte man vermuten, dass der, der da vor einem Gestell stand und eifrig Flecken entfernte, Nobuo war, während es sich bei dem, der sich in die Bügelarbeit stürzte, um Yorio handelte. Aber manchmal wechselten sie auch die Positionen, so dass es nicht sicher war. Masayo ging es unter die Haut, wenn sie ihren Mann mit »Nobuo« ansprach wollte und dann ein missmutiges »Ich bin Yorio« zurückbekam. Denn sie konnte noch nicht einmal wissen, ob es wahr oder falsch war. Der Mann, den sie geheiratet hatte, sollte eigentlich Nobuo Sasaki, Inhaber einer Reinigung, sein. War es nicht Vertragsbruch, wenn da eines Tages ein vollkommener Doppelgänger auftauchte?

Zu der Zeit, als das Ehebündnis vereinbart wurde, hatte Yorio längst das Haus verlassen. Es wurde Masayo auch nicht mitgeteilt, dass Nobuo einen Zwillingsbruder hatte. Masayo, die in einem Brauhaus in Ryōgoku als Kellnerin arbeitete, bekam schon kurz nachdem sie Nobuo kennengelernt hatte, einen Heiratsantrag. Nobuo arbeitete als Angestellter einer Reinigung, wollte aber einen eigenen Laden aufmachen, weil er ein schönes Baugrundstück dafür gefunden hatte. Deswegen suche ich schnell eine Ehepartnerin, und ich denke, du bist genau richtig. Lass uns unbedingt heiraten. So hörte sich sein Antrag an.

Ohne vorsichtig und klug zu hinterfragen, was denn an ihr genau richtig sein sollte, machte sich Masayo zunächst auf den Weg, das Grundstück zu begutachten. Auch wenn das Gebäude darauf, ein altes Gasthaus namens Umigikuya, vollkommen heruntergekommen war, so mochte der Grund und Boden eine Fläche von fast zweihundert Quadratmetern haben. Da verliebte sich Masayo dann blindlings in Nobuo und nahm seinen Antrag an. Natürlich war es nicht Nobuo, in den sich Masayo verliebt hatte, sondern das zweihundert Quadratmeter große Grundstück.

Deshalb hätte Masayo, als sie Sayaka ihre Predigt hielt, eigentlich sagen müssen: Einem Grundstück darfst du niemals dein Leben anvertrauen. Aber Masayo hatte die eigene Gier längst vergessen und hegte ihren Groll gegen den Zwillingsbruder. Hatte man nicht vielleicht Yorios Abwesenheit arrangiert, weil sie der Heirat nicht zugestimmt hätte, wenn von Anfang an die Rede davon gewesen wäre, dass zwei Männer das Geschäft betreiben?

Masayo war zu Ohren gekommen, Yorio hätte das Haus verlassen, um das Leben auch einmal unabhängig von seinem Bruder Nobuo kennenzulernen. Aber als sie erlebte, wie Yorio nach bloß einem Jahr Lehre in einer Reinigung in Nagoya an den Herd von Nobuo zurückkehrte, konnte sie daraus nur schließen, dass alles ein abgekartetes Spiel war.

An dem Tag, an dem Yorio aus heiterem Himmel auftauchte, war Masayo höchst überrascht. Sie war frisch verheiratet, und da standen plötzlich zwei Ehemänner vor ihr. Ein unheimliches Gefühl. Und während sie die beiden immer wieder verwechselte, wurde Masayo die Existenz der Zwillinge mehr und mehr zuwider. Hinzu kam, dass sich der bisher ruhige Nobuo nach Yorios Rückkehr in einen vollkommenen Haustyrannen verwandelte, der Masayo willkürlich herumkommandierte. Yorio, der die gleichen Charaktereigenschaften hatte, stand ihm da in nichts nach. Masayo begann, wirklichen Abscheu für ihren Mann und dessen Bruder zu entwickeln.

Es dauerte nicht lange, bis Masayo das Gefühl hatte, die Ehefrau beider Männer geworden zu sein. Sie putzte, kochte und richtete alles für zwei Personen. Auch Yorio nahm sich heraus, sie zurechtzuweisen und für kleine Aufträge zu missbrauchen. Aus Angst, sie könne auch in dieser Hinsicht die Dienerin zweier Herren sein, nahm Masayo die Geburt von Sayaka zum Anlass, sich ihr eigenes Schlafzimmer einzurichten. Aber den Brüdern war das offenbar völlig egal, und sie machten einfach weiter damit, Masayo herumzukommandieren und sich ganz dem Geldverdienen zu verschreiben. Als wenn der Teil »Ehefrau« durch die Person Masayo bereits hinreichend abgedeckt wäre, war Yorio mit seinen heute dreiundsechzig Jahren dann auch immer noch unverheiratet. Welche Unverschämtheit, empörte sich Masayo.

Sayaka, die die wiederholte Warnung ihrer Mutter vor den Männern verinnerlicht haben sollte, hat dann auch tatsächlich keinem Mann ihr Leben anvertraut. Denn sie war eine derartig nichtsnutzige Tochter, dass sie von den Männern gemieden wurde und gar keine Gelegenheit hatte, sich jemals einem von ihnen anzuvertrauen. In der Schulzeit hatte sie sich zur Aufbesserung des Taschengeldes zahllosen unsittlichen Beziehungen hingegeben; und während ihr Schulabschluss auf der Kippe stand, wurde sie schwanger und eine ledige Mutter. Denn in Anbetracht der Vielzahl ihrer Partner war der Vater nicht auszumachen.

Heute, mit achtundzwanzig Jahren, wohnte Sayaka mit ihrer Tochter Michika, die zur Grundschule ging, nach wie vor zu Hause und machte Spätschicht an der Kundentheke der Reinigung. Aber auch bei der Arbeit war sie schlampig, entzog sich der Kontrolle von Eltern und Onkel und trödelte herum. Gerade vor einigen Tagen hatte sie in einem Chanel-Anzug, den eine Kundin in die Reinigung gegeben hatte, an einer Elternversammlung in der Schule teilgenommen. Das sprang der Kundin, deren Kind zufällig dieselbe Schule besuchte, ins Auge, und es folgte ein heftiger Beschwerdeanruf. Beschwerden entgegenzunehmen, sich dumm zu stellen, sich zu entschuldigen und alles Weitere zu richten, war dann wiederum die Aufgabe von Masayo. Wenn es unangenehm wurde, versteckten sich Nobuo und Yorio in den Tiefen der Reinigung und ließen sich nicht blicken.

Und es gab noch eine weitere Verwandte, die ihre Finger mit im Familienunternehmen hatte – Shizuko, eine Cousine der Zwillingsbrüder. Sie mochte die Siebzig schon längst überschritten haben, aber ihr genaues Alter war nicht bekannt. Wenn Masayo einmal wie nebenbei nachfragte, erntete sie bloß ein nichts sagendes Lachen. Bei allen möglichen Gelegenheiten rühmte sich Shizuko, als junge Frau in der Kimonoabteilung des Nobelkaufhauses Mitsukoshi gearbeitet zu haben. Ihr mittlerweile schütteres Haar hatte sie violett gefärbt, und auch im Haus lief sie mit knallrotem Lippenstift auf dem spitzen Mund herum. Sicherlich bemühte sie sich in Sprache und Gebärden um Vornehmheit, aber wie sie von Nobuo, Yorio oder Sayaka Zigaretten schnorrte, ohne sich selbst welche zu kaufen, wie sie aus dem Kühlschrank in Masayos Wohnung Lebensmittel stahl und wie sie Kleider, die von Kunden nicht mehr abgeholt wurden, einfach im Second-Hand-Shop um die Ecke verscherbelte und sich das Geld einsteckte, das waren schon genügend Zeichen für ihren außerordentlichen Geiz.

Es war vor zwölf Jahren, als Shizuko in den Haushalt von Life einzog. Da sie keine näheren Verwandten hätte, so hieß es, hätte sie das Grundstück, auf dem die Reinigung stand, an Nobuo übertragen und dafür das Versprechen erhalten, dort mit wohnen zu dürfen. Auch das hatte Masayo zum ersten Mal gehört. Das Grundstück, das Nobuo ihr vor der Hochzeit gezeigt hatte, war also auf Shizuko eingetragen gewesen. Ohne die Grundstückspapiere oder sonst irgendetwas zu überprüfen, hatte sie den trotz seiner Jugend anscheinend so tüchtigen Nobuo bewundert. Wie dämlich sie doch gewesen war. So dachte Masayo immer wieder. Wenn sie gewusst hätte, dass sie auch noch für die Altenpflege dieser merkwürdigen Oma Shizuko zuständig sein würde, dann hätte sie niemals geheiratet.

Als das Gebäude vor fünf Jahren neu errichtet wurde, hatte Shizuko darauf bestanden, dass ihr als Eigentümerin des Grundstücks der beste Wohnraum zustünde. So erhielt sie die oberste Etage mit eigenem Bad. Damit war Masayos Vorhaben zunichte, ganz oben im dritten Stock Sayaka und deren Tochter Michika wohnen zu lassen. Schließlich gab es dann eine etwas ungleichgewichtige Raumaufteilung, indem unten im Parterre das Geschäft und der Reinigungsbetrieb eingerichtet wurden, der erste Stock als Lager und Wohnraum für Yorio dienten, während die vierköpfige Familie von Nobuo, Masayo, Sayaka und Michika mit dem zweiten Stock vorlieb nehmen musste. Zu allem Überfluss wurde dann noch für die alte Shizuko hastig ein Aufzug installiert, was ebenfalls zu einer erheblichen Überschreitung des Budgets führte. Masayo, die sich eigentlich auf die Neuerrichtung des Gebäudes gefreut hatte, hegte nun auch gegen Shizuko einen tiefen Groll. War es denn nicht so, dass sie von den Gebrüdern Nobuo und Yorio sowie von Shizuko heimtückisch hintergangen worden war, oder mit anderen Worten als Ehefrau ausgewählt worden war, um die Rolle der Haussklavin zu spielen?

Shizuko pflegte einen Lebensstil von Müßiggang und Herablassung. Den lieben langen Tag saß sie in ihrem geräumigen Zimmer vor dem Fernseher oder blätterte in Frauenzeitschriften. Am Familiengeschäft beteiligte sie sich nur, wenn es um die Feststellung des Umsatzes ging. Abends um neun, wenn die Kasse geschlossen wurde, tauchte sie im Laden auf, und während sie die Zahlen prüfte, machte sie sich mit ihrer krakeligen Handschrift Notizen. Denn Nobuo hatte ihr das Versprechen gegeben, monatlich zehn Prozent vom Umsatz als Pacht an sie abzuführen. Es war Masayo, die den monatlichen Umsatz berechnete, und zu Beginn übergab sie ordentlich die Pachtsumme. Aber als ihr dämmerte, dass Shizukos Rechenkünste noch unter denen von Sayaka mit deren bemerkenswert schlechten Leistungen im Mathematikunterricht lagen, fing sie langsam an, die Zahlen in geeigneter Form zu manipulieren. Shizuko merkte es nicht. Das nahm Masayo zwar dankbar zur Kenntnis, aber sie dachte sich, dass Shizukos Vorleben als Angestellte bei Mitsukoshi damit als reine Lüge entlarvt war. Shizuko beschwerte sich auch, wenn eine von Masayo zubereitete Mahlzeit angeblich nicht ausreichend gewürzt war, oder sie ließ sich während des Abendessens auf einen ernsthaften Streit um den Fernsehkanal mit der kleinen Michika ein. Daher ging Masayo Nobuo einmal ärgerlich an:

»Warum verhält sich Shizuko eigentlich so anmaßend?«

Nobuo jedoch zog lediglich seinen Stiernacken ein. Masayo, die darauf gefasst war, mit einem »Halt deinen Mund« abgefertigt zu werden, empfand Nobuos Schweigen als außerordentlich merkwürdig. Auch der gegenüber Masayo immer auftrumpfende Yorio äußerte sich nicht. Was ist Shizuko bloß für eine Person, irgendwann sollte sie es herausfinden. Mit von Tag zu Tag wachsender Erbitterung machte sich Masayo an die Erkundung von Shizukos Vorleben.

Eines Tages, Masayo stand zur Mittagszeit gerade im Laden, brachte eine ihr bekannte Kundin eine Schuluniform vorbei. Die Frau zeigte nach oben und sagte:

»Ich dachte, dass die Frau, die dort oben im dritten Stock wohnt, Yorios Frau sei. Ich war überrascht zu hören, es sei eine Verwandte.«

»So? Warum das denn?«

»Nun, die beiden gehen doch immer zusammen Pachinko spielen. Oder ist das vielleicht Ihr Gatte? Die beiden sind sich ja so ähnlich, dass man sie überhaupt nicht unterscheiden kann.«

Um ihre hervorstehenden Zähne zu verbergen, hielt sich die Frau beim Lachen die Hand vor den Mund. Aber in ihren Augen leuchtete etwas, was auch Masayo empfand: Neugier. Ganz nonchalant ließ sich Masayo darauf ein.

»Ach, das ist eigentlich egal. Die beiden sind wie ein und dieselbe Person.«

»Ja wirklich, total gleich. Das ist schon selten. Wenn man sich so ähnlich sieht, brauchte man sich eigentlich nicht auch noch um gleiches Aussehen zu bemühen.«

Plötzlich stieg ein Verdacht in Masayo auf. War es nicht vielleicht so, dass Nobuo und Yorio absichtlich ihre Ähnlichkeit zur Schau stellten? Einfach, um sich Vorteile zu verschaffen und weil es bequem war? Wenn einer von ihnen angegriffen wurde, konnte er es auf den anderen schieben, und da die beiden nicht unterscheidbar waren, trauten sich weder die Angestellten noch die Familie an sie heran. Was für eine verschlagene Bande, dachte Masayo voller Abscheu.

»Geht es Ihnen nicht gut, Frau Sasaki?«

Nachdem sie die fettig glänzende Uniform in den hinteren Korb gestopft hatte, musste sie wohl tief in Gedanken versunken sein. Denn vor Masayos Augen schwenkte plötzlich eine Hand hin und her.

»Oh Entschuldigung, ich musste gerade über etwas nachdenken.«

»Sie arbeiten zu viel, Frau Sasaki. In letzter Zeit sind Sie auch ganz mager geworden.«

Die dicke Hausfrau betrachtete Masayo neidisch von oben bis unten. Tatsächlich war Masayo total erschöpft. Warum musste sie, die auf die sechzig zuging, beständig so unter Strom stehen? Vor sechs Uhr aufstehen und für alle das Frühstück zubereiten, die Enkelin Michika für die Schule fertig machen und vor der Öffnung das Geschäft putzen. Wenn die Hilfskraft kam, konnte sie die Kundentheke übergeben und sich schließlich nach oben begeben: zur Hausarbeit. Putzen und Wäsche waschen, Vorbereitung für das Mittagessen und Aufräumen. Nachmittags wieder ins Geschäft und die Kunden bedienen. Später Übergabe an Sayaka, einkaufen gehen und nach der Rückkehr gleich Vorbereitung des Abendessens. Es gab nicht die geringste Gelegenheit zu einer Pause. Weil der Laden bis neun Uhr abends geöffnet hatte, musste sie dann vor neun wieder herunterkommen und die Kasse schließen. In der Zwischenzeit war die Wäsche zu sortieren, die fertig gereinigten Kleider mussten mit Plastikhüllen überzogen und die Löhne der Hilfskräfte abgerechnet werden. Eine einzige Hetze. Es lag doch an Yorio, an Shizuko, an ihrer Tochter und Enkeltochter, dass sie so überlastet war. Mit einem Mal stieg Wut in ihr hoch. Sayaka war zwar ihre leibliche Tochter, aber sie war eine Faulenzerin. Hausarbeit und Kindererziehung überließ sie Masayo.

»Um noch einmal auf das Thema von eben zurückzukommen«, setzte die Frau wieder an, »tatsächlich hat es eine Nachbarin gesehen. Ein Mann wie Yorio ist mit der Frau vom dritten Stock Arm in Arm herumgelaufen. Vielleicht rede ich ja zuviel, Frau Sasaki, aber tut man denn so etwas unter Verwandten? Doch wohl kaum. Deswegen war ich ganz sicher, dass es sich bei den beiden um ein Ehepaar handelt.«

»Ja, aber Shizuko hat doch schon längst die siebzig überschritten.«

»Na und? Frauen können es doch, bis sie zu Asche zerfallen. Ihre Ehemänner sind doch auch schon über sechzig. Es sind doch alle praktisch im selben Alter.«

Masayo nickte unvermittelt. Da war etwas dran. Sie hatte das Gefühl, dass die Zurückhaltung, mit der die Brüder Shizuko behandelten, nicht nur mit der Pacht des Grundstücks zusammenhing. Dass die Zwillinge so sehr auf ein gleiches Aussehen bedacht waren, hatte vielleicht auch etwas mit Shizuko zu tun. Was war diese Frau bloß für ein Mensch? Masayo nahm sich einmal mehr fest vor, es demnächst beim Putzen durch einen heimlichen Blick in ein Fotoalbum oder sonst wie herauszufinden.

Die Chance dazu kam unerwartet schnell. Denn wenige Tage später machte sich Shizuko nach Asakusa auf, weil sie plötzlich Appetit auf Tempura bekam. Die anderen arbeiteten am

Vormittag im Laden, während Sayaka zum Volleyball gegangen war.

Mit den Putzgeräten fuhr Masayo im Aufzug in den dritten Stock. Shizukos Wohnung bestand aus zwei Räumen, einem hellen Wohnzimmer und einem Schlafzimmer. Diese Wohnung war die schönste in dem ganzen Gebäude.

»Das gibt's doch gar nicht, was für eine Frechheit.«

Masayo erhob die Stimme. Im Papierkorb hatte sie eine Familienpackung Schokoladeneis gefunden, die sie gekauft und ins Gefrierfach gelegt hatte. Gerade gestern Abend, als sie danach gesucht, sie aber nicht gefunden hatte, hatte sie dafür ihre Enkelin Michika ausgeschimpft. Shizuko, die ebenfalls mit am Esstisch saß, blickte währenddessen mit harmloser Miene auf den Fernseher. Masayo wurde wütend, und während sie mit aller Energie Türleisten und Vorhänge abstaubte, schaute sie in alle Ecken, um Shizukos Geheimnis auf die Spur zu kommen.

Sie war schon oft zum Putzen heraufgekommen, aber natürlich hatte sie nie einen Blick in die Schubladen und Schränke geworfen. Doch heute sei es gestattet. Kurz entschlossen öffnete sie die Schubladen der Kommode. Die waren mit billigen, grellen Kleidern vollgestopft, die bestimmt nicht aus der Kimonoabteilung von Mitsukoshi stammten.

Auf dem Tisch neben dem Bett war achtlos ein Brief in einem billigen Umschlag abgelegt worden. Ja genau, vor ein paar Tagen hatte Shizuko einen Brief erhalten. Daran konnte sich Masayo erinnern, denn sie hatte ihn vom Postboten entgegengenommen und an Shizuko, die gerade Pachinko spielen gehen wollte, übergeben. Wie seltsam, dachte sie noch, wo doch Shizuko sonst kaum Anrufe oder Briefe erhielt. Masayo drehte den Umschlag um und betrachtete die Rückseite. Der Absender war eine gewisse Numa-Gesellschaft. Zögernd öffnete Masayo den Umschlag. Darin befand sich die Kopie eines handgeschriebenen Rundschreibens sowie ein Brief, der offenbar von der gleichen Person verfasst worden war. Bei der Kopie schien es sich um die Mitteilung eines Vereins zu handeln:

Der Ehemaligenverein des Nukarumi-Hauses
Mitteilung über die 3. Vollversammlung der Numa-Gesellschaft

Hallo, Ihr Lieben, wie geht es Euch? Ich möchte Euch über die alle zwei Jahre stattfindende Vollversammlung der Numa-Gesellschaft informieren. Die Mitgliederzahl ist um eine oder zwei Personen geschrumpft. Dieses Jahr haben wir die Spur von Emi, unserer alten Nummer eins, verloren. Falls jemand weiß, wo sie verblieben ist, bitte ich um Nachricht.
Aber es gibt auch etwas Erfreuliches zu berichten. Wir haben Yukari, unsere große Schwester im Nukarumi-Haus, wiedergefunden. Ich habe ihr diese Mitteilung geschickt, damit sie dieses Jahr teilnehmen kann. Ihr könnt sie alle wiedersehen! Bitte erscheint so zahlreich wie möglich. Wir treffen uns Samstag, den 24. April ab zwölf Uhr im Daikokuten in Asakusa. Dieses alte japanische Gasthaus ist berühmt für seine Tempura. Der Unkostenbeitrag beträgt 3000 Yen, alkoholische Getränke bitte selber mitbringen.

Was ist denn wohl das Nukarumi-Haus? Immer wieder las Masayo die Kopie, aber sie konnte sich keinen Reim darauf machen. Egal, jedenfalls schien es sich um eine Vereinigung von Leuten zu handeln, die früher einer fragwürdigen Beschäftigung nachgegangen waren. »Nummer eins« klang nach einem Cabaret-Club oder etwas Ähnlichem. Masayo, die es unbedingt wissen wollte, las nun auch den privaten Brief, diesmal ohne zu zögern.

Liebe Shizuko Kawada, oder besser, liebe Yukari,

wie schön, dass wir Dich gefunden haben. Man hört, dass Du ein elegantes Leben im Stile einer großen Hausherrin führst. Und das, obwohl Du doch die Älteste im Nukarumi-Haus warst. Das Leben schreibt eben die merkwürdigsten Geschichten.
Übrigens, erinnerst Du Dich? An den Tag, an dem Mutter durch den Autounfall ums Leben gekommen ist? Ein trockener Wind pfiff durch die Straßen, und es war ein kalter Dezember. Dieses Jahr ist ihr fünfunddreißigster Todestag, doch niemand erinnert sich mehr an das genaue Datum. Weißt Du es vielleicht noch, wo Du doch so ein gutes Verhältnis zu Mutter hattest? Wir alle haben schon längst das Alter von Mutter überschritten und sind alte Frauen geworden, nicht wahr? Wie schnell doch die Zeit vergeht. Damit wir uns gebührend an die Zeit im Nukarumi-Haus erinnern, haben wir die Numa-Gesellschaft gegründet. Anbei übersende ich Dir die entsprechende Mitteilung. Es freut uns wirklich, dass Du teilnehmen kannst.
Um es ehrlich zu sagen: Es ist unter den Mitgliedern der Numa-Gesellschaft ein Verdacht aufgekommen. Es ist ja bekannt, dass nach Mutters Tod die Papiere des Umigikuya-Grundstücks verschwunden sind. Nun wundern sich alle, warum Du in dem Haus wohnst, das später dort gebaut wurde. Wir bitten Dich, unbedingt teilzunehmen, damit Du uns bei dieser Frage weiterhelfen kannst. Solltest Du nicht teilnehmen können und solltest Du uns nicht darüber informieren, dann wird es Dir leidtun.

Yasu Kawabata (Michi)
Koordinatorin der Numa-Gesellschaft

Schockiert steckte Masayo den Brief in den Umschlag zurück. Jetzt war klar, dass Shizuko heute an der Veranstaltung der Numa-Gesellschaft teilnahm. Masayo zerbrach sich den Kopf, worum es sich bei dem Nukarumi-Haus handeln mochte. In ihrem Hinterkopf tauchte das Bild des alten japanischen Gasthauses auf, das sie vor ihrer Hochzeit gesehen hatte: Umigikuya. Das alles konnte nur bedeuten, dass sich Shizuko das Grundstück durch unlautere Mittel angeeignet hatte. Auch die Mitglieder der Numa-Gesellschaft wollten es nun genau wissen. Welche Beziehung aber hatten Nobuo oder Yorio zu Shizukos Machenschaften? Masako schwankte, räumte ihre Putzutensilien zusammen und begab sich ins Parterre. Nobuo widmete sich gerade seiner Lieblingsbeschäftigung, der Fleckenentfernung.

»Sag mal, kann ich dich was fragen?«

Vielleicht verwechselte Masayo ihn mit Yorio, aber das war egal. Glücklicherweise schien es aber Nobuo zu sein, und ihr Mann hob seinen Kopf.

»Jetzt nicht. Siehst du denn nicht? Ein alter Fleck einer Blutung. Der ist hartnäckig.«

Nobuo gab Fleckenentferner auf den Stoff, den er auf das Gestell gespannt hatte. Na sieh mal einer an, er verschwindet, jawoll, flüsterte er, und Freude machte sich auf seinem Gesicht breit.

»Gut, dann frage ich eben Yorio.«

Yorio durchsuchte gerade die Taschen eines Jacketts. Verärgert fischte er ein altes Feuerzeug heraus. Die Taschen zu überprüfen war Aufgabe der Kundentheke.

»Masayo, ist das nicht ein Feuerzeug?«

Normalerweise hätte Masayo sich für ihr Versäumnis entschuldigt, aber diesmal fragte sie unbeirrt:

»Yorio, was ist das Nukarumi-Haus?«

Sowohl Nobuo als auch Yorio gefroren die Gesichtszüge. Mit

starrer Miene blickten sie zu Boden. Selbst diese Reaktion war bei beiden genau gleich.

»Ich habe gehört, dass Shizuko früher dort gewesen ist. Welche Bewandnis hat es mit diesem Gasthaus?«

»Ich habe keine Ahnung«, riefen beide fast gleichzeitig aus.

»Dass Shizuko früher bei Mitsukoshi gearbeitet hat, ist ja wohl eine dreiste Lüge. Wie habt ihr sie eigentlich kennengelernt? Dass sie eure Cousine ist, ist auch gelogen. Ihr seid doch bestimmt Kunden im Nukarumi-Haus gewesen. Und da sicher intim mit Shizuko.«

Die Blicke nach unten gerichtet, gaben die Männer vor, sich wieder auf ihre Arbeit zu konzentrieren, und antworteten nicht. Masayo verspürte plötzlich eine große Leere in sich. Weil ihr eigener Mann mit seinem Bruder ein Reinigungsgeschäft eröffnen wollte, hat er ein Auge auf Shizukos Grundstückspapiere geworfen. Oder er wurde dazu verleitet, und zu dritt haben sie dann alles ausgeheckt. War es nicht so? Und war das nicht der Grund, warum sie sich so abplagen musste?

»Da war überhaupt nichts. Jetzt hör auf, dummes Zeug zu denken. Geh wieder nach oben und mach deine Arbeit!«

Mit starrem Gesicht ließ Nobuo Dampf aus einer Düse strömen.

»Du kannst mir viel erzählen, aber …« Jetzt wollte Masayo endlich die Gelegenheit ergreifen, zu sagen, was sie sagen wollte, und holte tief Luft. »Das Nukarumi-Haus …«

Aber gerade in diesem Augenblick kam mit einem lauten Hallo und die Tasche fröhlich schwenkend Michika in das Geschäft herein. An der Hand hatte sie einen kleinen Jungen. Er war drei oder vier Jahre alt und hatte offenbar bis zur völligen Erschöpfung geweint. Seine Augen waren geschwollen, und er hielt den Kopf gesenkt. Sein weißes Hemd war verdreckt, die kurze Hose hing schlampig herunter, und der Reißverschluss stand offen.

»Auf dem Rückweg von der Schule habe ich ein Kind gefunden«, sagte Michika aufgeregt. »Der Kleine stand am Flussweg und weinte. Alle haben ihm über den Kopf gestreichelt und ihn getröstet, aber er hat gar nicht aufgehört zu weinen. Da habe ich ihn mitgenommen. Ich wollte doch schon immer ein Brüderchen haben. Willst du nicht in unserem Haus wohnen, habe ich gefragt, und er hat ja gesagt. Darf er mit uns zusammen wohnen?«

»Jetzt reicht's!«

Masayo verlor die Beherrschung und brüllte ihre Enkelin an. Michika erstarrte vor Schreck und Verblüffung. Dann knallte sie ihre Tasche auf den Boden, und mit einem »Na gut, dann eben nicht« rannte sie nach draußen zum Spielen. Kaum war Michika weg, heulte der Junge wieder los. Oh nein, noch ein Problem. Sorgenvoll betrachtete Masayo das Kind. Froh, dem Verhör durch Masayo entgangen zu sein, begaben sich Nobuo und Yorio zurück an ihre Plätze und versanken gleich wieder in ihre Arbeit. Masayo seufzte. Vielleicht war das Leben ohne überflüssige Nachforschungen leichter. Sie hatte den Mut verloren. Wenn sie doch nur leben könnte, ohne etwas mit Shizukos Vergangenheit zu tun zu haben. Und sich dabei ein bisschen Freiheit sichern könnte. Ein bisschen Freiheit; wenn ihr das gelänge, wäre alles andere egal.

»Weil sie gesagt hat, dass ich die Mama treffen kann, bin ich mitgekommen, aber Mama war gar nicht da, und einen Gameboy gab' s auch nicht. Wo ich wohne, ist zwar kein Zelt, aber der böse Onkel hat gar keinen Gameboy, und Mama ist auch nicht da.«

Der Junge stammelte etwas und fing dann plötzlich wieder an zu schluchzen. Man verstand kein Wort von dem, was er sagte. Nobuo und Yorio reihten sich auf und hoben das Kinn.

»Lass uns schnell die Polizei anrufen.«

Mein Gott, sie sind so gleich. Masayo seufzte erneut und alarmierte die nahe gelegene Polizeistelle. Danach entstand ein mächtiger Rummel, und an Arbeit war nicht mehr zu denken. Es fuhren etliche Polizeiwagen vor, und ein Kriminalbeamter machte sich auf die Suche nach Michika, um sich ihre Geschichte anzuhören. Es hieß, es handele sich um ein Kind, das am Tag zuvor von einer Haushaltshilfe entführt worden war. Die Mutter kam eine Stunde später herbeigeeilt. Aber aus irgendwelchen Gründen waren da zwei Frauen, die sich als Mutter ausgaben. Die jüngere umklammerte weinend das Kind, ohne etwas von ihrer Umgebung wahrzunehmen. Die andere, auffällig ganz in Schwarz gekleidet, umkreiste weinend und schimpfend die Umklammerung der beiden. Was für ein Tumult.

»Vielen, vielen Dank. Dafür möchte ich mich in jeder Weise erkenntlich zeigen. Wenn Sie einen Wunsch haben, sagen Sie es bitte. Ich habe Ihnen mein Leben zu verdanken. Vielen Dank«, sagte die ältere der beiden Frauen.

Masayo hätte ihnen allen am liebsten mitgeteilt, dass sie nichts benötigte, und dass alle möglichst schnell nach Hause gehen sollten. Denn durch den ganzen Aufruhr war ein großer Berg von Arbeit liegen geblieben.

10. Kapitel

Die keine Heimat mehr haben

Hallo, Ihr Lieben,
wie geht es Euch allen? Seid Ihr gesund?
Ich bin es, Yasu Kawabata oder auch Michi, die Koordinatorin unserer Gesellschaft. Ich denke oft an Euch, die Kolleginnen im Nukarumi-Haus. Schön auch, dass vier von Euch in diesen hektischen Zeiten an der 3. Versammlung unserer Numa-Gesellschaft teilnehmen konnten.
Die meisten dürften mich kennen, aber obwohl unsere Gesellschaft mehr und mehr Mitglieder bekommt, gibt es immer noch viele, die bisher an keinem Treffen teilgenommen haben oder die gar nichts von sich hören ließen, obwohl sie die Rundbriefe erhalten haben. Deswegen möchte ich mich noch einmal kurz vorstellen. Ich würde mich wirklich freuen, wenn sich einige von Euch an mich erinnern könnten.
Ich war von 1963 bis 1968 im Nukarumi-Haus. Mein Spitzname lautete damals Michi. Den hatte ich natürlich von Mutter bekommen. Die Vorlage dafür hatte unsere Kronprinzessin Michiko gegeben, auch wenn das an Majestätsbeleidigung grenzen mochte. Michi mit der Dauerwelle; vielleicht erinnert Ihr Euch daran.
Mein richtiger Name ist Yasu Kawabata. Ich wurde in Bōshū geboren, aber wie Ihr wohl alle wisst, gibt es keine ehrbare Rückkehr in die Heimat für diejenigen, die einmal in un-

serem Gewerbe tätig waren. Auch ich bin nicht ein einziges Mal an meinen Geburtsort zurückgekehrt. Männer hatte ich wie Sand am Meer, aber geheiratet habe ich nie. So bin ich kinderlos und lebe von meiner Rente. Welch ein einsames Leben, möchte man denken, aber ich gehe jeden Tag in die Bibliothek, lese Bücher und verbringe so glücklich und zufrieden meine Tage.

Musstet Ihr nach der Auflösung des Nukarumi-Hauses viel durchmachen? Nein, ich glaube fest daran, dass Ihr starken Mädchen vom Nukarumi-Haus, wohin Ihr auch immer gegangen sein mögt, das Leben positiv gemeistert habt.

Da einige von Euch heute zum ersten Mal von mir hören, möchte ich noch einmal meinen Weg beschreiben. Nach der Auflösung wurde ich von der Betreiberin einer kleinen Bar in Urawa aufgelesen und habe lange als Hostess gearbeitet. Dann aber ließ ich mich mit dem Geliebten der Betreiberin ein und wurde dafür auf die Straße gesetzt. Anschließend habe ich mich auf die verschiedenste Art und Weise durchs Leben geschlagen.

Tatsache ist, dass man sich in völlig neue Situationen begeben muss, um sein unbekanntes Selbst zu ergründen. Meine Arbeitssuche wurde schließlich durch eine Anstellung in einem kleinen Werbebüro in Adachi von Erfolg gekrönt (dafür habe ich dessen sechzig Jahre alten Chef verführt). Eigentlich war ich für Hilfstätigkeiten im Büro vorgesehen, aber zu meiner eigenen Überraschung entwickelte ich Talent zum Schreiben, und so wurde ich als Werbetexterin eingesetzt.

Auf diese Weise habe ich zu mir selbst gefunden. Um Missverständnissen vorzubeugen: Ich erzähle das nicht, um damit anzugeben. Aber ich habe gehört, dass sich viele von Euch ihres Vorlebens als Prostituierte schämen. Ich wünsche mir dagegen, dass Ihr Mut und Stolz an den Tag legt.

Heute bin ich fünfundsechzig Jahre alt. Ein merkwürdiges Alter, in dem es noch zu früh ist, als alte Frau bezeichnet zu werden. Tatsächlich gibt es viele Leute, die sich noch für die Gesellschaft nützlich machen wollen. So auch ich. Ich habe mich deswegen in meinem Wohnort Tama beim Zentrum für Seniorenarbeit registrieren lassen. Ich möchte das Verfassen von Werbetexten und Essays sowie die Moderation von Festveranstaltungen und auch Rhetorik unterrichten.

Bis jetzt habe ich eine Karaokeveranstaltung in einem Altersheim geleitet und Artikel für eine kleine Stadtteilzeitung geschrieben. Ich habe gehört, dass sich auch viele von Euch bei Seniorenzentren registriert haben. Das gibt uns viel Gesprächsstoff für gemütliche Sitzungen in unserer Numa-Gesellschaft. Koordinatorin der Numa-Gesellschaft zu sein und mich um unsere Treffen zu kümmern, ist meine mir wichtigste Aufgabe.

Es ist schon lange her, seit ich den letzten Rundbrief verfasst habe, und es tut mir leid, dass die Vorrede so lang geworden ist. Ich möchte über die 3. Versammlung der Numa-Gesellschaft berichten, die vor einiger Zeit im Daikokuten in Asakusa stattgefunden hat.

In der Anlage findet Ihr die Satzung und das Mitgliederverzeichnis der Numa-Gesellschaft. Außerdem habe ich für diejenigen, die sich noch nicht als Mitglied registriert haben, eine Antwortkarte und einen Überweisungsvordruck beigefügt. Ich bitte um schnelle Rücksendung und Zahlung des Jahresbeitrags von 15 000 Yen. Die gleiche Bitte geht an diejenigen, die den Jahresbeitrag noch nicht entrichtet haben.

Nun, ich hatte es schon in der Einladung für unsere Versammlung geschrieben, aber leider haben wir die Spur von Emiko Ushiku (Emi) aus Yokosuka verloren. Das macht mir Sorgen, denn bis zum Frühjahr letzten Jahres stand die Ver-

bindung noch. Wer Genaueres weiß, möge bitte Bescheid sagen. Außerdem wissen wir nicht, was aus den folgenden Kolleginnen geworden ist. Auch hier bitte ich um Nachricht an mich, falls etwas bekannt ist.
Chiyo (mittelgroß und mittelschwer, mit Tohoku-Akzent), Erī (der Vater war ein schwarzer amerikanischer Soldat), Yoshie (der richtige Name lautete Yamada), Atchan (klein und mit Leberflecken an Backen und Kinn), Otohime (einmal geschieden, war schon fast vierzig?), Kikue (sie hatte Tuberkulose) und Maria (der Vater war aus der Mandschurei zurückgekehrt).
Also dann, soviel für heute, macht's gut.

Eure Yasu Kawabata

Numa-Gesellschaft (Der Ehemaligenverein des Nukarumi-Hauses)

Vereinszweck
- Vertiefung von Vertrauen und Freundschaft der Kolleginnen, die im Nukarumi-Haus (Umigikuya) gearbeitet haben. Das Nukarumi-Haus existierte bereits vor dem Antiprostitutionsgesetz und war ein Zeugnis der Entwicklung der Prostitution nach dem Krieg.
- Gedenken an Mutter und die verstorbenen Kolleginnen.
- Gegenseitige Unterstützung der Mitglieder, die auf ein hohes Alter zusteuern.
- Offener Erfahrungsaustausch über die vergangene (und gegenwärtige) Arbeit als Prostituierte; gemeinsame Überwindung des Traumas, sich des Vorlebens zu schämen und es zu verbergen.
- Suche nach Lebenssinn.

Satzung

- Mitglieder pflegen den gegenseitigen Kontakt mit Hilfe der Vereinsbeiträge. Der Jahresbeitrag wird auf 15 000 Yen festgesetzt.
- Eine Vollversammlung findet alle zwei Jahre statt. Informelle Treffen werden nicht festgelegt und können jederzeit auf Veranlassung der Mitglieder stattfinden.
- Es wird eine Koordinatorin ernannt.

Protokoll der 3. Vollversammlung der Numa-Gesellschaft

Zeit:	Samstag, den 24. April ab 12.00 Uhr
Ort:	Daikokuten in Asakusa nach Vorschlag von Gil
Teilnehmerinnen (5):	Shizuko Kawada (Yukari), Sumie Zenpukuji (Gil), Ineko Maeyama (Kayoko), Masuko Sanada (Tsuru), Yasu Kawabata (Michi)
Unkostenbeitrag:	3000 Yen pro Person (ohne alkoholische Getränke)

Im Folgenden werden die Eindrücke von Yasu Kawabata geschildert.

Es ist der 24. April. Ich bin früher als sonst aufgewacht und seit dem Morgen ganz aufgeregt. Heute findet die Versammlung des Nukarumi-Hauses statt. Heute habe ich die Gelegenheit, alle wiederzusehen. Mir pocht das Herz bis zum Hals wie einem kleinen Mädchen vor dem Schulausflug. Seit gestern Abend mache ich mir Sorgen um das Wetter und überlege mir, was ich anziehen werde – in diesem Alter eine seltene Angelegenheit.

Die Wettervorhersage ist genau eingetroffen, und seit dem Morgen scheint die Sonne. Weil die Temperaturen am Mittag bis auf fünfundzwanzig, sechsundzwanzig Grad steigen sollen, entscheide ich mich für leichte Kleidung. Es ist so warm, dass man sogar leicht schwitzt beim Laufen. Wie schön. Es scheint, dass wir bis hin zum Wetter gesegnet sind. Um zehn Uhr verlasse ich das Haus und besteige die Chuō-Linie.

Kurz nach elf Uhr komme ich im Daikokuten, unserem Versammlungsort, an. Wohl zu früh, denke ich, aber Gil und Kayoko stehen schon vor der Eingangstür des Restaurants. Gil hat sich mit einem kurzärmeligen weißen Rollkragenpullover und einem Rock mit kleinen Blumenmustern sehr hübsch gemacht. Nur die hautfarbenen Strümpfe über den Krampfadern sind weniger ansehnlich. Kayoko trägt ein graues Sweatshirt mit einem aufgestickten Hund und eine Stretch-Jeans. Es wirkt so jugendlich, dass ich lächeln muss.

»Michi! Wie geht es dir?«, ruft Gil, kaum dass sie mich sieht, und wir umarmen uns. Sie duftet dezent nach Eau de Cologne.

»Gut geht's mir. Und was ist mit euch?«

»Dem Kopf geht's gut, aber das hier …«, sagt Gil und zeigt auf ihre beiden Beine. Ihre Krampfadern würden sich von Jahr zu Jahr verschlimmern. Doch dann fügt sie triumphierend hinzu:

»Und trotzdem lasse ich es mir nicht nehmen, einen Rock zu tragen. Schließlich bin ich eine Frau!«

Gil ist fünfundsechzig Jahre alt. Nach dem Zusammenbruch des Nukarumi-Hauses hat sie sich in den Barvierteln von Kinshichō und Koiwa verdingt. Nach zwei Ehen hat sie drei Kinder und – man höre und staune – acht Enkelkinder. Man kann sie zu ihrem glücklichen Leben nur beglückwünschen.

Kayoko ist vierundsechzig Jahre alt und sagt noch heute, dass sie die Tage im Nukarumi-Haus in keiner guten Erinnerung hat.

»Weil ich nicht anziehend für die Gäste war, hatte ich auch nur ein geringes Einkommen. Da war ja Emi, die Nummer eins. Ich war damals so eifersüchtig, dass manche Gemeinheit auf mein Konto ging. Es tut mir wirklich leid, ich könnte heulen, wenn ich darüber nachdenke, was ich ihr alles angetan habe.«

Nachdem ich erzählt habe, dass wir den Kontakt zu Emi verloren haben, verdüstern sich die Gesichter der beiden.

»Das macht mir wirklich Sorgen. Am intensivsten muss ich immer an Emi denken. Ich mag sie geärgert und beleidigt haben, aber es war alles zwecklos. Ich konnte ihr einfach nicht das Wasser reichen und bin fast gestorben vor Neid. Noch heute träume ich manchmal von Emis hübschem Gesicht. Dann bitte ich sie immer um Verzeihung. In letzter Zeit träume ich sogar häufiger von ihr. Ob da wohl etwas passiert ist? Es macht mich ganz unruhig«, flüstert Kayoko und drückt dabei auf die Stickerei an ihrer Brust.

Ihr alle wisst, dass Emi nach der Ankündigung ihrer Heirat mit einem amerikanischen Soldaten das Nukarumi-Haus verlassen hat. Sie wurde Alkoholikerin und hat, soweit man hört, kein besonders glückliches Leben geführt. Ansonsten ist ja bekannt, dass sich Emi von einer Sekte, dem Sonnenzirkel, hat ködern lassen und dann versucht hat, mit allen aus dem Nukarumi-Haus in Kontakt zu treten, um uns ebenfalls anzuwerben.

»Wer kommt denn sonst noch heute? Ich kann's kaum erwarten.«

Voller Erwartung schaut Kayoko mich an. Zwar versteckt sie es hinter einer rosafarbenen Sonnenbrille, aber ihre Sehkraft verschlechtert sich zunehmend. »Das kommt daher, dass ich es in jungen Jahren übertrieben habe«, lacht sie. Als sie in den Dreißigern war, hatte sie aus unbekannten Gründen häufig hohes Fieber und konnte ihre Arbeit als Prostituierte nicht fortsetzen. Darauf ist sie für einige Zeit an ihren Geburtsort nach Fukushima zurückgekehrt. Aber auf dem elterlichen Bauernhof wurde sie bis aufs Blut schikaniert. Sie wurde aus dem Hauptgebäude vertrieben und musste in der Scheune schlafen. Man mag kaum glauben, dass es sich um eine Geschichte aus dem modernen Japan handelt. Kayoko glaubt, dass auch ihre Sehprobleme von der mangelhaften Ernährung in dieser Zeit herrühren. Vielleicht weil sie so schlimme Erfahrungen gemacht hat, ist sie heute eine Frau voller Mitgefühl und Großherzigkeit.

»Erinnert ihr euch an Tsuru?«

Auf meine Frage kreischt Gil auf:

»Ja natürlich! Mit der habe ich mich immer gut verstanden.«

Und da steht Tsuru auch schon vor uns. Zu einem sportlichen hellgrünen Jackett trägt sie eine beige Hose. Um den Hals hat sie ein scharlachrotes Tuch gebunden. Sie sieht schick aus. Im Vergleich zu früher ist sie ziemlich mollig geworden, so dass man sie auf den ersten Blick kaum wiedererkennen würde. Tsuru, die zum ersten Mal an einer Versammlung teilnimmt, begrüßt Gil und Kayoko unter Tränen.

»Ich wollte euch wirklich treffen. Es ist so lange her. Vielen Dank, Michi. Wenn du dich nicht so eingesetzt hättest, hätten wir uns nie wiedergesehen.«

Nun muss ich doch mitweinen. Die Leute vom Restaurant können offenbar nicht mehr länger mit ansehen, wie sich vier alte Frauen vor der Tür heulend in den Armen liegen, und bitten uns herein. Weil es zu früh ist, zögern wir ein wenig, aber der Chef bittet uns, im Tatamizimmer Platz zu nehmen, und schließlich lassen wir uns überreden. Wir bestellen Bier und fangen an zu plaudern.

»Ich betreibe ein kleines Lokal in Ikebukuro«, sagt Tsuru nicht ohne Stolz und streckt dabei ihren Rücken. Ihre gute Haltung ist trotz ihres üppigen Körpers völlig unverändert gegenüber früher. Es sind wohl einfach dreißig Kilo Glück dazugekommen!

»Das ist ja toll! Einen eigenen Laden aufzubauen, ist schon eine starke Leistung. Ich dagegen habe weder Familie noch Ersparnisse noch sonst irgendwas.«

Die stets gefühlvolle Kayoko wischt sich die Tränen aus den Augenwinkeln. Tsuru streicht ihr tröstend über den Rücken und zündet sich eine Zigarette an.

»Ach, das ist nichts Besonderes. Es sind bloß dreißig Quadratmeter.«

»Mit dreißig Quadratmetern ist es ein großer Laden. Unglaublich!«, sagt Gil anerkennend.

»Kayoko, was machst du denn eigentlich«, erkundigt sich Tsuru.

»Ich bin als Reinigungskraft in einem Krankenhaus angestellt«, antwortet Kayoko.

»Das ist doch ein prima Job.«

»Aber das geht bloß bis fünfundsechzig.«

Kayoko fängt schon wieder an zu weinen, und alle schauen betreten zu Boden.

»Übrigens, sind wir heute nur zu viert?«, wechselt Tsuru schnell das Thema. Ihre Ausdrucksweise ist energisch, wie es sich für die Betreiberin eines kleinen Restaurants gehört. Ich schaue auf meine Armbanduhr. Es ist fast zwölf Uhr.

»Ich habe euch doch erzählt, dass wir die Spur von Yukari wiedergefunden haben.«

Gil neigt ihren kleinen Kopf.

»Yukari, unsere große Schwester, nicht wahr? Damals war sie fast vierzig. Wie alt mag sie heute sein?«

»Vierundsiebzig oder fünfundsiebzig. Kommt sie?«, fragt Tsuru.

»Ich weiß es nicht. Eine Einladung habe ich ihr jedenfalls geschickt. Um euch die Wahrheit zu sagen: Sie wohnt heute da, wo früher das Nukarumi-Haus gestanden hat.«

»Wie bitte?«, rufen alle drei erstaunt aus. Da ich möchte, dass wir alle Bescheid wissen über die Sache, fange ich an zu erzählen.

Neulich habe ich den Ort, an dem das Nukarumi-Haus einstmals stand, besucht. Natürlich gibt es von unserem Bordell keine Spur mehr, und heute steht dort eine Reinigung, die sich chemische Reinigung Life nennt. Als ich durch ein Fenster hineinschaute, traf mich fast der Schlag: Denn da sah ich zwei Personen, die fast alle von uns als Kunden in intimster Erinnerung haben dürften. Es handelte sich um die Zwillinge, die Gebrüder Sasaki. Und da tauchte im Eingang noch eine weitere Person auf, eine alte Frau, die ich ebenfalls wiedererkannte. Ja, tatsächlich, es war Yukari. Was hatte das zu bedeuten? Das würde ich gerne von Yukari ganz persönlich erfahren, und so habe ich sie nachdrücklich um Teilnahme an unserer Versammlung gebeten.

Nachdem Mutter bei dem Verkehrsunfall ums Leben gekommen war, brach das Nukarumi-Haus zusammen. Allerdings sollte es als ihre Hinterlassenschaft an ihre Verwandten übertragen werden. Wie kann es dann sein, dass der Platz heute von zwei ehemaligen Freiern zusammen mit einer der Prostituierten eingenommen wird? Darüber die Wahrheit ans Licht zu bringen, empfinde ich als meine Pflicht. Falls das Grundstück niemandem gehören sollte, sollte es für die ehemaligen Kolleginnen zur Verfügung stehen, die sonst keine Bleibe haben.

»Das ist ja sehr merkwürdig. Der Sache sollte man auf den Grund gehen«, stimmt Gil zu. Kayoko nickt beständig, aber Tsuru braust auf.

»Das ist überhaupt nicht merkwürdig. Wir haben doch damals alle Mutters Nachlass sortiert. Aber Grundstückspapiere oder etwas Ähnliches haben wir nicht gefunden.«

»Niemand hatte jedoch die Pflicht, oder soll man sagen das Recht, sich wirklich darum zu kümmern. Eine nach der anderen sind wir auseinander gegangen. Das war dann das Ende des Nukarumi-Hauses.«

Auf meine Worte antwortet Tsuru nüchtern:

»Da war eben nichts zu machen. Ohne die energische alte Dame waren wir doch hilflos. Man mag ihr ja extremen Geiz oder Brutalität nachsagen, aber wenn Mutter den Laden nicht geschmissen hätte, wäre daraus nie etwas geworden. Sie hat die Gäste ausgewählt und die Mädchen zugeordnet; wenn sich jemand beschwerte, hat sie die Wogen geglättet, und sie hat ordnungsgemäß das Geld eingetrieben. Sie hat gewaschen, geputzt und sich um das Essen gekümmert. Mutter war in vielerlei Hinsicht sehr tüchtig.«

»Wo du das sagst, da gab es doch auch ein Kind. Was wohl aus dem Kind geworden ist?«, flüstert Kayoko plötzlich. Ich, Gil und Tsuru sehen uns an. Gils Miene verdunkelt sich.

»Ja, richtig, das stimmt. Aiko hieß sie, glaube ich, ein kleines Mädchen mit ungesunder Gesichtsfarbe. Sie wohnte im Wandschrank von Mutters Zimmer. Irgendwie war sie düster, und niemand mochte sie. Wir waren noch jung, und in diesem Geschäft entwickelt man ein rohes Gemüt. Wir haben ziemlich boshafte Spielchen mit ihr getrieben, nicht wahr? Manche Gemeinheit ging auf unser Konto. Heute sind meine Enkel etwa im gleichen Alter. Wie grausam kann man doch sein, wenn man jung ist.«

Tatsächlich musste ich auch schon über dieses Kind nachdenken. Ich weiß nicht, wer sie geboren hat, aber es stimmt, dass sie schon als Baby ins Nukarumi-Haus gekommen ist. Sie war bereits da, als ich kam, und weil mir niemand sagte, wessen Kind sie ist, habe ich es für besser gehalten, nicht zu fragen. Es gab auch das Gerücht, sie sei Mutters Enkelin. Die Wahrheit wusste wohl nur Mutter. Armes Kind.

»Ich habe sie schrecklich gequält. Dass ich im Nukarumi-Haus kein Geld verdient habe, habe ich an diesem Kind ausgelassen. Wenn Aiko mich sah, ist sie immer zurückgewichen«, sagt Gil weiter. »Du, Kayoko, und alle anderen haben sie auch gequält.«

»Es scheint so. Ich muss unausstehlich gewesen sein«, meinte Kayoko betreten.

»Also gut, ich werde Aiko suchen. Wenn ich sie gefunden habe, nehmen wir sie als Mitglied in die Numa-Gesellschaft auf.«

Die drei anderen stimmen nachdrücklich zu, und es ist meine nächste Aufgabe, die Spur von Aiko aufzunehmen. Ich weiß noch, dass sich Aiko selbst auf eine Polizeistelle begeben hatte Wenn jemand unter den Mitgliedern über weitere Informationen verfügt, bitte ich unbedingt um Nachricht.

»Guten Tag zusammen.«

Da geht die Schiebetür zum Flur auf, und eine alte Frau in japanischer Kleidung tritt herein. Mit einem Blick erkennen wir sofort, dass es sich um Yukari, unsere große Schwester, handelt. Yukari hat sich überhaupt nicht verändert. Sie ist zehn Jahre älter als alle anderen, und ihre weiße Schminke ist dick aufgetragen. Sie wirkt unnahbar, und auch wenn jede von uns sie respektiert, löst ihre Anwesenheit ein gewisses Unbehagen aus. Sie trägt einen zartlila Kimono, der mit weißen Blumen auffällig fein gemustert ist, und dazu einen schwarzen Gürtel. Die violett gefärbten Haare sind zum Knoten hochgebunden, und auf die Lippen ist knallroter Lippenstift aufgetragen. Sie ist so schön aufgemacht, dass alle sprachlos sind.

»Mein Gott, wie lange ist es her. Ich weiß überhaupt nicht

mehr, wer von euch wer ist«, sagt Yukari mit burschikosem Tonfall. Ihre Bewegungen sind energisch, und sie spricht schnell. Sicher erinnert ihr euch daran, wie sie immer vorneweg über den Flur gelaufen kam, wenn neue Gäste eintrafen. Mir kommt die Intimität in den Sinn, die sie mit den Zwillingsbrüdern an den Tag zu legen pflegte. Während Meeresfrüchte und Bier gereicht werden, konfrontiere ich Yukari ohne viele Vorreden mit unserem Verdacht. Im Folgenden gebe ich den Dialog wieder.

Michi: »Yukari, du wohnst heute in der Reinigung, die auf dem Platz steht, wo sich früher das Nukarumi-Haus befunden hat. Was hat es damit auf sich?«

Yukari: »Ich habe es euch nie mitgeteilt, aber tatsächlich war ich Mutters leibliche Tochter. Mutter wollte es geheim halten, und so musste ich schweigen. Es hieß, ich sei aus einer Beziehung hervorgegangen, die sie im Alter von achtzehn Jahren mit einem Freier hatte.«

Michi: »Wenn das so ist, kannst du uns doch sicher die Geburtsurkunde und andere Papiere zeigen.«

Yukari: »Wenn es mir befohlen wird, kann ich das tun. Aber da du nicht von der Polizei bist, hast du kein Recht dazu.«

Michi: »Es besteht der Verdacht, dass du eine Betrügerin bist.«

Yukari: »Ihr mögt diesen Verdacht haben. Aber das ist mir vollkommen gleichgültig. Ihr könnt die Sache gerne vor Gericht bringen. Aber was ich mit dem Grundstück mache, das mir meine Mutter hinterlassen hat, ist einzig und allein meine Sache.«

Tsuru: »Wenn ich deine Erklärung auch verstehe, so kann ich nicht nachvollziehen, wie jemand seine eigene Tochter als Prostituierte arbeiten lassen kann. Ich könnte das niemals.«

Yukari: »Das war die freie Entscheidung von meiner Mutter und mir.«

Michi: »Nun gut, wie kommt es aber, dass du mit den beiden Brüdern dort ein Geschäft aufgebaut hast?«

Yukari: »Ich habe darum gebeten, dass wir zusammen wohnen. Ich bin mit den beiden durch ein enges Band verbunden.«

Michi: »Ist das Mädchen namens Aiko Mutters Enkeltochter?«

Yukari: »Ich habe gehört, sie sei Mutters Tochter, aber ich weiß es nicht. Niemand dürfte die Wahrheit kennen.«

Michi: »Wenn das so sein sollte, dann hat auch Aiko Rechte auf das Nukarumi-Haus. Was meinst du dazu?«

Yukari: »Da niemand weiß, wo sie geblieben ist, kann man auch nichts machen. Vorläufig betrachte ich den Grund als mein Eigentum.«

Mit diesen Worten steht Yukari auf und verlässt uns. Wir verbliebenen vier beraten, wie wir jetzt am besten vorgehen. Das möchte ich abschließend zu Protokoll geben.

Auch wenn wir unterstellen, dass Yukaris Geschichte der Wahrheit entspricht, müssen wir uns jetzt mit höchster Priorität auf die Suche nach Aiko machen. Denn falls Aiko Mutters Tochter ist, sind damit Rechte am Nukarumi-Haus für sie verbunden. Wir meinen, dass es ungerecht ist, wenn die Gewinne aus dem Nukarumi-Haus nur Yukari und den Brüdern zufallen.

Ihr Lieben, bitte benachrichtigt uns, wenn ihr irgendwelche Informationen über Aiko habt. Wir vier, die an der Versammlung im Daikokuten teilgenommen haben, haben außerdem ein Nukarumi-Haus-Wahrheitsfindungskomitee gebildet. Ich bitte alle diejenigen, die dem zustimmen, um Nachricht.

11. Kapitel

Der Verräter ist nahe

Aiko war zu Emis Haus hinter der Dobusaka-Straße in Yokosuka zurückgekehrt. Zwar war der Plan, im Hause der Präsidentin der Neocity Hotelgruppe zu arbeiten, gescheitert, aber dennoch empfand sie große Befriedigung darüber, das Nukarumi-Haus ausfindig gemacht zu haben. Was war dieser Sasaki von der Reinigung bloß für ein Mensch? Wieso konnte ein Mann, der einfach nur ein häufiger Kunde gewesen ist, auf dem Grundstück des früheren Bordells ein Geschäft errichten? Hatte nicht auch der Obdachlose Kotetsu gesagt, da müsse wohl eine krumme Sache gelaufen sein? Aiko, die eine feine Spürnase für die Untaten anderer hatte, hatte ihr nächstes Ziel gefunden. Sie verspürte starkes Herzklopfen. Aber jetzt war es wohl erst einmal besser, an einem sicheren Zufluchtsort eine Pause einzulegen, um das weitere Vorgehen in Ruhe zu überdenken.

Nachdem Aiko am Vorabend die Reinigung ausspioniert hatte, war es ihr zu lästig, noch nach Yokosuka zu fahren, so dass sie zunächst in das Zelt von Kotetsu zurückkehrte. Yasushi war offenbar völlig übermüdet gewesen und schon längst eingeschlafen. Schließlich ließ sich Aiko überreden, den Schnaps zu trinken, den Kotetsu ihr beständig aufdrängte, aber ehe sie es sich versah, war sie vollkommen betrunken. Wenig später war Kotetsu unter lautem Schnarchen eingeschlafen – seine vorherigen Avancen waren wohl nichts als Prahlerei. Als sie am nächsten Tag erwachte, war Yasushi verschwunden. Auch von Kotetsu fehlte jede Spur. Hatte er sich aufgemacht, um etwas zum Frühstück zu besorgen? Oder hatte er Yasushi zum Spielen mitgenommen?

Allerdings – welches Teufelszeug mochte wohl in dieser Schnapsflasche gewesen sein? – hatte Aiko einen derart schlimmen Kater, dass ihr alles egal war. Ohne sich um die angewiderten Gesichter der anderen Obdachlosen zu kümmern, übergab sie sich mehrmals am Flussrand. Als es ihr ein paar Stunden später endlich wieder etwas besser ging, nutzte sie Kotetsus Abwesenheit dazu, sich in seinem Zelt umzusehen. Vielleicht stieß sie auf etwas, das sie mitgehen lassen konnte? Da fiel ihr ein kleines tragbares Fernsehgerät auf. Womöglich handelte es sich nur um eine hohle Attrappe, mit der Kotetsu Eindruck bei seinen Kumpanen schinden wollte. Um zu sehen, ob es funktionierte, drückte Aiko auf den Einschaltknopf. So bekam sie zufällig folgende Nachricht zu Gesicht: »Der kleine Yasushi, Sohn der Präsidentin der Neocity-Hotelgruppe, der von einer Frau mittleren Alters entführt worden war, konnte heute kurz nach Mittag unversehrt in Sicherheit gebracht werden.« Auf dem Bildschirm war Yasushi zu sehen, wie er selbstgefällig auf einem prächtigen Ledersofa in seinem Zuhause thronte und immer wieder die Hand zum Victory-Zeichen erhob. Daneben stand, sich abwechselnd die Tränen abwischend und lächelnd, Shizuko Matakatsu. Das ist ja nicht zu glauben! Hätte ich ihn doch bloß in den Fluss gestürzt. Aiko war wütend. Das bedeutete, dass Kotetsu sie vielleicht verraten hatte. Aiko vergaß sogar, den Fernseher mitgehen zu lassen, und machte sich aus dem Staub. In was für eine gefährliche Lage bin ich da nur geraten? Sie beschloss, sofort in Emis Haus zurückzukehren, und war heilfroh, als sie unbehelligt dort ankam. Es war wohl besser, sich vorläufig keinem Neocity-Hotel zu nähern. Aiko streckte die Zunge heraus und lachte dreckig.

Unterwegs hatte sie sich in einem Supermarkt ein paar Snacks mit gewürzten gekochten Eiern und grünen Tee in einer Plastikflasche gekauft. Aiko liebte gekochte Eier. »Soll ich Ihnen ein paar Stäbchen dazulegen?« Auf die Frage des Kassierers verzog sie unwillkürlich das Gesicht. Das hatte sie ganz vergessen. Sie hatte ja diesen Stäbchen-Kerl, der sich bei Emi eingenistet hatte, umgebracht. Die Leiche hatte sie liegen gelassen und war dann abgehauen. Das war vor vier Tagen. Inzwischen musste Adams Leiche stinken. Er war ja immer schon ein übel riechender Bursche gewesen. Obwohl sie den Sex mit ihm genossen hatte, wurde es Aiko speiübel, wenn sie an Adams rundes, schmieriges Gesicht dachte. Nicht, dass sie sich vor so etwas wie einer Leiche fürchtete, aber der Geruch war ihr unerträglich. Sich jetzt, spät am Abend, darum kümmern zu müssen, war äußerst lästig.

Vor zehn Jahren, als Aiko in einem Hotel arbeitete, hatte sie einmal einer dummen Kollegin, die auf eines ihrer Verbrechen gestoßen war und sie erpressen wollte, reichlich Pestizide in den Schnaps gekippt. Zu diesem Zweck war sie tollkühn über den Belüftungsschacht in das Zimmer eingedrungen. Nachdem sie sich im Verborgenen an dem Todeskampf der Frau geweidet hatte, hatte sie die Leiche in einen Bettbezug gesteckt und dann tief im Wandschrank des Zimmers versteckt. Damit wollte sie Zeit gewinnen, um bis zum nächsten Zahltag weiterarbeiten zu können. In weiser Voraussicht hatte Aiko der Sache den Anschein gegeben, als sei die Kollegin einfach nicht zur Arbeit erschienen. Sie selbst legte eine Unschuldsmiene an den Tag. Die Hotelleitung, die mit Personalmangel zu kämpfen hatte, stellte prompt eine neue Kraft ein, ohne weitere Fragen zu stellen. Bald darauf, nach kaum einer Woche, stieg ein übler Geruch im gesamten Bereich der Personalunterkünfte auf. Es wurden extra Handwerker einbestellt, die die Ursache bei den Abflüssen oder im Abwasserkanal suchten. Nachdem Aiko ihren Lohn erhalten hatte, kündigte sie großspurig mit den Worten: »Es stinkt hier derartig, dass es nicht mehr zum Aushalten ist. Ich höre auf.« Wie kinderleicht war es doch, sich in dieser Welt zurechtzufinden. Ein flüchtiges Lächeln huschte über Aikos Gesicht.

Um Emis Haus herum lag nach wie vor ein unglaublicher Dreck. Die Nachbarn schienen den Ort offenbar ebenfalls als Müllhalde zu betrachten, denn es sammelten sich dort Berge von Abfällen, alte Fahrräder und sonstiger Schmutz. Auch die umgegrabene Gartenerde lag da wie zuvor. Alles war so unheimlich wie bei einer verlassenen Ruine. Ohne sich davon beeindrucken zu lassen, drehte Aiko den Schlüssel um und stieß kräftig die klemmende Eingangstür auf. Darauf eingestellt, sich sofort die Nase zuzuhalten, stürmte sie ins Innere. Es roch nach feuchten Tatamimatten und verdorbenen Abfällen, vom Verwesungsgeruch einer Leiche war jedoch nichts zu spüren. Gott sei Dank. Aiko sah sich verblüfft um. Im Vergleich zu vor vier Tagen war das Zimmer aufgeräumt. Ohne die Schuhe auszuziehen, drang sie in den hinteren Raum vor. Was war das? Nicht nur waren die Reste des Stäbchenschlosses verschwunden, auch von Adams Leiche fehlte jede Spur. Zum ersten Mal in ihrem Leben überfiel Aiko Angst, und sie stand da wie angewurzelt.

Da kein Zweifel an Adams Tod bestand, musste irgendjemand seine Leiche entsorgt und das Zimmer aufgeräumt haben. Panisch machte Aiko sich auf die Suche nach dem Leichnam. Sie riss die Schiebetür zum Wandschrank auf, schaute unter die kleine Veranda und lief einmal ums Haus. Nichts. Ganz ruhig, ganz ruhig. Aiko presste die Hände vor die Brust und setzte sich an den kleinen Esstisch. Jetzt erst einmal etwas essen und dann nachdenken. Da merkte sie, dass sie im Supermarkt vergessen hatte, die Stäbchen mitzunehmen. Vorher waren hier unzählige Stäbchen herumgeflogen, aber wenn man welche brauchte, war keins mehr da. Aiko stand auf und durchwühlte die Küchenschubladen, aber auch die Dinge des täglichen Gebrauchs waren verschwunden. Aiko wurde wütend, schleuderte die Snacks beiseite und stopfte sich nur das gekochte Ei in den Mund.

War es möglich, dass Emi gar nicht tot war? Aiko stand auf und sah sich um. Vielleicht war Emi nach Hause zurückgekehrt, hatte Adams Leiche entdeckt und sie beseitigt. Etwas anderes war nicht denkbar. Aber wenn es so war, was war dann da im Garten vergraben? Adam war die ganze Zeit so bedeutungsvoll um den Garten besorgt gewesen, dass sich Aiko ganz sicher war, dass Emi dort unter der Erde lag. Um sich zu vergewissern, entschied sie sich dafür, den Garten gründlich zu inspizieren.

Aiko wartete bis tief in die Nacht, als keine Passanten mehr unterwegs waren, und begab sich mit einer Taschenlampe in der Hand nach draußen. Unter der Veranda fand sie eine Schaufel und hob ein Stück der frisch umgegrabenen Erde auf. Wieder graben. Und wegschütten. Ihre Handflächen brannten, ihr Rücken schmerzte. Aber mit bisher nicht gekanntem Eifer fuhr Aiko fort, das Loch auszuheben. Als sie ungefähr einen Meter tief gedrungen war, stockte ihr der Atem. Denn da tauchte plötzlich Adams Gesicht auf. Man konnte sehen, wie sein offener Mund mit schwarzer Erde vollgestopft war. Aiko spuckte aus und warf schnell wieder Erde auf. Es bestand kein Zweifel. Es musste Emi gewesen sein, die Adam vergraben hatte. Unwillkürlich kam ihr noch etwas anderes in den Sinn: War nicht auch die Person, die das Fax verschickt hatte, Emi? Emi, das hast du nicht umsonst getan! Unter Verwünschungen schüttete Aiko das Loch wieder zu.

Ihr ganzer Körper schmerzte, und völlig erschöpft ließ sie sich auf die schmutzigen Tatamimatten fallen. Aber es gab noch etwas zu tun. Sie musste einen Beweis dafür finden, dass Emi die anonyme Denunziantin war. Hektisch durchwühlte Aiko den

Wandschrank. Da entdeckte sie Flugblätter des Sonnenzirkels, die in ein oberes Schrankfach gestopft waren. Sie warf sie wütend auf die Erde. Doch dahinter kam eine alte Schreibmaschine zum Vorschein, auf der einige Blätter lagen.

Welchen Weg bin ich gegangen?
Emiko Ushiku

Mein Geburtsmonat ist der April, der in der Verlängerung des Bogens des Großen Bären steht. Das ist ein Glückszeichen, du bist unter einem glücklichen Stern geboren, und außerdem ist dir ein glückliches Schicksal vorherbestimmt. So hat es der unbefleckte Spica, der Guru meiner Religion, gesagt. Weiter fuhr der Guru fort: Und weil das so ist, ist es dir auferlegt, gute Taten zu vollbringen. Sonst wirst du umsonst gelebt haben.
Was kann ich denn tun?, habe ich den Guru gefragt. Ich bin eine ehemalige Prostituierte, eine verkommene Frau, die jetzt an der Flasche hängt. Darauf antwortete er, dass es meine Vorbestimmung sei, das Böse in der Welt zu entlarven und die guten Menschen zu warnen. Mit anderen Worten, ich stünde unter dem Stern, eine Hüterin der Seelen zu sein.
Da habe ich den Entschluss gefasst, die bösen Taten von Aiko zu verfolgen und aufzudecken. Aiko ist ein so schreckenerregendes Monster, dass ich niemals den Kampf mit ihr aufnehmen könnte, wenn ich nicht vom Großen Bären geleitet würde. Bitte, gib mir Kraft, unbefleckter Spica.
Aiko muss sechzehn oder siebzehn Jahre alt gewesen sein, als sie plötzlich zu mir zurückkehrte. Sie lebte als Kind im Nukarumi-Haus in der Zeit, in der ich dort meinen Körper und meinen Geist in dem verruchten Gewerbe beschmutzt habe. Manchmal erinnere ich mich daran, wie leid sie mir tat. Was

ist sie doch für ein armes Kind, habe ich gedacht. Aber wenn sie mir dann gegenüberstand, war sie mir zuwider. Denn von ihrem ganzen Körper ging ein merkwürdiger Geruch aus, ein brenzliger Gestank wie nach einem Feuer.

Als Aiko dann plötzlich bei mir vor der Tür stand, ahnte ich nichts von ihrer schwarzen Seele. Weil sie nirgendwo hingehen konnte, hatte ich Mitleid mit ihr. So habe ich ihr zu essen gegeben, ihr einen sauberen Futon hergerichtet und ihr sogar Arbeit vermittelt. Eines Tages jedoch hörte ich in Aikos Zimmer jemanden sprechen. Als ich hineinspähte, erschrak ich. Aiko unterhielt sich mit einem Paar Schuhe. »Ich habe die Sakura verbrannt.« – »Das hast du gut gemacht Aiko-chan, sehr gut.« So spielte sie zwei Rollen in einer Person.

Am nächsten Tag fragte ich Aiko wie nebenbei, wer denn diese Sakura sei. Während sie mit ihren Stäbchen ungeschickt die Fäden von ihren Sojabohnen aufrollte, antwortete sie schamlos, dass dies ein älteres Mädchen im Sternenkinderhaus gewesen sei. Ich habe mich dann bei dem Kinderhaus erkundigt und furchtbare Sachen erfahren. Das ehemalige Heimkind Sakura Inoue war, nachdem sie das Kinderhaus verlassen hatte, einem Brandanschlag zum Opfer gefallen. Es war um die Zeit, als Aiko zu mir gekommen war.

Wie viel Angst habe ich gehabt. Was hatte ich bloß für einen Teufel in mein Haus gelassen. Aber hätte ich nur die leiseste Andeutung über meinen Verdacht gemacht, dann hätte Aiko bestimmt ihre Reißzähne gezeigt. Doch der starke Glaube hat mich gestützt. War denn nicht Aikos Kommen für mich, die ich unter einem Glücksstern und im Zeichen des Glücks geboren war, eine von Gott gesandte Prüfung? Auch der unbefleckte Spica hat mich in meiner Meinung bestärkt. Doch so kann es nicht weitergehen.

Damit endete die Aufzeichnung. Verdammt! Aiko jaulte auf und schleuderte das Papier in die Ecke. Der Verräter war ganz nahe. Diese Anklage von Emi, dieser nichtsnutzigen und alkoholsüchtigen Hexe, die sie hinters Licht geführt hatte, bereitete ihr unerträgliche Schmerzen. Sie hatte nur einen Gedanken: Schnell weglaufen und dann Rache üben. Aber von der nächtlichen Arbeit übermüdet, fiel Aiko in tiefen, bewusstlosen Schlaf.

Als sie durch heftiges Klopfen gegen die Eingangstür geweckt wurde, schreckte sie hoch. Wie viel Zeit mochte wohl vergangen sein?

»Frau Ushiku!«

»Emi, bist du da?«

Wer konnte doch sein? Aiko, in deren Wange sich im Schlaf das Muster der verfärbten Tatami gedrückt hatte, sprang hastig auf die Beine.

»Hier ist Michi. Ich bin gekommen, weil ich mir Sorgen mache.«

Es war die durchdringende Stimme einer älteren Frau. Sie schien nicht alleine zu sein, und vereint schrien beide:

»Emi, lebst du?«

Die Frauen gingen in den Garten und donnerten gegen die Fensterläden.

»Nanu, was ist denn hier los? Sieht aus, als wäre der Garten umgegraben worden.«

»Lass uns doch mit der Schaufel die Fensterläden aufbrechen.«

Aiko hörte, wie die Schaufel heftig in den Spalt zwischen die Fensterläden getrieben wurde. Wollen sie die einfach so aufknacken?

»Warte mal, Gil. Bevor wir so etwas tun, wäre es nicht besser, die Polizei zu rufen? Ich habe keine Lust, auf Emis verwesten Leichnam zu stoßen.«

»Sag doch bloß so was nicht!«, schrie Gil oder wie sie hieß mit kreischender Stimme.

Es war nicht auszuhalten. Aiko strich sich die Haare glatt, entschlossen, die alten Tanten zu stoppen.

»Was wollen Sie hier?«, brüllte sie in Richtung Tür.

Mit einem Mal wurde es ganz still. Dann antwortete die Frau mit der kreischenden Stimme:

»Wir sind gekommen, um Emiko Ushiku zu besuchen. Ist sie nicht da?«

»Die ist weg. Die ist gerade verreist.«

Verreist? Komisch. Weißt du was davon? Nein, keine Ahnung. Lautstarkes Stimmengewirr der alten Damen. Verzeihung, aber dafür sollte Frau Ushiku nicht genügend Geld haben, wunderte sich eine der beiden.

»Wirklich! Sie besucht eine heiße Quelle in Atami.«

»Wann kommt sie denn wieder? Und wie heißt das Hotel in Atami?«

»Ich weiß nicht, wann sie wiederkommt. Das Hotel heißt Hatoya oder so.«

Hatoya? Gibt's das noch? Ist das nicht längst geschlossen? Weiterhin aufgeregtes Geplapper.

»Das können wir später besprechen. Aber wer sind Sie eigentlich?«, fragte nun eine.

Die wollen wohl auf Teufel komm raus wissen, was mit Emi los ist. Das würde ich selbst gerne erfahren, dachte Aiko und trat mit einer Lüge die Flucht nach vorne an:

»Ich bin die Tochter. Wer sind Sie denn?«

Was, hatte sie eine Tochter? Nein, davon weiß ich nichts. Kayoko, hast du was davon gehört? Höre ich zum ersten Mal. Wieder wildes Beratschlagen.

»Könnten Sie vielleicht einmal die Tür aufmachen? Wir sind alte Freundinnen von Emiko. Wir konnten sie plötzlich nicht mehr erreichen und sind gekommen, weil wir uns Sorgen machen.«

»Wir führen wirklich nichts Schlechtes im Schilde. Wir wollen einander helfen. Weil wir schon alt sind«, erhob die andere Frau die Stimme.

Wenn ich sie zu kühl abfertige, rufen sie am Ende noch die Polizei. Aiko fasste sich und öffnete die quietschende Eingangstür. Da standen mit vor Neugier weit aufgerissenen Augen vier alte Frauen vor ihr. Die Frau mit der kreischenden Stimme, offenbar die Anführerin, war groß und stattlich und trug ihr graues Haar kurz geschnitten. Hätte sie nicht reichlich grellrosa Lippenstift auf ihren großen, offenbar sehr gesprächigen Mund aufgetragen, hätte man sie glatt mit einem älteren Mann verwechseln können, so sehr mangelte es ihr an weiblicher Ausstrahlung. Die drei anderen waren gedrungen, dick und mit geschmacklosen Broschen und Halstüchern angetan.

»Sie sind Emikos was?«

»Ich bin ihre Tochter«, antwortete Aiko affektiert.

Die alten Frauen zwinkerten sich mit offenem Argwohn gegenseitig zu. Warum glaubt mir bloß niemand?, wunderte sich Aiko.

»Ich verstehe nicht, warum Sie uns so eine Lügengeschichte auftischen. Sagen Sie es doch ehrlich: Sie sind bestimmt auch Mitglied im Sonnenzirkel«, bemerkte die alte Frau mit der altmodischen Sonnenbrille und kniff dabei die Augen zusammen. Aiko wog einen Moment ab, was jetzt die beste Strategie war. Sie entschied sich, darauf einzugehen:

»Nein, so ist es nicht. Mutter ist eine Gläubige, und ich bin es auch, aber ich bin dem Zirkel nicht beigetreten. Ich habe zwar hier und da ausgeholfen, aber Mitglied bin ich nie geworden.«

»Entschuldigung, aber dass es eine Tochter geben soll, ist einfach nicht zu glauben. Ich heiße Kawabata und leite einen Verein, der sich Numa-Gesellschaft nennt. Ich bin dort bei allen als Michi bekannt. Auch Emi hat mich Michi genannt. Dies hier ist Gil.«

Eine der alten Damen verbeugte sich, wobei sie Aiko mit unvermindert scharfen Blicken bedachte. Sie trug einen schwarzen Rock mit aufdringlichen roten Rosen und einen silbernen Sommerpullover.

»Das ist Tsuru, und dies hier ist Kayoko.«

Die Dickste von allen war Tsuru. Tsuru hatte über ihr grünes Jackett diagonal eine blaue Tasche gehängt. Eine auffällige Aufmachung, die ihren Körper wie ein Viereck erscheinen ließ. Die mit der rosa Sonnenbrille und der Jeans war Kayoko. Kayoko? Aiko erschrak, und sie starrte die alte Frau an. Ist das nicht die, die mich immer so gequält hat, als ich klein war? Aiko musste sechs oder sieben Jahr alt gewesen sein, deshalb war ihre Erinnerung verschwommen. Aber die Art, wie die Frau die Augen zusammenkniff, hatte große Ähnlichkeit mit der Mimik der jungen Kayoko, bevor sie eine ihrer Gemeinheiten beging. Dann waren diese alten Tanten ehemals Huren des Nukarumi-Hauses? Aiko erinnerte sich daran, dass es dort eine fröhliche Frau namens Michi gegeben hatte. An eine Tsuru oder eine Gil hatte sie keinerlei Erinnerung, aber es war eine Tatsache, dass es da viele Frauen gegeben hatte, die ihre Boshaftigkeiten auch mit freundlichem Gesicht begangen hatten. Vielleicht gehörten sie auch dazu.

»Selbst wenn Emi wirklich nicht da sein sollte, bringt es ja nichts, hier herumzustehen. Wir können doch sicher ins Haus.«

Michi machte Anstalten, die Schwelle zu überschreiten.

»Das geht nicht!« Aiko stieß die Frau namens Michi zurück.

»Warum nicht? Das ist ja sehr merkwürdig.«

Ja genau, ja genau, und damit fielen die Alten in das Innere des Hauses ein. Zu viert waren sie stark. Aiko blieb nichts anderes übrig, als sie gewähren zu lassen und eine Fluchtmöglichkeit abzuwarten. Schnell rannte sie in das hintere Zimmer, packte Emis Aufzeichnungen und steckte sie in das obere Schrankfach. Nanu, was ist denn hier los? Mit diesen Worten schauten sich die Frauen erstaunt in dem leergeräumten Zimmer um.

»Sieht ja so aus, als wenn sie ausgezogen wäre.«

Tsuru warf Aiko einen argwöhnischen Blick zu.

»Mutter dachte daran, bald von hier wegzuziehen«, tat Aiko harmlos.

»Ach nein, wirklich?« Gil schaute sie mit unverminderter Schärfe an.

In diesem Moment stieß Tsuru einen hysterischen Schrei aus:

»Da! Da sind ganz viele Flugblätter! Seht nur, so viele!«

»Sagen Sie die Wahrheit, oder wir rufen die Polizei!«

Theatralisch zog Tsuru ein Handy aus ihrer blauen Umhängetasche. Kayoko starrte neidisch auf das Telefon und übte sich wieder in ihrer hässlichen Blinzelei. In unverändert prekärer Lage sagte Aiko etwas unsicher:

»Aber ich bin doch die Tochter. Was soll ich bloß machen?«

Gil, die die Fensterläden geöffnet hatte und nach draußen blickte, schrie auf:

»Ja, sagen Sie mal, warum graben Sie denn ein Loch im Garten?«

»Habe ich doch gar nicht.«

Michi betrachtete Aikos Hände und sagte triumphierend.

»Ihre Fingernägel sind aber ganz schwarz.«

»Äußerst merkwürdig. Sich als Tochter ausgeben und das alles. Sie haben Emi doch wohl nichts angetan?«

»Schaut mal her! Da hat jemand frisches Essen weggeworfen. Das tut man doch nicht.«

Wieder redeten alle wild durcheinander. So ein Mist, diese alten Weiber. Wie kann man jetzt am besten abhauen? Mit dem Handy am Ohr fixierte Gil Aiko. Am Ende würde die Polizei sie doch noch festnehmen. Um einen Fluchtweg auszuspähen, schaute Aiko zum Eingangsbereich hinüber. Es blieb wohl nichts anderes übrig, als Michi wegzustoßen und wegzulaufen. In dem Augenblick rief Kayoko plötzlich aus:

»Das gibt's doch gar nicht! Irgendwo hab ich dich schon gesehen. Bist du nicht Aiko?«

»Was?«, stießen die drei anderen gleichzeitig hervor und kamen näher heran. Kayoko blinzelte immer heftiger.

»Kein Zweifel. Deine stechenden Augen sind dieselben wie in Kindertagen. Aiko, nicht wahr? Ich habe schon oft gedacht, was du wohl gemacht hast, nachdem Mutter gestorben war. Du hast dich also mit Emi in Verbindung gesetzt.«

Aiko blieb nichts anderes übrig, als zu nicken.

»Ja, ich bin Aiko Matsushima. Nachdem das Nukarumi-Haus aufgelöst wurde, bin ich in eine Anstalt namens Sternenkinderhaus gekommen und dort bis zum Abschluss der Mittelschule geblieben. Dann habe ich allein gelebt. Deshalb ist Emi wie eine Ersatzmutter für mich.«

Jetzt nur noch irgendwie rausreden, dachte Aiko, aber ganz unerwartet klatschte Michi freudig in die Hände.

»Wie schön, dass wir dich treffen konnten. Tatsächlich wollten wir mit dir über deine Mutter sprechen.«

»Über Emi?«

»Nein, nein, über Mutter aus dem Umigikuya. Es scheint so, dass sie deine richtige Mutter war. Das wusstest du wohl nicht. Es hieß ja auch immer, du seist ein Kind von einem der Mädchen aus dem Umigikuya.«

Wie vom Donner gerührt sank Aiko auf die Tatami herab. *Diese* Mutter soll ihre richtige Mutter gewesen sein? Sie hatte das Gefühl, dass ihre bisherigen Luftschlösser unter lautem Getöse zusammenbrachen. Mutter war bereits in den Fünfzigern gewesen und eine gefährliche, rechthaberische und ausgesprochen unangenehme Frau. Nicht ein einziges Mal hatte sie Aiko umarmt oder ihr Süßigkeiten oder ein Bilderbuch gekauft. Wenn ich die kalten Winterabende im Wandschrank zubrachte, hatte sich Mutter wohlig in eine Heizdecke gehüllt. Weder durfte ich fernsehen, noch wurde ich je mit ins Kino genommen. Während Mutter sich reichlich vom Enteneintopf bediente, habe ich mich heimlich von ihren Essensresten ernährt. Und statt wie die anderen Mädchen Eis essen zu gehen, habe ich lauwarmes Leitungswasser getrunken. Wenn das keine Misshandlung war. Weil ich nirgendwo registriert war, hatte ich auch keinen Familiennamen, und solange konnte ich auch nicht zur Schule gehen. Den Nachnamen Matsushima habe ich erhalten, weil der Direktor des Sternenkinderhauses aus der Präfektur Miyagi stammt und es dort eine Inselgruppe mit Namen Matsushima gibt. Ein dämlicher Familienname. Wie lachhaft das alles!

»Das kann nicht sein. Sie hat mich nicht ein einziges Mal nett behandelt.«

Aiko schien so aufgewühlt zu sein, dass Michi ihre Hand nahm.

»Na, na, du wirst es nicht wissen, aber in unserem Gewerbe entwickelt man ein rohes Gemüt. Auch Mutter war sicher nicht frei davon.«

Du bist es, die hier ein rohes Gemüt offenbart! Aiko wollte ihre Hand wegziehen, aber Michi hielt sie so fest, dass sie sich nicht befreien konnte.

»Um es ehrlich zu sagen, wir waren auf der Suche nach dir«,

sagte Michi, wobei sie die Sache mit Emi ganz vergessen zu haben schien.

»Wieso?«, fragte Aiko. Michis Gesten, die Zuneigung signalisierten, waren ihr unangenehm.

»Ich will es dir erklären«, sagte Michi freundlich. »Unsere ältere Kollegin Yukari, die mit den Zwillingen aus der Wäscherei zusammenlebt, steht unter einem starken Verdacht. Hat sie sich nicht mit schmutzigen Tricks Mutters Grundstück angeeignet? Auf unsere drängenden Fragen behauptete sie, Mutters Tochter zu sein. Des Weiteren sagte sie aus, du seist ebenfalls Mutters Tochter. Wir glauben, dass Yukari lügt. Deswegen würden wir dich gerne mit ihr zusammenbringen, um den Stier bei den Hörnern zu packen. Wir wollen, dass das Eigentum von den Zwillingsbrüdern auf Mutters direkte Nachkommen zurückübertragen wird. Wenn du einverstanden bist, möchten wir alle auf dem alten Grundstück ein neues Nukarumi-Haus, und zwar ein Altersheim, errichten. Was sagst du dazu?«

Was redet die da? Obschon noch völlig verwirrt, dachte Aiko über ihren nächsten Schritt nach. Der Wind hatte sich offenbar gedreht. Jetzt hieß es, Emotionen zu unterdrücken und die Sache in eine für sie günstige Richtung zu lenken.

»Ich bin also Mutters Kind.«

»Ja, so ist es. Du hast es so schwer gehabt.«

Kayoko heulte los, und Michi hob das Kinn, wohl um ihre herablaufenden Tränen nicht zu zeigen. Und jetzt die ungezügelten Emotionen der alten Tanten weiter ausnutzen:

»Ich habe verstanden. Für euch will ich alles tun.«

Nachdem sich die Frauen verabschiedet hatten, wartete Aiko geduldig weiter. Irgendwann würde sich die Verräterin zeigen. Sie hatte Hunger und vertilgte die Snacks, die sie zuvor weggeworfen hatte. Ihren Durst löschte sie, indem sie sich direkt an die Wasserleitung hängte. Dann hockte sie sich in das hintere Zimmer. Warten. Auch um auf den Plan der Alten einsteigen zu können, musste der schändliche Feind aus dem Weg geschafft werden. Tief in der Nacht waren endlich leise Geräusche aus dem Eingangsbereich zu hören. Der metallische Klang eines entriegelten Schlosses. Ein knarzender Fußboden. Offenbar eine leichtgewichtige Person. Aikos Augen, durch das Warten an die Dunkelheit gewöhnt, konnten wahrnehmen, wie Emi unsicheren Schrittes das Zimmer betrat. Sie schaute zum Wandschrank auf und drehte sich um, um die Lampe einzuschalten. Ohne zu zögern schlug ihr Aiko mit der Schaufel auf den Hinterkopf.

Nachdem sie die bewusstlose Emi gefesselt und in den Garten gezerrt hatte, hob Aiko erneut das Loch aus. Da sie gerade am Vorabend gegraben hatte, war die Erde noch locker. Anscheinend merkte Emi etwas und bewegte sich. Aiko entging nicht, wie sie vor Entsetzen erstarrte, als sie sah, wen sie vor sich hatte. Nachdem Aiko bis zu Adams Gesicht vorgedrungen war, drehte sie sich um und sagte zu Emi: »Nun, bist du bereit zu sterben?«

12. Kapitel

Die nackte Wahrheit in der kalten Erde

»Du warst wirklich ein Kind des Teufels.«

Ein Flüstern gelangte an Aikos Ohr, während sie weiter eifrig damit beschäftigt war, das Loch zu graben. Es war eine Stimme, die nicht zu einem Mann und nicht zu einer Frau, nicht zu einem alten und nicht zu einem jungen Menschen gehörte. Immer wieder wiederholte sich das Flüstern wie bei einem buddhistischen Gebet. Du warst wirklich ein Kind des Teufels, du warst ein Kind des Teufels, ein Kind des Teufels. Aiko hielt inne und spitzte die Ohren. Sofort erstarb die Stimme. Arbeitete sie weiter, wurde das Flüstern deutlicher und deutlicher.

»Emi, lass den Unsinn!«, herrschte Aiko den an Händen und Füßen gefesselten Körper an, der vor ihr in dem Erdloch lag. Emi lag mit dem Rücken auf Adams freigelegter und bereits angefaulter Leiche. Fast ihr gesamter Körper war schon mit feuchter, schwerer Erde bedeckt. Nur das Gesicht schaute noch heraus. Quälen nach Aiko-Art. Erst das Entsetzen schön einwirken lassen, und dann das Ende durch Erstickung herbeiführen. Sonst sind wir nicht quitt. Sie hat mich ausspioniert und dann diesen Anklagebrief in alle Welt verschickt. Da kann man dieses durchtriebene Stück, und sei sie auch nur eine alte Frau, nicht einfach so friedlich sterben lassen.

»Aiko, weißt du, wer deine wahre Mutter ist?«, keuchte Emi mit verschleimter, heiserer Stimme.

»Das weiß ich«, erwiderte Aiko wie aus der Pistole geschossen. »Es ist Mutter, wie ich heute erfahren habe. Ich bin die kleine Schwester einer gewissen Yukari.«

Emi lachte laut auf. Dabei wurden die vielen Lücken in dem verunstalteten Zahnfleisch sichtbar.

»Was gibt's denn da zu lachen?«

Müde von der Arbeit legte Aiko die Schaufel beiseite und kratzte den Dreck unter ihren Fingernägeln heraus. In dem Augenblick rissen die Wolken auf, und der Vollmond trat hervor. Emis Gesicht war deutlich zu sehen. Es war eingefallen, und weil sie eine Säuferin war, traten Falten und Tränensäcke deutlich hervor. Das schöne Gesicht von Nummer eins aus dem Nukarumi-Haus war für immer dahin. Wie schrecklich sie doch gealtert ist, dachte Aiko. Die von allen angebetete, süße Emi.

»Aiko, ich beschwöre dich. Mutter ist nicht deine wahre Mutter. Diese Frau konnte keine Kinder haben. Sie hat nicht ein einziges Kind zur Welt gebracht. Dass Yukari ihre Tochter sein soll, ist einfach nur lächerlich. Nur ich weiß, wer deine wahre Mutter ist.«

»Inzwischen ist es mir völlig egal. Es verschafft mir Vorteile, als Mutters Kind zu gelten – und das Grundstück vom Nukarumi-Haus.«

Emi prustete los. Speichel und Erdklümpchen flogen umher.

»So ein Quatsch. Glaubst du diesen Blödsinn wirklich? Michi will dich nach vorne schieben, um sich am Ende selbst das Grundstück unter den Nagel zu reißen. Eine Vereinigung zur gegenseitigen Unterstützung gealterter Prostituierter. Es ist zum Totlachen!«

Aiko schippte kräftig einen Haufen Erde auf Emis Brust. Von einem Stein im Gesicht getroffen, schrie Emi auf.

»Au! Hilf mir bitte, Aiko.«

»Niemals.«

Aiko fuhr fort, Erde auf Emis Körper zu schaufeln. In großer Not spie Emi Erdklumpen aus. Es war ein merkwürdiges Bild, wie nur das Gesicht und die Fingernägel herausschauten. Aiko musste unwillkürlich an die Schuhschachtel denken und hielt kurz inne. Die hatte sie von Mutter bekommen. Die weißen alten Schuhe. Ein Andenken an deine Mutter, hatte sie gesagt.

Als ob sie auf Aikos Zögern gewartet hätte, sagte Emi schnell:

»Deine Mutter, Aiko, das bin ich.«

Aiko stieß ein hämisches Lachen aus. Was für eine vollkommen unglaubliche Geschichte.

»Ach, das ist ja interessant. Eine ganz neue Theorie. Warum hast du denn bis jetzt nichts davon gesagt? Wo ich doch so lange in deinem Haus gewohnt habe.«

»Ich konnte mich nie mit dir aussprechen, weil du ein solcher Teufel warst. Ich hatte Angst und wollte dich weiter beobachten. Hör gut zu, ich werde dir jetzt die Wahrheit sagen. Aber bitte befreie mich, ich kann kaum atmen und bringe kein Wort heraus. So sterbe ich.«

»Keine Lust. Aber rede doch einfach, das wird sicher interessant.«

Jetzt ist sie in voller Panik und fängt an, eine Geschichte zu erfinden. In Erwartung guter Unterhaltung zog Aiko eine Zigarettenschachtel aus ihrer Jeanstasche. Jetzt erst mal eine Zigarettenpause. In den umliegenden alten Reihenhäusern wohnte kaum noch ein Mensch, wie eine Geisterstadt kam es Aiko vor. Bald sollten sie auch abgerissen werden und einer neuen Wohnsiedlung Platz machen. Alles war wie ausgestorben und absolut still. Aiko zog an ihrer Zigarette und schaute zum Vollmond auf. Das Licht hatte eine unglaubliche Intensität und tauchte die Häuser mit den fehlenden Dachziegeln, den eingerissenen Holzzäunen und den wild wachsenden Gärten in einen kalten Schein. Es war eine verkommene Gegend, wie sie Emi und Adam gebührte.

Emi rang um Atem und begann stockend mit ihrer Erzählung.

»Hör gut zu, Aiko. Ich bin es, die dich zur Welt gebracht hat. Dein Geburtstag ist, ich werde es nie vergessen, der 3. Februar. Ich kann mich ganz genau erinnern, es war Frühlingsanfang, der Setsubun-Tag. Böse Geister raus, Glück herein. Und genauso war es. Ich habe einen bösen Geist endlich nach draußen getrieben. Dich. Ich dachte, ich müsste sterben. Aber das Glück kam nicht, nein, es kam absolut nicht. Denn als ich dich geboren habe, war ich gerade erst achtzehn Jahre alt. Und mir waren von Männern ungeheure Grausamkeiten zugefügt worden. Jetzt rechnest du wohl dein Alter zurück. Ich sage es dir: Dein wahres Alter ist siebenundvierzig. Du glaubst, dass du zweiundvierzig bist, aber das ist falsch. Tatsächlich warst du dreizehn Jahre alt, als du vom Sternenkinderhaus aufgenommen wurdest. Jeder hatte dich wohl für acht gehalten, weil du so klein warst. Mit dreizehn Jahren bist du in die Grundschule gekommen. Ist das nicht lächerlich?«

»So ein Quatsch«, lachte Aiko höhnisch. »Ist das auch eine Offenbarung von deinem Guru Spica?«

»Mit dem Guru Spica hat das nichts zu tun. Und nimm nicht diesen heiligen Namen in deinen dreckigen Mund. Höre vielmehr ruhig der Wahrheit zu, die dir deine Mutter, die dich geboren hat, in ihrer letzten Stunde zu sagen hat. Sonst wirst du es für den Rest deines Lebens bereuen.«

Aiko zuckte mit den Achseln.

»Schon gut, schon gut.«

»Ich war ein schönes Mädchen. Eigentlich hätte ich eine Missgeburt wie dich nicht zur Welt bringen sollen. Wie kann es sein, dass ich ein Kind so hässlich wie Affendreck geboren habe? Der

Grund ist, dass ich von elf Männern überfallen und vergewaltigt wurde. Hätten die Kerle, die mich geschändet haben, auch nur die geringsten Talente gehabt, wärst du nicht die geworden, die du bist. Aber es war einfach nur der letzte Abschaum, der sich da an mir vergangen hat. Es waren Yakuza, Männer von der Mafia, die bereit waren, alles für Geld zu tun, sogar sich selbst zu verstümmeln. Es waren Verbrecher, die ihre Eltern bei Erbstreitereien ermorden, Perverse, die ihre Schwestern vergewaltigen und schwängern, Experten im Überfallen und Ausrauben von alten Frauen, Unmenschen, die Kinder entführen und verbrennen, und geborene Lügner. Männer, die sich ganz und gar dem Bösen verschrieben haben und ihren Blick auch nur auf den dunklen Teil der Seelen anderer Menschen richten. Solcher Abschaum hatte sich zufällig zu dieser Bande zusammengefunden. Sie waren gerade aus dem Gefängnis in Abashiri ausgebrochen und in Richtung Süden auf der Flucht. Dabei sind sie dann auf mich, eine hübsche Reisebegleiterin in einem Touristenbus, gestoßen. Und nun, meine Damen und Herren, schauen Sie bitte nach links. Dort, im tiefen Tal zwischen den Bergen, taucht der Akan-See auf. Und dort hinten, weit jenseits der Berge, so lautet die Sage, wohnt das Glück. Man sagt, dass die Riesenalgen des Akan-Sees, bevor sie so groß werden, auf dem Seegrunde schlafen und von der Liebe träumen. Aber dann haben die Männer den Reisebus angehalten, die Gäste herausgezerrt und den Fahrer getötet. Und dann haben sie sich einer nach dem anderen immer wieder an mir vergangen. Mit dem Bus sind sie dann weiter bis nach Hakodate geflohen. Am Landungsplatz der Fähre kam es zu einem tödlichen Streit unter ihnen, und schließlich wurden sie festgenommen. Bis dahin war ich die ganze Zeit nackt an einer Stange im Bus gefesselt gewesen. Davon wusstest du bisher nichts. Du willst auch sicher gar nichts davon hören, aber du bist verpflichtet, es zu wissen. Denn ich, die ich die Wahrheit kenne, werde jetzt sterben. Die Essenz des konzentrierten Bösen dieser Männer, Aiko, ist die Saat deines Lebens. Und auch mein Wesen als Hure unter Huren ist eine Grundlage deines Daseins. Jetzt weißt du, warum ich dich verstoßen habe. Warum ich dir nicht gestehen konnte, dass ich die Mutter bin, die dich geboren hat. Gerade weil ich deine Mutter bin, konnte und wollte ich es dir nicht sagen. Das ist die Wahrheit.«

Aiko zündete sich eine weitere Zigarette an. Ein Regentropfen traf auf ihre Wange. Regen, obwohl es eine Mondnacht war? Verwundert schaute Aiko nach oben. Es war ein wolkenloser Nachthimmel. Nur aus Aikos Augen lief das Wasser. Es kann nicht sein, dass ich weine. Aiko, die, seit sie denken konnte, nicht einmal geweint hatte, rieb sich mit ihren schmutzigen Fingern die Augen. Die Tränen flossen in Strömen. Offenbar unter großen Anstrengungen nahm Emi einen tiefen Atemzug.

»Aiko, hörst du zu?«

»Ja, ich höre.«

Aiko wollte ihr sagen, dass sie weinte, aber dem Ende nahe, sprach Emi hastig weiter.

»Bald ist es vorbei. Ich muss schnell erzählen. Ich kann kaum noch atmen. Mein Kopf ist wie gelähmt. Du hast wohl mit voller Wucht zugeschlagen.«

Aiko hatte vergessen, wie sie mit aller Kraft mit der Schaufel auf Emis Hinterkopf eingedroschen hatte. Was sollte sie jetzt tun? Zum ersten Mal stieg das Gefühl in ihr auf, das man Reue nennt.

»Als ich in Hakodate endlich von der Polizei befreit wurde, hatte ich schwere Wunden am ganzen Körper. Diese Kerle haben mich geschlagen, während sie mich genommen haben. Von meinen Eltern war nichts zu erwarten, sie haben mich unter Druck gesetzt, weil ich am Leben war. Warum hast du dir nicht die Zunge abgebissen und bist gestorben? Es war ihnen peinlich, eine Tochter zu haben, an der sich eine berüchtigte Bande vergangen hatte. Ich war verzweifelt. Wofür hatte ich in dem Bus alles darangesetzt zu überleben? Ich habe mich dann entschlossen, die Heimat aufzugeben und nach Tokio zu gehen. Es waren offensichtlich alle, Eltern, Geschwister und Verwandte, froh, als ich fort war. Geld habe ich selbstverständlich keines mit auf den Weg bekommen. Dann folgte natürlich der Absturz. Das Umigikuya, wo du aufgewachsen bist. Eines Tages merkte ich, dass ich schwanger war. Es bestand kein Zweifel, es musste sich um ein Kind handeln, das in dem Bus gezeugt worden war. Es blieb mir nichts anderes übrig, als mich mit der Mutter des Bordells zu beraten. Mutter sagte, Geld könne sie zwar keines herausgeben, aber ich könne das Kind hier zur Welt bringen und aufziehen. Ich war hübsch und zur Nummer eins aufgestiegen, deshalb wollte sie mich unbedingt behalten. Dann habe ich dich zwar zur Welt gebracht, aber aufgezogen habe ich dich nicht. Es tut mir leid, ich habe dich verstoßen. Denn vom Grunde meines Herzens warst du mir zuwider. Immer wenn ich dich sah, kamen mir die Bilder aus dem Bus in den Sinn. Dieses Gesicht. Wessen Kind sie wohl ist? Aber es ist egal, wessen Kind sie ist. Es waren alles Schurken der untersten Kategorie, der allerletzte Abschaum.«

»Was hat es mit den weißen Schuhen auf sich, Emi?«, fragte Aiko schwach.

»Die gehörten zur Uniform. Die Begleiterinnen der Reisebusse für den Akan-See trugen zur blauen Uniform diese weißen Schuhe. Weil ich diese Schuhe tragen wollte, bin ich Reisebegleiterin geworden. Ist das nicht zum Totlachen?«

»Mutter hat sie mir gegeben. Es sei ein Andenken, hat sie gesagt. Starrköpfig wie sie war, hatte sie auch ihre guten Seiten«, flüsterte Aiko.

Emi schüttelte schwächlich den Kopf. Sie war bis zum Kinn

in der Erde eingegraben, und das Atmen fiel ihr schwerer und schwerer.

»Das war nicht Mutter. Ich habe sie dir gegeben. Ich weiß selbst nicht, warum ich diese ausgetretenen Schuhe mitgenommen hatte. Aber irgendwie konnte ich mich nicht davon trennen. Deswegen habe ich sie dir gegeben. Als Andenken an deine Geburt. Als du dann eines Tages vor meiner Tür gestanden hast, bekam ich es mit der Angst zu tun. Denn es war an deinem Gesicht abzulesen, dass du dich bereits dem Bösen verschrieben hattest. Es war mir sofort klar. Es stimmte also, ich habe etwas Böses in die Welt gesetzt. Es machte mich traurig. Zwar habe ich meinen Körper verkauft und Menschen betrogen, aber Verbrechen wie du konnte ich nicht verüben. Ich habe das anonyme Schreiben verfasst, weil ich mir aufrichtig gewünscht habe, dass sie dich fassen werden. Schon lange habe ich für deinen Frieden im Jenseits gebetet.«

Mit beiden Händen begann Aiko die über Emis Körper verstreute Erde abzutragen. Wenn Emi ihre Mutter war, musste sie ihr helfen. Aber Emi sagte mit kraftloser Stimme:

»Hör auf damit, Aiko. Ich will schnell sterben. War wohl doch ein erbärmliches Leben. Das hat neulich sogar der Guru gesagt. Dieser alte Grabscher.«

»Geh nicht, Mutter!«

Mutter. Benommen von ihren eigenen Worten schaufelte Aiko die Erde beiseite. Emi nahm einen tiefen Atemzug.

»Leb wohl, Aiko. Wie qualvoll muss für dich ein Leben auf ständiger Flucht sein. Aber so ist es eben. Wenn du jemanden dafür hassen willst, dann hasse diese elf Männer, die aus dem Gefängnis ausgebrochen waren.«

Mit diesen Worten hörte Emi auf zu atmen. Nun hatte sie ihre Mutter, nach der sie so verzweifelt gesucht hatte, selbst getötet. Aiko berührte Emis Gesicht mit ihren schmutzigen Fingern. Die angebetete Emi war ihre Mutter. Dass sie Emi überhaupt nicht ähnlich sah, lag an ihrem Vater. Wer dieser Vater war, war vollkommen egal, denn er gehörte zu diesen verfluchten Schwerverbrechern. Aiko verspürte nur noch eine große Leere in sich, stand auf und nahm die Schaufel in die Hand. Sie vertiefte sich ganz darin, Erde auf den Leichnam zu streuen. Nach einer knappen Stunde war von Emis Körper nichts mehr zu sehen. Da lagen Adam und Emi nun übereinandergestapelt und konnten in stiller Eintracht im kalten Erdboden verrotten.

In dieser Nacht ließ sich die an Körper und Geist völlig erschöpfte Aiko an der Stelle nieder, wo einst Adam den Tod gefunden hatte. Aus den alten Tatami stiegen allerlei üble Gerüche von Schimmel, Abfall und Dreck auf, aber Aiko war so erschüttert von Emis Geständnis, dass sie nicht mehr die Kraft fand aufzustehen. Nach einer Stunde war sie fest eingeschlafen und wurde von einem ihrer seltenen Albträume heimgesucht.

Aiko war an den Griff der Wechselkasse eines Busses gekettet. Sie trug die Uniform eines Zimmermädchens. Wer sie anstarrte, waren allesamt Menschen, die sie getötet hatte.

»Du warst doch bloß neidisch auf mich«, sagte Sakura Inoue, während sie in einen Handspiegel schaute und ihre Lockenfrisur richtete. Sie sah aus wie damals, als Aiko sie ermordete. Das musste vor etwa fünfundzwanzig Jahren gewesen sein. Sie hatte dünne Augenbrauen und einen Mittelscheitel; zur rosa Rüschenbluse trug sie einen dunkelblauen Rock. Ein unschuldiges Äußeres. Aber grauenvollerweise war ihre rechte Gesichtshälfte bis hin zur Brust völlig verbrannt.

»Du konntest es nicht ertragen, dass ich eine Mama hatte. Meine Mama hatte mich nur deswegen ins Sternenkinderhaus gegeben, weil die Umstände es nicht anders zuließen. Verglichen mit den anderen Kindern hatte ich Glück. Außerdem war ich fleißig, eine gute Schülerin und hatte ein hübsches Gesicht. Ich verstehe schon, warum du so eifersüchtig warst. Und außerdem habe ich immer über diese dreckige Schuhschachtel gelacht, die du mit dir herumgeschleppt hast. Aber dafür umgebracht zu werden, war nun wirklich nicht gerechtfertigt.«

Dabei fing Sakura an zu schluchzen. »Es ist heiß, es ist so heiß«, schrie sie und riss an den Rüschen ihrer rosa Bluse. Aiko wendete den Blick von ihr ab.

»Dieses Kind war seinem Alter fünf Jahre in der Entwicklung hinterher. Das ist schlimm. Sie ist immer ein Kind in der Gestalt einer Heranwachsenden geblieben. Dass ich das trotz meiner langen Erfahrung als Erzieherin damals nicht durchschaut hatte, gibt mir schwer zu denken.«

Hinten auf der Zweierbank saßen einträchtig Misaë und Minoru. Misaës Oberkörper war derart verkohlt, dass man sie nicht erkennen konnte. Sie glich einer pechschwarzen sprechenden Puppe. Wenn sie den Mund aufmachte, stieg Rauch daraus hervor.

»Aiko, du hast Professor Mäh Mäh, die Ziege, die ich so gern mochte, getötet, nicht wahr?«, sagte Minoru verächtlich. »Und dann hast du mich damit aufgezogen, dass ich Professor Mäh Mäh so ähnlich sei.«

Minoru, wohl weil er an einer Kohlenmonoxidvergiftung gestorben war, sah ganz normal aus. Er strich sich durch seinen der Ziege so ähnlichen Kinnbart und starrte Aiko an. Aiko antwortete nichts.

»Du hattest schon die ganze Zeit Geld von mir gestohlen, nicht wahr? Die merkt ja doch nichts, hast du gedacht und dich gefreut. Für deine bösen Taten wirst du ganz bestimmt noch zur Rechenschaft gezogen. Vom Himmel aus werden wir den Lauf der Dinge genau überwachen«, sagte voller Verachtung Mutsuku Saruwatari. Sie war splitternackt und trug eine Duschhaube auf dem Kopf. Der schwabbelige Fleischklumpen wackelte synchron mit den Schwingungen des Busses. Um Mutsuku herum saßen alle die Hotelgäste, die Aiko unter Vortäuschung eines Unfalls umgebracht hatte. Sie waren nackt, in Schlafanzügen oder in Unterwäsche. Es waren Tote, die offenbar alle in Momenten überrascht worden waren, in denen sie sich sicher wähnten.

Auf dem hintersten Sitz saß Adam. Adam hatte die Augen weit geöffnet und schaute Aiko traurig an. Ob neben ihm wohl Emi sitzt, dachte Aiko. Aber Emi war nicht da. Ich wollte sie doch so gerne treffen. Aiko weinte. Dann drehte sich der Busfahrer um.

»Aiko, was willst du jetzt tun?«

Mit einem schmuddeligen Kimono bekleidet, hielt Emi das Lenkrad umfasst. An den Füßen trug sie die weißen Schuhe, die Aiko immer wie ihren Augapfel gehütet hatte. Emis einst so attraktives Gesicht mit der niedlichen Nase war inzwischen einer eingefallenen und nach unten hängenden Fratze gewichen, die mit Falten übersät war und vom vielen Alkohol nur so glühte. Aber das ist meine Mutter. Aiko antwortete klar und deutlich:

»Ich werde zu einem wahren Menschen.«

Das hämische Auflachen im Bus hinter ihrem Rücken missachtend, schrie Aiko es immer wieder heraus. Ab jetzt werde ich zu einem wahren Menschen, ich bereue alles, ich tue es nie wieder.

»Was bitte ist denn ein wahrer Mensch?«

Mit ihren weißen Schuhen trat Emi auf die Bremse. Aiko fiel nach vorne und wäre beinahe gegen die Windschutzscheibe geprallt. Alle spendeten lauten Beifall.

»Ich weiß es nicht, aber ich werde nichts Böses mehr tun.«

»Was bedeutet denn etwas Böses für dich? Bist du nicht durch und durch davon erfüllt? Deine Existenz an sich ist doch bereits böse. Du bist der Abschaum der Gesellschaft. Du bist nichts als

Dreck. Stirb! Stirb!«, schrie Sakura heraus. Der gesamte Bus fiel ein und vereinigte sich zu einem großen Chor. Mutsuko Saruwatari stimmte vornehm mit ein: »Es wäre besser, wenn die böse Frau schnell das Zeitliche segnen würde.«

»Aber es ist doch nicht nur die Schuld von Aiko. Auch die Mutter, die sie verstoßen hat, ist schlecht.«

Nur Misaë erhob Einspruch. Emi drehte sich abrupt um.

»Frau Kadota: Sagen Sie, ich sei schlecht? Was hätte ich denn tun sollen? Eine Frau, die vergewaltigt wurde, muss die Verantwortung übernehmen?«

»Mutter!«, rief Aiko sie plötzlich an. Emi schaute scharf in Aikos Richtung.

»Biologisch magst du mein Kind sein, aber geistig bist du es nicht.«

»Und was ist mit der Mutterliebe?«

Emi wischte Aikos Frage mit einem Lachen beiseite:

»Nichts als eine Illusion. So etwas reden sich die Leute zu ihrer eigenen Beruhigung doch nur selbst ein.«

Im Bus wurde es wieder still, und alle lauschten den beiden.

»Dann frage ich eben Mama.«

Aiko zeigte auf Emis Füße.

Mit Verwunderung betrachtete Emi ihre Schuhe. Ohne sich darum zu kümmern, redete Aiko weiter:

»Mama, gibt es so etwas wie Mutterliebe?«

»He, was soll das hier mit Mama, Mama? Wie kannst du dieses Wort in den Mund nehmen, du Muttermörderin?«, schrie Emi heraus. Der Bus kam ruckartig zum Stehen.

Plötzlich war ein heftiges Klopfen gegen die Fensterläden zu hören. War Emi aus dem Erdboden wieder auferstanden und gekommen, um Rache zu nehmen? Aiko packte das Grauen, und alles zog sich in ihr zusammen. Sie konnte Traum und Wirklichkeit nicht mehr unterscheiden.

»Aiko, hallo, Aiko, bist du da drin?«

Eine Stimme mit sanftem Tonfall. Es schien, als gehörte sie zu Michi, die am Vortag hier gewesen war. Aiko sprang auf und klappte die Fensterläden beiseite. Draußen regnete es. Direkt vor ihren Augen war die Stelle, wo sie Adam und Emi vergraben hatte. Die Erde war hoch aufgeschüttet, und Aiko glaubte plötzlich, ein Lachen aus dem Inneren des Grabhügels zu hören. Sie stieß einen gellenden Schrei aus.

»Was ist denn los, Aiko? Ich bin es doch.«

Die Frau, die sich Michi nannte, schaute Aiko erstaunt an. Heute hatte sie einen schwarzen Klappschirm aufgespannt und trug einen modischen Regenmantel mit aufgedrucktem Leopardenmuster.

»Was bitte?«, stammelte Aiko verwirrt, während sie sich den Schlaf aus den Augen rieb. Was hatte sie da nur für einen Traum gehabt. So viele böse Vorzeichen. Noch immer pochte ihr wie wild das Herz in der Brust. Aiko, die sonst fast überhaupt nicht träumte, fand sich nur langsam wieder in der Wirklichkeit zurecht.

»Nachdem wir Yukari mitgeteilt haben, dass wir Mutters Tochter Aiko gefunden haben, hat sie erst mal nur abgeblockt. Aber dann hat sie doch eingewilligt, dich zu treffen. Ich bin gekommen, um dich zu holen.«

»An so einem Regentag?«

Während Aiko sich am Nacken kratzte, schaute sie zum Himmel auf. Ein weiteres Mal ertönte das Lachen aus dem Grabhügel. Voller Grauen blickte Aiko auf die Erde, aber Michi schien nichts zu hören.

»Solche Sachen regelt man am besten ganz schnell. Und wer weiß, vielleicht verschwindest du sonst auch wieder irgendwohin.« Argwöhnisch starrte Michi ins Haus. »Wie hast du denn hier geschlafen?«

»Irgendwie.«

Michis Blick wurde misstrauisch.

»Du bist doch wohl nicht obdachlos, oder?«

»Nein, nein, aber Geld für die Fahrkosten habe ich nicht.«

»Schon gut, das zahlen wir dann eben aus der Vereinskasse«, antwortete Michi widerwillig.

Vor der Reinigung schwenkte Gil, die zu ihrem roten Regenschirm einen passenden Regenmantel trug, zur Begrüßung den Schirm hin und her. Tsuru und Kayoko standen neben ihr. Aiko schleppte sich den drei Frauen entgegen. Tsuru runzelte die Stirn.

»Geht es dir nicht gut, Aiko? Du bist ja ganz blass. Und überall klebt Dreck an dir.«

»Oh ja. Es war so peinlich in der Straßenbahn«, flüsterte Michi Tsuru zu, aber Aiko konnte es genau hören. Sie starrte die beiden Brüder an, die im Laden ihrer Arbeit nachgingen. Wie naiv ich doch gewesen war zu denken, dass einer von ihnen mein Vater sein könnte. Mein Vater war irgendein dahergelaufener, abgrundtief böser Mann. Emi hat er in den Sumpf gezogen, und für mich war er der Ursprung meiner unbeschreiblichen Schlechtigkeit. Außerdem bin ich nicht zweiundvierzig, sondern bereits siebenundvierzig Jahre alt. Aiko spürte einen bisher nicht gekannten Aufruhr in sich. Wie ein Trottel, wie der letzte Idiot stand sie da.

»Also, dann wollen wir mal.«

Michi schob Aiko an der Schulter vorwärts, und alle gemeinsam betraten sie den Laden. An der Kundentheke stand eine verlorene Frau mittleren Alters. Sie machte einen erschöpften Eindruck, und mit einer Brille auf der Nase füllte sie irgendwelche Zettel aus. Sie war überrascht, als Aiko und die vier alten Frauen sich vor ihr aufbauten.

»Wir möchten gerne mit Yukari sprechen.«

»Yukari?« Die Frau machte ein verblüfftes Gesicht. »Meinen Sie vielleicht Shizuko?«

»Ach ja, natürlich. Shizuko bitte«, korrigierte Michi boshaft.

Die beiden Brüder, die hinten im Laden eben noch so eifrig gearbeitet hatten, waren plötzlich wie vom Erdboden verschwunden. Bald darauf tat sich der Aufzug auf, und Yukari trat heraus. Unpassend zu ihrem rosa Fleece trug sie eine bäuerliche Pumphose. Der Lippenstift war viel zu dick aufgetragen und verschmiert. Offenbar das Ergebnis großer Hast und höchster Panik. Die gefärbten Haare waren so dünn, dass die Kopfhaut hindurchschimmerte.

»Yukari, das ist Aiko. Mutters leibliche Tochter.«

»Ach wirklich? Wenn das so ist, dann ist sie meine jüngere Schwester«, erwiderte Yukari ungeniert.

»Emi hat gesagt, dass Mutter überhaupt keine Kinder haben konnte«, konterte Aiko.

Yukari lachte.

»Ja, dann kann sie auch nicht von ihr abstammen.«

»Das stimmt. Denn ich bin Emis Tochter.«

Wie bitte? Das kann doch gar nicht sein. Hast du das von Emi gehört? Das ist doch blanker Unsinn. Tumult brach unter den vier alten Frauen aus, während sie weiter mit Yukari herumstritten. Macht doch, was ihr wollt. Aiko war alles völlig egal, und sie schaute aus dem Fenster. Vor dem Geschäft kam ein schwarzer Mercedes zum Stehen. Heraus stiegen Shizuko Matakatsu im schwarzen Chanelanzug und Marketingdirektor Yamase. Shizuko stolzierte bis vor die automatische Eingangstür des Ladens. Yamase hielt höflich ein großes Paket aus dem Nobelkaufhaus Wakō in die Höhe. Obwohl über die Anwesenheit der vier alten Frauen überrascht, machte Shizuko eine höfliche Verbeugung.

»Tut mir leid, wenn ich störe, aber ich möchte mich noch einmal sehr herzlich für neulich bedanken.«

»Ich bitte Sie. Hauptsache, dass alles sein gutes Ende gefunden hat. Auch wenn es sehr anstrengend für mich …«

»Wirklich vielen, vielen Dank. Sie haben mir so geholfen«, fiel Shizuko ihr ins Wort und drückte sich dabei ein mit teuren Stickereien durchwirktes Markentaschentuch vor die Augen. Alle starrten Shizuko erstaunt an, es herrschte plötzlich Totenstille. Doch plötzlich schrie Yamase:

»Da! Die Frau! Das ist die Entführerin, Frau Matakatsu!«

Shizuko hob das Gesicht, erblickte Aiko und stieß einen Schrei aus.

»Rufen Sie die Polizei!« Dann warf sie einen scharfen Blick in die Runde. »Warum ist diese Verbrecherin hier? Ich verlange eine Erklärung!«

Dem Argwohn von Shizuko ausgesetzt, regte sich Widerstand in der Frau von der Reinigung.

»Das möchte lieber ich fragen. Was soll das eigentlich alles?«

Für einen Moment schaute Aiko Shizuko mit sehnsüchtigem Blick an. Dann war sie plötzlich wieder in der Realität zurück, stieß Yamase beiseite und lief aus dem Geschäft. Yamases Fahrer stürzte hinter ihr her. In äußerster Verzweiflung rannte sie bis zum Sumidafluss. Yamase sah furchterregend aus. Würde er sie zu fassen bekommen, wäre das das Ende. Am Ufer des Flusses angekommen, zögerte Aiko für einen Augenblick und starrte auf das Wasser. Yamase und der Fahrer näherten sich mit großen Schritten. Aber der Fahrer blieb stehen und rief etwas in sein Handy. Jetzt ruft er die Polizei. Keine Wahl, dachte Aiko und sprang in den Fluss. Das Wasser war kalt und stank. Und während sie eine große Menge davon schluckte, kam ihr die Geschichte des Mannes in den Sinn, der das andere Ufer erreichen wollte, losschwamm und zum Buddha wurde.

Die japanische Autorin Natsuo Kirino im Porträt

»Um Himmels willen, Kindchen, wach auf!«

Natsuo Kirino gilt als kämpferisch und kühl. Als Schriftstellerin, die Tabus bricht. Kurz nachdem ihr Roman »Out« 1997 in Japan erschienen war, das Buch, das ihren internationalen Ruhm begründete und zum Bestseller wurde, lud man sie in eine Radiosendung ein. Doch der Moderator weigerte sich, Natsuo Kirino zu interviewen: Ihr Buch sei geschmacklos und unmoralisch.

In der Geschichte, die 2003 unter dem Titel »Die Umarmung des Todes« auf Deutsch herausgekommen ist, geht es um vier Arbeiterinnen einer Lunchpaket-Fabrik am Rande Tokios, die gemeinsam einen Mord vertuschen. Eine von ihnen, Yayoi, tötet im Affekt ihren Ehemann, die anderen drei Frauen helfen ihr bei der Beseitigung der Leiche. Bis in alle Einzelheiten schildert Natsuo Kirino, wie die Frauen den Körper des Toten zerlegen, seine Bestandteile in Plastiksäcke verpacken und über Müllcontainer verteilen. Doch es waren nicht allein detaillierte Schilderungen wie die der Entsorgungsaktion, die Abscheu und Empörung unter Kritikern und Lesern hervorriefen: Statt den Mord an ihrem Mann zu bereuen, empfindet Yayoi Erleichterung. »Es gab Männer, die schockiert darüber waren, dass eine Frau ihren Ehemann tötet. Diese Vorstellung hat sie wirklich provoziert«, erzählt Natsuo Kirino. »Aber am meisten hat viele Leute verstört, dass das Buch von einer verheirateten Frau verfasst worden war, einer Frau mit Familie und einer Tochter.«

Natsuo Kirino wurde 1951 in Kanazawa, in der japanischen Präfektur Ishikawa, geboren und lebt seit ihrem 14. Lebensjahr in Tokio. Als sie mit ihrem Roman »Die Umarmung des Todes«, der 2004 als erstes Buch eines japanischen Autors für den Edgar-Allan-Poe-Preis nominiert wurde, ihren internationalen Durchbruch als Schriftstellerin erlebte, war sie bereits Anfang fünfzig. Zunächst hatte sie an der Seikei University in Tokio Rechtswissenschaften studiert und nach dem Abschluss verschiedene Stellen angenommen, darunter in der Marktforschung und als Redakteurin für ein Magazin. Doch sie fühlte sich äußerst unzufrieden: »Ich war einfach eine junge Frau ohne richtigen Job. Ich hatte keine Ahnung, was ich wirklich tun oder was ich einmal werden wollte – es war eine harte Zeit.« Mit Ende zwanzig besuchte sie eine Schule für Drehbuchautoren und kam auf den Gedanken, das Schreiben zur Erwerbsquelle zu machen. Mit dreißig brachte sie ihre Tochter zur Welt. Nun suchte sie nach einem Beruf, der sich mit der Familie vereinbaren ließ: Tagsüber sorgte sie für ihr Baby und verrichtete die Hausarbeit, nachts schrieb sie Liebesromane und Bücher für Jugendliche.

»Aber Liebesromane waren nicht das, was ich wirklich schreiben wollte. Mich fasziniert das Verbrechen aus psychologischer Sicht. Wenn Menschen in die Enge getrieben werden, können sie unvorstellbare Dinge tun – Dinge, von denen man nicht geglaubt hätte, dass sie dazu jemals in der Lage wären. Und dann gibt es diesen einzigartigen Moment, in dem jemand empfänglich dafür wird, ein Verbrechen zu begehen. Wenn man sich damit eingehend beschäftigt, ergründet man die ganze menschliche Psychologie.« Der Reiz des Extremen ließ Natsuo Kirino ins Krimifach wechseln. Sie entwickelte sich zur Trendsetterin mit einer Vorliebe für Hardboiled-Krimis und gab dem Genre ganz neue Impulse: Mit Murano Miro, der Hauptfigur aus

»Kao ni furikakaru ame« (»Regen auf ihrem Gesicht«), erfand sie die erste Privatdetektivin in der japanischen Gegenwartsliteratur. Der Roman erschien 1993, erhielt im selben Jahr den renommierten Edogawa-Ranpo-Preis – und erhitzte die Gemüter, denn Murano Miro ist eine unabhängige Frau, die sich ihre Liebhaber selbst auswählt und diese kurzerhand wieder ablegt, wenn sie ihrer überdrüssig wird. »Männer schickten mir Briefe, in denen sie ihre Wut und Verzweiflung äußerten«, lacht Natsuo Kirino in sich hinein. »Sie ertrugen es einfach nicht, dass eine Frau dasselbe Verlangen nach Sex haben kann wie ein Mann.« Anfang 1996 wurde Natsuo Kirino von einem jungen Lektor angetragen, sich stärker gängigen Unterhaltungsschemata anzupassen. Darauf geriet sie in eine Sinnkrise. Sie zog das Manuskript für einen neuen Roman der Murano-Miro-Serie zurück und arbeitete zwei Jahre lang konzentriert an einem einzigen literarischen Projekt: »Die Umarmung des Todes«.

Heute führt Natsuo Kirino ein solides Leben in einem ruhigen Tokioter Vorort. Sie pflegt unspektakuläre Hobbys ohne jeden intellektuellen Habitus: Skifahren, Bowling, Mah Jong und Spaziergänge mit dem Hund. Doch unter der wohlsituierten Oberfläche brodelt ein großer Zorn. Zorn auf eine Gesellschaft, die von Männern dominiert wird und Frauen einen stillen Platz am Rand zuweist, eine Gesellschaft, die sich ausschließlich an materiellen Werten orientiert und mit ihren starren Regeln den Menschen keinen Freiraum lässt, sich nach eigenen Vorstellungen zu entfalten, eine verlogene Gesellschaft, der das Schicksal der Gescheiterten gleichgültig ist: »Ich interessiere mich in erster Linie für Menschen, die es in der modernen Gesellschaft Japans nicht richtig geschafft haben. Die fehl am Platz oder gescheitert sind. Menschen, die keine normale Liebesbeziehung haben. Loser.«

Loser wie Aiko, die Hauptfigur ihres Romans »Teufelskind«, die als uneheliche Tochter einer Prostituierten auf die Welt kommt und sich mit Gelegenheitsjobs als Kellnerin und Zimmermädchen durchschlägt. Oder wie die vier Frauen in »Umarmung des Todes«, die keinen Fuß in qualifizierten Berufen fassen können und deshalb eine schlecht bezahlte, Kräfte zehrende Arbeit am Fließband ausüben. Im Zentrum ihrer Romane stehen Menschen, die die erfolgsbesessene Gesellschaft am liebsten ignoriert: illegale Einwanderer, Obdachlose, vom sozialen Abstieg bedrohte Karrieristen, Hausfrauen, Arbeiterinnen, Prostituierte. Natsuo Kirino schildert ihre Arbeitsbedingungen und ihre Lebensverhältnisse, ihre Einsamkeit, Perspektivlosigkeit, Frustration und Verzweiflung. Indem sie das Schicksal dieser Menschen in den Fokus rückt, seziert sie die Mechanismen der japanischen Gesellschaft und legt mit scharfer Beobachtungsgabe deren Wunden frei. Schattenseiten, die denen anderer hochtechnologisierter Wohlstandsgesellschaften gleichen: organisierte Kriminalität, Konsumsucht, Überschuldung, Burnout, Isolation innerhalb der Kleinfamilie, Desorientierung unter Jugendlichen und Überalterung. »Bubblonia«, Reich der Seifenblasen, nennt sie das Japan von heute verächtlich, ein Land, in dem nach dem Niedergang des Wirtschaftshochs in den 90er Jahren die Träume von einer besseren Zukunft geplatzt sind.

Liest man Natsuo Kirinos Bücher, gewinnt man den Eindruck, am alten Rollenverständnis der Geschlechter habe sich auch im modernen Japan kaum etwas geändert. »Japanische Frauen werden bis zu einem gewissen Grad dazu erzogen, sich der Gesellschaft und dem Berufsleben genauso zu verpflichten wie Männer. Sie erhalten dieselbe Ausbildung und dieselben Chancen. Und dann macht es auf einmal – Peng!«, erläutert Natsuo Kirino. »Sobald sie verheiratet sind, wird den Frauen all das genommen. Sie müssen noch einmal ganz von vorne anfangen. Und wenn ihre Kinder später zur Schule gehen und sie meinen, nun sei es an der Zeit, einmal herauszukommen und wieder eine andere Aufgabe in der Gesellschaft zu übernehmen, dann sagt diese Gesellschaft: Nein danke.« In ihren Romanen bleibt den Frauen am Ende oft nur ein Verbrechen, um sich aus den starren Strukturen zu befreien. Sie sind Opfer – Engel sind sie nicht. Natsuo Kirino zeigt die Frauen jenseits aller Klischees: aggressiv und zerstörerisch, egoistisch und hinterhältig, alt und hässlich. Doch indem sie ihre Schattenseiten vorführt, weckt sie ein Bewusstsein für ihre verborgenen Sehnsüchte und holt sie aus der Anonymität: »Einmal erzählte mir ein junger Mann, bevor er ›Die Umarmung des Todes‹ gelesen habe, sei ihm überhaupt nicht klar gewesen, dass eine gewöhnliche Frau mittleren Alters tatsächlich ein eigenes Leben haben könnte.« Und in ihrem Roman »Tamamoe« (»Glühe, Seele, brenne!«) aus dem Jahr 2005 bricht Natsuo Kirino wieder Tabus: Hier geht es um weibliche Lebensentwürfe jenseits der 60 – Alterssexualität inklusive.

»Es mag schon sein, dass es da draußen einen Kampf zwischen den Geschlechtern gibt, aber statt daran teilzunehmen, nutze ich meine Kräfte lieber, um darüber zu schreiben. Ich bin zuallererst eine professionelle Schriftstellerin, sonst nichts.« Diese Haltung ist Markenzeichen ihrer Karriere, die sie mit großem Ehrgeiz verfolgt. Ihr Ziel, sich als Autorin einen Namen zu machen, hat sie erreicht: 16 Romane, vier Bände mit Kurzgeschichten und eine Essaysammlung liegen von ihr vor. Ihre Bücher erscheinen weltweit in 19 Sprachen, fünf ihrer Romane wurden verfilmt, und sie erhielt für ihre Werke zahlreiche hochangesehene Auszeichnungen, darunter den Naoki-Literaturpreis. »Ich musste einfach arbeiten, um Geld zu verdienen. Das war mir wahnsinnig wichtig. Ich wollte nicht abhängig von meinem Mann sein, in seinem Haus leben und sein Geld ausgeben.« Eine Einstellung, so Natsuo Kirino, die unter japanischen Frauen selten anzutreffen sei, da die meisten bis heute die Ansicht teilten, sich mit Geldangelegenheiten schmutzig zu machen. »Ist das nicht lächerlich? Es treten zum Beispiel Hausfrauen in den mittleren Jahren an mich heran, um mir Dinge zu zeigen, die sie verfasst haben, und mich zu fragen, ob man das veröffentlichen könne. Stets fügen sie hinzu, es gehe ihnen dabei nicht um Geld. Und ich möchte einfach nur zu ihnen sagen: ›Um Himmels willen, Kindchen, wach auf!‹«

Natsuo Kirino sieht über den Rand ihrer blauen Brille und lächelt. Sie spricht überlegt und mit leiser Stimme. Dabei wirkt sie verletzlich, von starken Gefühlen bewegt. Um frei zu sein, sagt sie, müsse man eine besondere Stärke und Willenskraft besitzen. In ihren Romanen haben nur sehr wenige Frauen diese Kraft. Sie hat in ihrem Leben diese Kraft bewiesen. Natsuo Kirino hat sich als Schriftstellerin befreit.

Elke Kreil